北南 著

碎玉投珠

广东旅游出版社

中国·广州

碎玉投珠

北 南

作品

第三章 玫瑰印章 099

第四章 正人间昼长 167

第五章 合璧连环 215

目录

第一章　南蛮子进北方院　001

第二章　银汉迢递　043

一生长短未知，可看此后经年。

玫瑰到了花期。

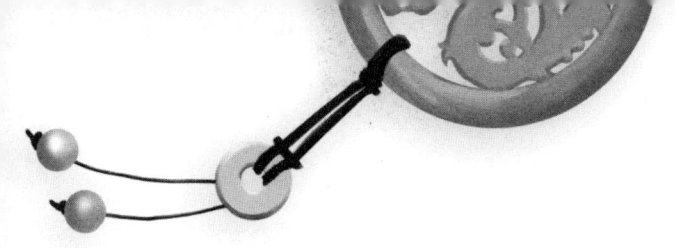

第一章

南蛮子进北方院

小纪,当徒弟的都另外给个名儿,
我头回见你这么白净透光的脸蛋儿,
干脆就叫……纪珍珠?

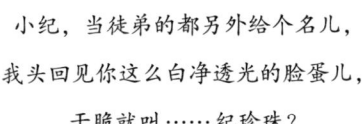

01

丁汉白留学回来时也是盛夏，转眼间已经一年了。

盛夏的街上站不住人，热气与聒噪掺杂着，叫人心烦意乱。文物局倒是凉快，烟灰色旧楼掩在茂盛的枫藤下，墙面几乎看不到，只能看见一列列方格玻璃窗。

办公室的空调由早转到晚，女同事和年纪大的同事都受不了冷风，只有二十啷当岁的小伙子安坐在对着出风口的座位。

"小丁，听说你想去福建出差？"石组长忽然问，"给张主任递申请单了？"

石组长快退休了，资格最老，并且最能混日子，不然不会到了这把岁数只是个组长。他这么一问也不是好奇，只是想消磨临下班的十来分钟。

"大前天就递了，张主任现在还没看，估计近视眼吧。"

答话的是丁汉白，刚满二十岁的小年青，来文物局上班也有半年多了，喜欢迟到，但不怎么早退，挣的没花的多，椅垫要缎面平绣，笔筒要方正鱼子纹，惯有的姿态就是曲着长腿、收敛眉目，寻思下班去哪儿潇洒。

石组长知道丁汉白和张主任不太对付，说："福建那么远，不让去就不去吧。"

丁汉白颔首接下安慰，没再发表意见。他想去，倒不是因为多热爱工作，而是因为福建有一批海洋出水文物，他很感兴趣，纯粹想满足私心。

下班时间一到，丁汉白拎包走人，骑一辆大横梁的自行车，不着急、不忙慌，慢慢悠悠往回磨蹭。夏季天长，每天到家后还没开饭，左右要听他妈唠叨，不如把时间浪费在盎然的街上。

骑到半路车把一转，拐到迎春大道上加速，带起的风将衬衫吹鼓，经过市里一家老牌饭店门口时才刹停，丁汉白下车买了份牛油鸡翅，往车把上一挂，离开时徐徐扭头望了眼对面的"玉销记"。

"玉销记"是市里最讲究的玉雕老字号，见天地门可罗雀，偏偏还不止一家店，一共有三家。

丁汉白闻着鸡翅香味儿归家，骑进刹儿街的时候看见一抹背影。那抹背影清丽窈窕，长发盖着蝴蝶骨，肩平腿直，白色的百褶裙给这炎炎夏日添了点凉爽。

丁汉白猛按车铃，催命似的蹿到人家身后，嚷嚷着："这谁家大姑娘这么打眼啊？"

对方回过头来，作势打他："整天没大没小，我告诉你妈去。"

"哎哟，原来是我小姨啊。"丁汉白生活的一大乐趣就是臊白他妈妈的娘家人，比如姥姥姥爷一把年纪又生个闺女，前几年两腿一蹬，这仅比他大三岁的小姨就被他们家接管照顾，像他姐姐一样。

姜采薇抬腿迈进大门槛，帮他拎着包，问："又绕路买吃的了，店里生意怎么样？"

丁汉白搬着自行车进院："还那样呗，我就望了一眼。"

他们丁家有祖传的手艺，玉雕石刻，城中独一份的技术。"玉销记"开了好几代，特殊时期关张过，几经演变还剩下三家，当年祖上定下规矩，靠手艺持股份，俗气点儿就是谁厉害谁老大，为的就是让手艺只进不退。

现下最厉害的是丁汉白的父亲——丁延寿,他叔叔丁厚康稍弱一些。

丁汉白是长子长孙,还没学会走路就在他爸膝头学拿刀,天赋和他的身高同时蹿,身高止住了,但总挺拔着不躬身,天赋到顶了,也彻底忘记"谦逊"二字怎么写。并且,丁汉白在最不着调的轻狂年纪选择出国留学,结果知识没学多少,钱糟蹋了一大笔。

他解着衬衫扣子进屋,屋里都是他糟蹋钱的罪证,装八宝糖的白釉瓷盘、点了香水的双龙耳八卦熏炉,床头柜上还搁着一对铜鎏金框绢地设色人物挂镜。

换好衣服洗把脸,丁汉白去前院大客厅吃饭,他们家祖上极阔绰,大宅大院,哪个屋都丁零当啷一堆玉石摆件,袁大头扔着玩儿,盛油盐酱醋的罐子都是雕龙描凤的子料。

现在都住单元房或者别墅,但丁家人依然群居,住着三跨院。丁汉白的爸妈和小姨住在前院,他叔叔一家住在东院,另一方小院丁汉白单住。而且姓丁的太能折腾,头脑一热就推墙,再一凉就砌拱门,植草种花,恨不得雕梁画栋。

但丁汉白内心是瞧不上的,院子再大、再漂亮也不如几辈之前,越折腾越显得没面儿,仿佛无法面对向下的走势,力图营造以前的辉煌,其实都是自欺欺人。

他想改变,并且明白在文物局上班没什么作用。

客厅灯火通明,大圆桌上已经摆了四凉三热,厨房还在继续忙活。丁厚康坐在位子上倒白酒,每日一小盅,最近天热只喝半盅。

丁汉白踱步到厨房门口,吸吸鼻子问:"妈,我的牛油鸡翅呢?"

姜漱柳搅着锅里的素汤,转去问:"采薇,他的鸡翅呢?"

"热煳了吧,我没注意。"姜采薇幸灾乐祸地掀锅盖,把乌糟糟的六只鸡翅夹出来,"挣那点工资还不够打牙祭呢,国际饭店、追风楼,还有什么彼得西餐，专拣贵的吃。"

丁汉白接过，烦死了这两姐妹絮叨，他满十八岁之后每年的生日愿望都一样，希望姜采薇趁早嫁出去。

一桌子晚饭张罗好，两家人开吃，丁厚康一家三口，俩儿子丁尔和与丁可愈都是丁汉白的堂兄弟，丁汉白是独生子，经常把丁延寿气得睡不着觉。

"对了，大伯满打满算走了六天吧？"

正位空着，丁延寿去扬州吊唁已故好友纪芳许，不过就算守灵三天也该回来了。丁汉白啃着鸡翅乐出声，说："纪师父肯定安葬完毕，我爸没准儿在扬州开始旅游了。"

姜漱柳拿眼神唬他："旅什么游！丧事办完要安慰安慰家里人，看看芳许家里有什么需要帮忙安顿的。"

丁汉白跟道："能有什么啊？人家在扬州没亲戚朋友吗？再说了，按纪师父的年纪，没孩子嘛，那也得有徒弟吧，徒弟干什么吃的？活着学艺伺候，死了照顾亲眷，除非徒弟没良心。"

姜漱柳说不过他，给他把饭添满以堵住他的嘴。

晚上稍微凉快一点，丁汉白闷在机器房里打扫，他向来不管家务事，椅子倒了绕路走，绝不抬贵手扶一扶。但机器房是个例外，他从不让别人碰，亲自洒扫，平时锁着门窗，揣着钥匙。

姜采薇时时打趣，说那里面藏着几十万元的好料，丁可愈好奇闯入过一次，只想饱饱眼福而已，结果被丁汉白一脚踹进影壁前的水池里，数九寒天闹了近一个月的感冒。

夏日月夜，院子里的光线柔和透亮，丁汉白满身淋漓汗水从机器房出来，左掌端着个红酸枝的托盘，里面放着块荔枝冻石。他洗完澡往藤椅上一坐，就着月光和小灯开始雕，最小号的刀，顺着细密的萝卜丝纹游走，下刀没有回头路，这是容不得丁点儿差错的活计。

丁汉白雕了座手掌大的持如意观音，还没细化先犯了困，打着哈欠看看月亮，有点自嘲地想：着什么急啊？反正雕好也不一定卖得出去。

他干脆回屋睡觉。

文物局平时没什么事儿，丁汉白去得早，正赶上接待市博物馆的副馆长，谈最近一批展示文物的报备情况，顺便确定文物局下去检查的时间。

等博物馆的领导刚走，张寅到了，丁汉白立马劲劲儿地站起来："张主任，你这件衬衫料子不错。"

张寅皮笑肉不笑的："我这礼拜一直穿的这件。"

丁汉白好话坚持不过一句："您怎么说也是个坐办公室的，怎么那么不讲究？"

他跟着张寅进主任办公室，张寅落座，他同步坐在办公桌对面，摆明有话要说、有事相求。张寅把茶杯往前一推，架势也挺坦荡，他计算着呢，这办公室就丁汉白这个最年轻的没给他泡过茶。

丁汉白有钱、有脾气，就是没奉承人的眼力见儿，目光从杯底盘旋至杯沿，啧啧感叹："百货大楼的柜台货，次。您去我们家店里挑一个，当我送的。"

张寅气得够呛，不倒茶就算了，还看不上自己的东西。他靠着椅背拉着脸，问："你有什么事儿？"

丁汉白把桌角那摞文件抬起，抽出最下面一张纸："我周一递了出差申请单，今天都周五了。"

"周五怎么了？"张寅没接，两肘架在扶手上，十指交握，"不批，我带老石去。"

丁汉白捏着那张申请单："石组长都五十多岁了，你让他大老远颠一趟？再说了，这次去是看那批文物，我懂那个，最能帮上忙。"

张寅一边嘴角挑起："懂不懂你说了不算，你少在我跟前装一把，翻过大天去，你家也就是个刻石头的，真把自己当圈里人了。"

这个时间其他同事陆续到了，都不由得往办公室里瞧一眼，心热的操心丁汉白惹祸，心凉的单纯看热闹。丁汉白不负众望，满足了两种心态的围观群众，气定神闲地回道："算不算我还就说了，我懂不懂，反正比你这个主任懂。我们家也用不着翻过大天去，哪怕就剩一家'玉销记'都是行里的翘楚。"

"雕石头的？我丁汉白雕烂的石头你也买不起。"丁汉白靠着椅背，就跟在院里的藤椅上乘凉一样，"倒是你有点逗，不会做个文物局的主任就把自己当专家了吧？出了这办公室谁认你？"

丁汉白几句堵死张寅，一早上谦恭伏低的模样早消失殆尽。他这人别的都好说，独独容不得别人损丁家的手艺地位。读书人又酸又傲，他这种技高人胆大的不只傲，还狂得很。

张寅闷了腔怒火，碍着自己的身份不好发作。他早看丁汉白不顺眼，这半年多也挑了不少刺，但明刀明枪地吵起来还是头一回。

丁汉白心里门儿清，他一个笔筒顶张寅三年工资，局长见了他就打听"玉销记"有什么新物件儿，其实这本来没什么，可张寅心眼儿小又是个财迷，那就得有什么了。

最要紧的是，张寅和他都对古玩感兴趣，而古玩圈没一个缺心眼儿的，一知半解的看不起新手，懂行的更是谁也不服谁。

骂完解气，丁汉白闲闲地起身，走到门口时一顿："出差申请不批，那请假批不批？"

张寅不想看见他："赶紧给我走人！"

丁汉白走人，这会儿回家肯定被姜漱柳念叨，干脆骑着车子奔了料市。料市从周四就开始热闹，大部头选货的、精挑细选的，全是买主。

每个玉石摊位前都有买主讲价,丁汉白没带那么多钱,闲逛一圈后进入一家木料店。他要选一块檀木镂字,店家看他年轻又穿得干干净净,不像淘货的,便没理他。

"老板,您这是紫檀木吗?"一位大姐立在柜前问。

老板说:"正儿八经的小叶紫檀,你看这纹路,我拿料板上显星水,让你瞧瞧金星。"

大姐懂一点:"现在好多小叶紫檀是假的,我心里没底。"

"本店保真,比'玉销记'的还真。"老板翻着样板,"大姐,您选料做珠子还是干吗?现在流行小叶紫檀做珠做串。"

大姐立刻忘记真假:"我就想拿去'玉销记'做珠子,成品太贵,我自己买料便宜点。"

丁汉白本想安生自己看,奈何对方频频戳他神经,他往柜台上一靠,手揣着兜光明正大地听。老板说:"那当然了,我这儿的料比'玉销记'的好,说实在的,'玉销记'的东西齁贵,谁知道是真是假啊。"

丁汉白不浓不淡地插一句:"比你用血檀装小叶紫檀乱市强。"

他给大姐说:"'玉销记'的玛瑙就是玛瑙,紫檀就是紫檀,你环太平洋一圈去鉴定都错不了,而且虽然贵,但看行情,紫檀串子肯定升高价,反而赚了。"

丁汉白说完就走,赶在老板发脾气前闪人。

其实"玉销记"的确厉害,不然那些人不会损一把以抬高自己的身价。但为什么从人人追捧变成贬损了呢?说到底还是生意差了,店铺一再缩减,近百年的声誉积攒起来,消减也就一年半载的工夫。

但最让丁汉白不服气的是,"玉销记"没落不是因为东西差,而是因为近年这行迅速发展,进圈的人多了,上不了台面的料也多了,凡多必滥,可"玉销记"不肯降格,只能曲高和寡。

他没了兴致，挑好一块木料便打道回府。

周末向来热闹，兄弟几个都在，丁汉白舅舅家的小弟姜廷恩也来了，都是十七八岁的男孩子，喜欢赶时髦玩儿新鲜的，但听闻丁延寿今天下飞机，只好憋在家里装用功。

丁汉白在书桌前镂字，裁好的木料下垫着层层宣纸，他拿毛笔写字，然后准备下刀。三个兄弟围在两旁，把亮光都挡住了，他心烦地抬头："动物园看猴儿呢？"

丁尔和与他同岁，催促道："别磨蹭了，猴看你行不行？"

丁汉白下刀，手腕角度没变，光手指施力转力，横折撇捺一气呵成，点是点，钩是钩，痕迹深重速度平稳，刻完三个字直接把木屑一吹，拂了那仨人满脸。

姜廷恩不高兴地说："大哥，你这么利索我们学不会。"

丁汉白瞥见小桌上的西瓜："你去厨房端一盘冰块，我要把西瓜冰一冰。"

姜廷恩跑出去了，丁可愈拿起木料端详："'五云'，大哥，你这原名像开玩笑一样，没想到你还恋恋不舍的。"

丁汉白指间夹着刀，也不等冰块了，起身端上西瓜就走，出屋后坐在廊下开吃，吃完在西瓜皮上雕了几朵祥云。他本名丁五云，五月初五生日，云寓意吉祥如意，但自从他雕刻的天赋显出来，他爸就给他起了"汉白"这名字，一直只是叫着，升中学上档案的时候彻底改了。

不管古玩还是雕刻，玉都是最抢手、最高级的，雕栏玉砌也多用汉白玉，意比栋梁之材。丁延寿一生为人谦虚，就在他这个儿子身上高调了一把。

丁可愈和丁尔和从屋里出来，丁尔和故意说："汉白，等着你教我们镂字呢，快点儿啊。"

丁汉白吃了瓜心情不错，把刀一扔配合着闹："这什么狗屁名字！"

这师兄弟几个都被丁延寿按料给过名儿，但只是说说，说完就忘了，只有丁汉白最正式。丁汉白实际上也接受了，唯一不满的就是玉太易碎。

笑闹了几句，找冰块的姜廷恩终于跑回来，却空着手说："师父回来了！还带回来一个！"

参加丧事儿就够不喜庆了，还带回来一个？带什么？丁汉白骂了一句，姜廷恩委屈地立在一盆富贵竹旁边："真的，就在前厅呢！"

丁汉白长腿迈下台阶，跑出小院去前院看。大客厅开着门，厚地毯在夏天显得闷热，不过新换的白玉摆件透着凉爽。

丁延寿正和姜漱柳说话，没注意到儿子跑进来。丁汉白也不叫人，一眼就看见客厅中央站着个男孩子。

那男孩子也打量他，目光怯怯的。

丁汉白头疼，怎么真带回来一个？家里人丁挺兴旺了，他爸还从扬州拐回来一人口，南蛮子进北方院，格格不入。

他走到人家面前，问："您哪位？"

丁延寿总算抬头："这是纪师父的徒弟，以后就在咱们家了，又浑又倔的都收敛点，别让我瞧见欺负人。"

丁汉白面不改色："你叫什么名儿？"

那男孩儿叫他盯得不敢眨眼："纪慎语，谨言慎语的慎语。"

好端端来个外人，当徒弟还是当儿子？兄弟几个各自猜想，但不敢在丁延寿面前露出不满。丁汉白最擅长惹事儿，直接说人家名字难听，而后又问："爸，你收他当徒弟了？"

丁延寿点头："对，以后慎语就排名第五，是你们的师弟。"

纪慎语犹豫着要不要喊一句"师哥"。

不料丁汉白看着他："小纪，当徒弟的都另外给个名儿，我头回见你这么白净透光的脸蛋儿，干脆就叫……纪珍珠？"

纪慎语刚没了恩师，又刚认了新师父，站在陌生的房子里面对着一堆陌生的人，分不清别人是高兴还是嫌弃。

日光灼人，丁汉白的笑容灼眼，他点点头，只好应了。

02

家里突然多一口人，这不是小事儿。

可无论如何人已经带回来了，总不能又撵回去。

大客厅冲着门的位置摆放的是一双圈椅，左边那一半摆放的是沙发电视，右边那一半安放着吃饭的大圆桌，丁汉白给人家起完名字就在沙发上一歪，跷着二郎腿看电视。

他如同一个带头人，既然态度清晰，那另外三个兄弟便跟着做。丁尔和随便找个由头闪回东院，丁可愈站在沙发后面跟着看电视，姜廷恩年纪小坐不住，一会儿蹿出去，一会儿又蹦进来。

没一个搭理纪慎语。

纪慎语踩着厚实的地毯直发慌，后背不停沁着汗水。他第一次来北方，以为北方的夏天很凉快，没想到也那么热。

纪慎语独自戳着，动也不敢动，觉出自己是个不速之客，于是汗流得更厉害。

丁延寿和姜漱柳向来恩爱，隔了一周没见有说不完的话，而纪慎语甚至像没喘气，太过安静，以至于他俩都把人给忘了。

直到姜廷恩从外面跑进来，大呼小叫："姑父！门口那几口大箱子都是你带回来的啊？！"

纪慎语的反应先于所有人，他回头看了姜廷恩一眼，然后又转回头来看丁延寿。丁延寿用手掌冲着他，说："都是慎语的，你们几个年轻力壮的帮忙搬一下。"

姜漱柳犹豫着:"搬到——"

丁汉白的右眼皮跳了两下,听见丁延寿说:"搬到汉白院子里,就住正屋隔壁那间。"

幸灾乐祸的笑声响起来,丁汉白一拳砸在丁可愈腰上。他想抗议两句,可只有他的院子里空着两间屋。起身绕过沙发,一步步踩着地板迫近,他行至纪慎语面前,无奈又嫌弃地说:"走吧,五师弟。"

纪慎语带着满鬓汗珠跟丁汉白出屋,因为紧张而加重呼吸。他的几口大箱子锁好放在大门内,这让其他人更加不高兴。

丁可愈叉着腰:"大姑娘出嫁也没这么多东西吧。"

丁汉白用鞋尖踢踢,纪慎语急出声:"别动!"

兄弟三人微愣,同时觑纪慎语一眼,丁汉白手揣裤兜,好整以暇地立定:"光我别动?我觉得都别动了,你自己搬吧。"

纪慎语为刚才急吼吼的态度道歉:"里面的东西不禁磕,我一时着急,师哥别跟我计较。"

都说伸手不打笑脸人,可纪慎语此刻蹙着眉一脸难色,也叫丁汉白有点发不出火。下马威点到为止,他招手让丁可愈和姜廷恩搬一口,他和纪慎语合力搬一口,来回两趟把几口箱子全搬回小院。

丁汉白独自居住的小院布满绿植,后砌的一道灰墙挖着扇拱门,北屋三间,两卧室一书房,南屋两间,打通后放料和机器。虽然屋子不少,但都不算大,三口大箱子堵在门口满满当当。

姜廷恩擦着汗说:"这么大的箱子搬进去怎么放啊?"

纪慎语往屋内观望:"靠着墙行吗?"

"不行。"丁汉白拍裤腿蹭的尘土,"你住这儿,不等于这儿就是你的地盘,仨箱子塞进去难看死了,开箱留的留,扔的扔,别想弄一屋破烂儿占地方。"

纪慎语不知是热得,还是气得,脸通红:"我没破烂儿,都有用。"

丁汉白也是个娇惯大的,最烦别人与他争长论短:"你个小南蛮子和谁顶嘴呢?"说完不再帮忙,洗把脸就走,姜廷恩和丁可愈就是俩狗腿子,跟着走到小院门口。

丁汉白故意说:"叫上老二,咱们师兄弟去追凤楼吃午饭。"

丁可愈开心道:"大哥,我早就馋那儿的上汤鱿鱼须了!"

"吃什么鱿鱼啊。"丁汉白回眸往屋门口瞧,"今天吃扬州炒饭!"

正午热气升腾,纪慎语守着三口大木箱立在台阶上,他能进屋吗?可是还没得到丁汉白的允许,万一挪了椅子、碰了杯子,丁汉白回来后找碴儿怎么办?

他从恩师病危起就伺候着,前一阵忙活丧事几乎没吃过、没睡过,三两遭伤心事接踵而至,眼下跟着丁延寿奔波回来,在完全陌生的城市没安身、没定心,此刻立在日头下哪儿也不敢去,询问又怕添麻烦,疲惫心焦间差点儿栽下台阶。

姜采薇来时就见纪慎语惶惶然地站着,脸蛋儿红扑扑的,里层的头发都汗湿了。

她快步过去给纪慎语擦汗,说:"我是汉白的小姨,姐夫离开好几天,刚才去店里了,我姐去给你买日用品和新被子,你怎么傻站着?"

姜采薇的出现无异于雪中送炭,纪慎语感激地笑起来:"小姨,我叫纪慎语。"

"我知道,名字真好听,纪师父给你取的?"姜采薇推纪慎语进屋,"那哥儿几个给你脸色看了吧?你不用在意,我姐夫收徒弟要求高,多少故交的孩子想拜师他都没答应,汉白就不说了,其他几个人虽然爱闹,但也是拔尖儿的。所以你直接被收了徒弟,还被从扬州那么远带回来,他们别扭着呢。"

纪慎语急忙说:"我不会给丁师父丢人的,我手艺还成。"

他想说自己也不赖，到底是没好意思。

姜采薇"扑哧"笑出来："先吃饭，吃完洗个澡睡一觉，晚上凉快了再收拾。"

纪慎语用单独的行李袋装着些衣服，件数不多，做工细致，但让人只能想到俩字——落魄。他洗完澡坐在床头撒癔症，等头发干透才敢躺，怕弄湿枕头被丁汉白抓小辫子。

床头柜上放着本《战争与和平》，他拿起来看了一会儿，等犯困想睡时把书按照之前摆放，假装自己没有动过，睡也不敢敞开了睡，贴着床沿平躺，不翻身、不蹬腿……比纪芳许辞世时还安详。

他并不怵丁汉白，只是知道寄人篱下要有怎样的教养。

丁汉白早将纪慎语忘得一干二净，带着俩小弟吃完饭去看电影，看完电影又去兜风，开着车折腾到日落才回来。

他进院时终于想起多了个人，压着步子顿在富贵竹后，瞟见那三口大木箱仍在门外摆着。他阔步过去，轻巧跳入卧室中，领导检查般开始审视一桌一椅。

纪慎语吓得从床边坐起来，手里还拿着《战争与和平》。他太累了，一觉睡到日暮才醒，他又喜欢看书，翻开想接着看一章，结果一章又一章，忘了时间。

丁汉白走到床尾："没把我的书签弄掉吧？"

纪慎语低头翻找，书页晃过哪有什么书签？他急忙看床上和地板，慌道："我没看见书签，是什么样子的？"

"金片镂空，一朵云。"丁汉白强调，"黄金。"

纪慎语弯腰撩起床单，可在床底也没找到，书本变得烫手，但他没有无措太久，搁下书就跑了出去。他掏出钥匙开箱，从里面摸出一个包裹，层层旧衣、旧报打开，露出了里面零碎的玉石。

丁汉白有些吃惊，站得远也看不真切，问："你做什么？"

纪慎语目光灼灼:"我赔你。"

他低头翻那堆未经雕琢过的玉料,翻了会儿又从箱子里取出一个小木盒,盖子遮掩着,手伸进伸出,握成拳不让看似的。

丁汉白明白了纪慎语之前的态度,原来箱子里都是好东西,怪不得那么宝贝。

纪慎语走到他面前,翻转拳头摊开手掌,掌心躺着一枚耳环。白金镶翡翠,东西和做工都没的挑,他拿起来看,明知故问:"给我?"

"嗯,这是师父给我娶老婆用的。"纪慎语没想过成家那么远的事儿,丁延寿跟他说过,以后他既是徒弟,也是养儿。他要把这儿当成家的话,那就不能头一天就欠丁汉白的东西,和家人积下矛盾。

黄金片的书签他没见过,可是看屋里的摆设,肯定很贵重,他只好拿自己最珍贵的宝贝来偿。丁汉白捏着耳环有点骑虎难下,他觉得书难看,书签更是好好搁在书房,随口戏弄一句而已,谁承想这位当了真。

"我一个大男人要耳环干什么?"

"你娶老婆用。"

"娶老婆只给一只?怎么不把另一只也给我?"

纪慎语拳头又攥住:"一片金书签换两只白金翡翠耳环,你们北方人倒是会占便宜。"

丁汉白以为自己听错:"什么叫我们北方人占便宜?"

纪慎语反问:"那什么叫小南蛮子?"

"……"

丁汉白今夜失眠,怨自己嘴下留情太窝囊,要是搁在平时,他一定把对方噎得七窍生烟,可纪慎语不太一样,纪慎语丝毫没有咄咄逼人的架势,犟嘴像讲道理。

最重要的是拿人家的手短。他翻身凝视床头灯,那只耳环就钩在灯罩边缘的流苏上,绿翡翠裹着浅黄的光,把精细做工一再放大。

纪芳许真疼这个徒弟,师父嘛,师占的比重大,那就严厉些;父占的比重大,那就亲昵些。可是纪芳许刚死,纪慎语就另拜新师远走高飞,压根儿担不住纪芳许的疼爱器重。

丁汉白见识过纪芳许的作品,隔着时空年岁缅怀对方,一撩被子把叹声掩住:"纪师父,你这徒儿忒不孝了,我帮你收拾他。"

没等他想出收拾人的损招,丁延寿先给他们兄弟几个立了规矩,第一条就是"不许欺生"。姜采薇也在,看气氛沉闷便说:"姐夫,他们都差不多大,很快就玩儿在一起了。"

丁延寿戴着厚片眼镜,不用睒视,直接锁定丁汉白:"我总在店里忙,顾不上看着你们,你们小姨就是我的眼线,我什么都知道。"

姜采薇崩溃道:"哪有一开始就把眼线亮出来的?!"

纪慎语纹丝不动地站着,知道丁延寿今天开会是给他立保护法,可越这样他越不安,其他人本就对他的到来颇有微词,现在估计更不爽。

丁汉白最不爽,憋了半天终于说:"爸,你也别说什么欺生欺小,这行只欺负一种人,就是手艺烂的。"

丁可愈附和道:"大伯,我们几个当初是你观察了好几年才收的,凭什么一趟扬州七天乐就多了个徒弟啊?"

丁汉白又想笑、又生气:"去你的七天乐,我爸那是奔丧!"

纪慎语坦然地看向那四个师哥,丁可愈说完被丁汉白骂,丁尔和却不动声色地颔首沉默,算是同意,而姜廷恩年纪小性子直,立刻认同般点了点头。

他大概明白了,大家是嫉妒他轻易地拜丁延寿为师。"玉销记"好几家,每个人都能持股,他一个外人来侵占一份,必然招致不满。

唯独丁汉白不同，丁汉白在意的似乎只有他的本事，他要是个草包，估计这人能天天冲他翻白眼儿。

丁汉白坐在丁延寿旁边，抬手揽住丁延寿的肩头："爸，这样吧，让五师弟露一手，我也想见识见识纪师父的高徒是个什么水平。"

他说完眼睛余光扫到纪慎语身上："珍珠啊，你愿意吗？"

纪慎语咬着后槽牙："愿意。"

他答应完极不死心："师父，我能换个名字吗？"

丁延寿感觉肩头的大手在施加力道，心想逆着亲儿子的意，那肯定一礼拜都不得安宁，况且琢磨一番，感觉珍珠也不错，便揶揄道："珍珠呢，柔、润，有福，我看挺好。"

直到去机器房选料，纪慎语耷拉的脸就没晴过。丁汉白带路开锁，一脚踢开门，日光倾泻，把几箱几柜的玉料全照亮了。

姜廷恩没忍住："哥，我也想……"

丁汉白打断："别做梦。"

纪慎语两眼发直，然而还没饱够眼福就被挡住，丁汉白颀长的身体堵在面前，大手抓着一把玛瑙："选一个。"

小院里光线更强，五颗玛瑙躺在桌上，等着纪慎语来挑。纪慎语跑进屋拿刀和笔，在众人的目光下返回，连气儿还没喘匀就端详起那五颗颜色不同的南红玛瑙。

锦红、缟红、玫瑰红、朱砂红……

纪慎语伸手一抓，把锦红那颗拿起来，同时抬眼看丁汉白，撞见对方满眼的"哎哟喂"，仿佛他不是个人，是件废料，是块小垃圾。

纪慎语直接起笔，在南红上开始画形，他画的是拱门旁那盆富贵竹，盆底线条流畅，越往上越绵软，竹枝竹叶凌乱交错，也没体现出风的方向。

丁汉白看都不想看了，俯身把花圃里的丁香薅下来，丁香跟他姓，他最喜欢。把最喜欢的花薅成残枝败叶，他起身正好赶上纪慎语换刀。

踱步到右后方盯着，只消两分钟就忍无可忍，他将纪慎语的手腕一把攥住："腕子晃悠什么？你摇骰子还是发扑克？"

纪慎语说："我习惯这样。"

"习惯这样？习惯五颗南红连真假都分不出来，习惯画形无力乱七八糟，还习惯晃着腕子拿刀？！"丁汉白陡然高声，"浪费时间，不知羞臊！"

这场摸底考试就此终止，其他几个人偷着乐，无外乎嘲弄。丁汉白上了大火，连珠炮似的把纪慎语痛骂一顿，仿佛不骂得狠些就无法告慰纪芳许的在天之灵。

纪慎语左耳进、右耳出，听完回屋把门一关，坐在床边又开始看《战争与和平》。

他心里清楚，其他人妒忌他天降拜师，更忌惮他来分家里的产业，毕竟"玉销记"祖辈都是技术认股。那他不露一点锋芒，应该能短暂地安慰到大家吧。

至于一心在乎手艺的丁汉白……

喊，管他呢。

纪慎语捧着书，金书签他没见着，翡翠耳环可是心疼得他一宿没睡好觉。

03

星期一，上班的上班，上学的上学，丁汉白和张主任吵完就请了假，具体没说请几天，但张主任去福建出差了，他才不着急。

一觉睡到日上三竿，早饭和午饭并成一顿吃，洗漱干净从卧室出来，又看见那闹心的几口箱子，丁汉白缓步到隔壁，石破天惊一声吼:"纪珍珠!出来!"

门掩着,纪慎语出现在门缝里,泰山崩于前而色不变:"干什么?"

"你说干什么?箱子摆这儿像什么话?你以为琉璃厂摆摊儿呢?"丁汉白刚起床,嗓子有点沙哑,"限你今天收拾好,不然我把箱子劈了钉板凳。"

他说着用手推门,力道没控制好,雕着藤枝花草的门板"咣当"一声,彻底洞开了。纪慎语站在中央激灵一下,立刻承了满身的阳光,似乎连小臂上的细小汗毛都清晰起来。

"师哥,"纪慎语没有以卵击石,平和地以柔克刚,"东西收拾出来,那箱子放哪儿?"

丁汉白说:"机器房装东西。"

纪慎语点头放心,不是劈成木柴就行,他没话问了,在沉默的空当和丁汉白对视两秒。他知道自己眼中毫无内容,也知道丁汉白眼中又是"哎哟喂"。

丁汉白向来恣意,什么情绪都懒得藏匿,纪慎语没表情的模样让他想起"面如冠玉"这个酸词,紧接着又想起纪慎语稀巴烂的手艺,眼神不由得轻蔑起来。

再漂亮的草包也是草包。

中午人不全,吃饭时圆桌周围人影寥寥。天热,丁汉白没胃口,端碗绿豆汤坐在沙发上慢慢喝。"汉白,打算歇几天?"丁尔和吃完过来,拿起遥控器调大电视机的音量,"新来的五师弟怎么没吃饭?"

丁汉白浑不在意:"管他呢,不饿呗。"

丁尔和不大的声音被盖在电视的背景音下:"我听我爸说,他实际上不只是纪芳许的徒弟,还是纪芳许的私生子。"

"确定?"丁汉白搁下碗,大概能理解丁延寿的做法了。纪芳许肯定对他爸托孤来着,那不管纪慎语有多笨,他爸既然答应就要奋力接着。

丁尔和又说:"你看他一个男孩子,那面相如珠如玉,命好着呢。没继承到亲爸爸的家业,来到咱们家却能分一杯羹。"

丁汉白但笑不语,可眼角眉梢的笑意把不屑都暴露干净,这点不屑让丁尔和有些尴尬,也有点憋气,又坐了片刻便起身离开。

"出息。"丁汉白轻飘飘地说,"你用不着在我耳边吹风,那几家店谁稀罕谁要,苟延残喘还值当你争我抢?"

他从不给人留面子,看破就要骂,看不上就要啐。他也奇了怪了,"玉销记"一再没落,怎么还当个宝似的怕外人来占?能不能有点追求?

丁汉白仰在沙发上酝酿困意,可是睡足了,实在神采奕奕。午后最热,他准备回卧室吹空调,从前院到小院的距离热出一身汗,刚迈进拱门,便愣在了富贵竹旁边。

北屋走廊的座位和栏杆、石桌石凳、草坪花圃……凡是平坦地方全摆着摊开的书,简直无处下脚。纪慎语背朝外蹲在箱前,又抱出十几本跑下台阶,瞧见丁汉白时带着满面绯红和汗珠:"师哥,书在路上有些受潮,我晒晒行吗?"

丁汉白说:"你都晒了还问什么问?"

"我等太阳一落马上收。"纪慎语把南屋前的走廊也摆满了。

丁汉白在自己居住二十年的院子里笨拙起来,像毛头小子进烟花巷,也像酒肉和尚被佛祖抓包。他花钱如流水,尤其买料买书的钱向来没数,因此从墙根儿下的一方草坪开始,一步一顿地看,越看心越痒。

除了几本小说之外,纪慎语的书几乎全和古玩文玩相关,许多市面上找不到的竟然也有。丁汉白走到石桌前,有点挑花眼,眼珠难受;转念要开口借,嘴巴也难受。

纪慎语饭都没吃，在骄阳下奔跑数十趟没停脚，这会儿体力耗尽像要中暑。他抱着最后几本书跑到石桌前一扔，靠着桌沿吭哧喘起来。

丁汉白立即锁定那本《如山如海》，拿起盯着封面，说："这本我找了大半年，关于海洋出水文物和山陵出土文物方面的，它记载得最详细。"

纪慎语把气息喘匀，从昨天被痛批，到中午被大吼，这还是对方第一次心平气和地跟他说话。他明白丁汉白的言外之意，就是想看看嘛。

但不能白看，他递上书问："书太多，我能放书房一些吗？"

丁汉白心中窃喜，面无表情地接过："那就放点吧。"

"谢谢师哥。"纪慎语先将受潮不严重，差不多晒好的几本敛走，要赶紧去书房放好，以防丁汉白反悔。而且他好奇书房里面什么样，早就想看看了。

书房比卧室还宽敞，高柜矮橱，书桌旁撂着半人高的宣纸，地毯厚得发软，空气中一股墨味儿。纪慎语放下书，好奇地瞅桌上一幅画，还没看清画，先被桌角处金灿灿的书签晃了眼。

纯金片，厚处如纸，薄处如蝉翼，熠熠生辉的一朵云，比想象中精美得多。

纪慎语顾不得欣赏，憋着气往院里跑，一股脑儿冲到丁汉白面前夺下书。丁汉白刚看完目录，不悦道："发什么神经？"

纪慎语火气彤彤："金书签就在书桌上，你去瞧瞧！"

丁汉白装傻："那就是我记错了，没夹在书里。"

"把翡翠耳环还给我！"纪慎语情急之中扯住丁汉白的衣服，作势往卧室走，"那是我师父给我的，我没弄丢书签，你别想昧我的东西。"

丁汉白猛地甩开："昧？谁稀罕？！"

他进屋把耳环取出，本来也没想要，不过是看巧夺天工想多琢磨两天技法。"给给给，拿走！"一把塞到纪慎语手里，耳钩似乎扎到了纪慎语的手心，他无暇顾及，还惦记着书。

纪慎语压根儿不怵丁汉白，这下利索走人，还专门把那本《如山如海》拿走了。

两间卧室的门同时关上，一墙之隔而已，却如同隔着道沟壑。纪慎语把书放在窗台上继续晒，肚子咕噜直叫，瞄见了桌上的一盒桃酥。

那盒桃酥是姜采薇给他的，他觉得这家里数姜采薇对他好。

纪慎语舍不得吃太多，细嚼慢咽吃下一块，肚子还是饿，于是翻出一袋子南红玛瑙转移注意力。他选了一块红白料，下笔勾画，腕不颤、指不松，线条一气呵成，画完就开始雕。

他聚精会神地雕到晚上，搁下刀揉了揉变瘪的指腹。他没办法抛光，除非丁汉白允许他进机器房，那他就得借书，两人之间像搭扣子，一环接一环，没师兄弟情谊，也没同行间的好感，就有……嫌隙。

纪慎语去院里收书，这时姜采薇下班回来，身后还跟着刚放学的姜廷恩。姜采薇帮忙，姜廷恩也跟着干，几分钟就搞定了。

"谢谢小姨。"纪慎语道谢，见姜廷恩站在窗边看那本《如山如海》，"你喜欢的话就拿去看吧。"

姜廷恩挺开心："师弟，你今年多大？"

"虚岁十七，春天生日。"

"那你比我小半岁。"姜廷恩拎着书包，"你不上学了？"

纪慎语在扬州的时候已经上高二了，暑假过后就该上高三，然而没等到放暑假就退学来到这儿。他整个人对丁延寿来说都是附加物，所以绝不会提其他要求，比如上学。

实际上，他来的路上就已做好去"玉销记"帮忙的准备，随时听候丁延寿的差遣。

将书收好，姜采薇进屋检查了一遍，看看有什么短缺的。纪慎语拿起桌上的南红，说："小姨，谢谢你这些天忙前忙后照顾我，这个送你。"

"我看看！"姜廷恩抢过，"小姑，这是雕了个你！"

红白料，亭亭玉立一少女，通体赤红，只有百褶裙纯白无瑕，姜采薇第一次收到这样的礼物，捧着看不够："真好看，裙子像风吹着一样，我太喜欢了。"

纪慎语遗憾道："就是还没抛光。"

姜廷恩说："好办，我找大哥开机器房，晚上抛好。"他说完看着纪慎语，大高个子一严肃还挺唬人，"师弟，你那天雕富贵竹，枝叶方向乱糟糟的，怎么百褶裙就能一水顺风飘了？"

纪慎语搪塞人："这次超常发挥了，否则怕小姨不喜欢。"

晚饭好了，姜采薇推着他们出去，姜廷恩没机会继续发问，走到廊下正碰上丁汉白，丁汉白一眼瞄见姜廷恩手里的书。

他再瞄一眼纪慎语，心里骂：小南蛮子。

晚上人齐，纪慎语的位子加在丁汉白左手边，他一夹菜就被丁汉白用胳膊肘杵一下，端碗喝汤还被揉得洒了一点儿。

"你想干什么？"纪慎语压着舌根，"浪费粮食你开心？"

丁汉白坐着也比他高出多半头，宽肩挤着他："这个家就这样，本事大就霸道，吃喝随便，没本事就窝囊，受气。"

纪慎语反击："没看出你有什么本事，天天在家歇着。"

丁汉白把最后一个丸子夹到碗里："骂了领导还不被开，这就叫本事。"又夹起丸子下铺垫的白菜叶，半生不熟一层油，放进对方碗里，响亮地说，"珍珠，多吃点，吃胖了师哥也不笑话你。"

纪慎语牙缝里挤话："谢谢师哥。"

快要吃完，忙碌一天的丁延寿搁下碗筷，忽然说："慎语，芳许一直让你上学，我也是这么想的，接着念高三，毕业后再说。"

纪慎语觉得天降惊喜，咧开嘴点头："我上，谢谢师父！"

丁汉白余光瞥见十成十的灿烂笑容，险些迷了眼睛，他琢磨纪慎语的学习成绩肯定一般，草包就是草包，在任何方面都一样。

等人走尽，客厅只剩丁汉白一家三口时，姜漱柳抓着把葡萄干当饭后零食，丁延寿看天气预报。"爸，"丁汉白想起什么，"听说纪慎语是纪师父的私生子？"

丁延寿没隐瞒："嗯，办完丧事当天就被芳许他老婆撵出来了。"

丁汉白莫名好奇，贱兮兮地笑："没分点家业什么的？"

"分了，就那三口箱子。"丁延寿说，"芳许早就不动手出活儿了，这些年一直折腾古玩，病了之后慎语端屎端尿地伺候，家里的东西被他老婆收得差不多了，等人一没，他老婆就堵着房门口让慎语收拾，生怕多拿一件东西。慎语把书敛了，料是他这些年自己攒的。"

丁汉白补充："还有白金镶翡翠耳环。"

丁延寿没见，说："假的吧，真的话不会让他带出来。"

"不可能，天然翡翠！"丁汉白立即起身，就算纪慎语糊弄他，他也不是瞎子，再说了，假的至于那么宝贝？他急匆匆回小院，和姜廷恩撞个满怀。

"大哥，我找你。"姜廷恩攥着拳晃晃，"我想进机器房抛光。"

丁汉白带着对方去南屋机器房，瞥了眼纪慎语的卧室，亮着光掩着门，没什么动静。"雕东西了？"他开门进去，在灯最亮的机器房示意姜廷恩展示一下，"我看看。"

姜廷恩摊开手，知道丁汉白和纪慎语不对付，便含糊其词："雕了个小姑。"

丁汉白拿起来："你雕的？"

"对啊，我雕的……"姜廷恩眼珠子瞎转，不太想承认，"吃了个冰激凌，舒服得下刀如有神，我也没想到。"

丁汉白问："你现在有没有神？"

他没等姜廷恩回答，攥着南红就坐到抛光机前，不容反驳地说："我来抛，省得你灵光没开又糟蹋了。"

姜廷恩不服气，但想想反正是送给姜采薇的，又不属于他，那爱谁谁吧。但他不确定地问："哥，这块真特别好啊？"

丁汉白看见好东西就有好脸色："好南红，画工栩栩如生，走刀利落轻巧，没一点瑕疵不足，水平比可愈、尔和都要好。"

姜廷恩心里生气，合着纪慎语藏着真本事，到头来他的水平还是倒数第一。他挺郁闷："哥，我回了，你抛完直接给我小姑吧。"

丁汉白关门开机器，打磨了一晚上才弄好，抛过光的南红也才算彻底完成。他欣赏着，灯光下的南红透着平时没有的亮光，熟练的技巧撇开不谈，之所以好，是好在线条的分布上。

一颗金刚石没什么，切工好才能成耀眼的钻，玉石也一样，雕出来好看是首要的，细观无瑕显手艺水平又高一等，最高等是完成品最大限度地美化料本身，改一刀都不行，挪一厘都过分。

显然，姜廷恩没这个本事，打通任督二脉都办不到。

时间晚了，丁汉白打算明天再给姜采薇，回卧室时经过隔壁，发现掩着的门已经开了。他咳嗽出动静，长腿一迈登堂入室，正好撞见纪慎语在擦手。

纪慎语湿着头发，刚洗完澡，头发可以不擦，但手要好好擦。他没想到丁汉白突然过来，举着手忘记放下："有事儿？"

丁汉白吸吸鼻子："抹什么呢？"

纪慎语十指互相揉搓："抹油儿呢……"

丁汉白走近看清床上的护手油和磨砂膏，随后抓住纪慎语的手，滑不唧溜，带着香，带着温热，十个指腹纹路浅浅，透着淡粉，连丁点儿茧子都没有。

他们这行要拿刀，要施力，没茧子留下比登天还难！

丁汉白难以置信地问："你这……你这到底学没学手艺？！"

纪慎语挣开，分外难为情，可是又跟这人解释不着，就刚才抓那一下他感受到了，丁汉白的手上一层厚茧，都是下苦功的痕迹。

"刚长出茧子就用磨砂膏磨，天天洗完了擦油儿？"丁汉白粗声粗气地问，捡起护手油闻闻又扔下，"小心有一天把手指头磨透了！"

纪慎语握拳不吭声，指尖泛着疼，他们这行怎么可能不长茧子？生生磨去当然疼，有时候甚至磨掉一层皮，露着红肉。

"我……我不能长茧子。"他讷讷的，"算了，我跟你说不着。"

丁汉白没多想，也没问，探究别的："你那翡翠耳环是真是假？"

纪慎语明显一愣，目光投向他，有些发怔。丁汉白觉得这屋灯光太好，把人映得眉茸茸、眼亮亮，他在床边坐下，耍起无赖："拿来我再看看，不然我不走。"

纪慎语没动："假翡翠。"

丁汉白气得捶床，他居然看走眼了！

"本来有一对真的，被我师母要走了。"纪慎语忽然说，"师父想再给我做一对，我求他，让他用假翡翠。"

"为什么？"

"假的不值钱，师母就不会要了，我也不在乎真假，师父送给我，我就当宝贝。"

"既然是宝贝，怎么轻飘飘就给我一只？"

纪慎语愠起火，想起丁汉白蒙他："我只是暂时给你，以后有了好东西会赎的。"他扭脸看丁汉白，"你看出是假翡翠了？"

丁汉白脸上挂不住，转移话题："纪师父是你爸？"

纪慎语果然沉默很久:"我就喊过一声,总想着以后再喊吧,拖着拖着就到他临终了。"

他哭着喊的,纪芳许笑着走的。

丁汉白的心尖骤然酸麻,偏头看纪慎语,看见对方的发梢滴下一滴水珠,掉在脸颊上,像从眼里落下的。

他起身朝外走:"早点睡吧。"

纪慎语钻进被子,在暗夜里惶然。片刻后,窗户从外面打开一点,"嗖"地飞进来一片金书签,正好落在枕头边。他吃惊地看着窗外的影子,不知道丁汉白是什么意思。

"书那么多,这书签送你。"丁汉白冷冷地说,"手擦完,头发也擦擦。"

人影离开,纪慎语舒开眉睡了。

04

《战争与和平》已经被纪慎语看完大半,那片金书签正好用上,妥当地夹在里面。他知道丁汉白瞧不上他,也知道那晚丁汉白不过是心生恻隐,他没在意,怎么样都行。

丁汉白同样不在意,他从小被纵出挑剔的脾性,一时的同情过后,再看纪慎语毫无不同。可怜虽可怜,无能真无能,他顶多想起对方遭遇时心软那么一会儿,并无其他。

天气太热,凑一起吃饭都心烦,丁厚康一家在自己的院子里,丁延寿一家在前院,暂时拆伙。菜还没上齐,丁延寿拿出一份档案,说:"慎语,我托人在六中给你落了学籍。"

纪慎语端着盘子差点洒出菜汤,搁下后用力擦擦手才接:"谢谢师父,我什么时候去上学?"

"马上放暑假了,你先随便跟一个班上课,等期末考试完看看成绩怎么样,再让老师给你安排固定班级。"丁延寿挺高兴,倒了一杯葡萄酒,"院长和我认识,芳许当年来这里玩儿,还送过他一座三色芙蓉的桃李树,至今还摆在他办公室呢。"

纪慎语在家言语不多,心里默默惦记着事儿,这下石头落地,连吃饭都比平时开胃。丁汉白如同蹭饭的,不吭声地闷头吃,他已经歇了好几天,百无聊赖没心情。

姜潋柳看他:"你不去上班就去店里,大小伙子闲着多难看。"

丁汉白挑着杏仁:"'玉销记'又没生意,在家闲比在店里闲好看点。"

他哪壶不开提哪壶,丁延寿日夜操心怎么重整旗鼓,偏偏亲儿子不上心,说:"反正你闲着,那你接送慎语上学、放学吧。"

丁汉白撂下筷子,对上他爸妈的目光便知反驳无用。也是,纪慎语人生地不熟,来这儿以后除了去过"玉销记",似乎还没出过门。

他忆起纪慎语擦油儿,联想到大门不出二门不迈的深闺小姐。

"扑哧"一乐,他答应了:"珍珠啊,那师哥送你吧。"

纪慎语一听这称呼必然起鸡皮疙瘩,捏紧了瓷勺说:"谢谢师哥。"

这声"师哥"给丁延寿提了醒,他指着丁汉白看纪慎语,说:"慎语,上学也不能荒废手艺,咱们这行才是主业,其他都是副业。你既然认我做师父,我把会的都教给你,找不着我的时候让汉白教你也是一样的。"

纪慎语确认道:"师哥跟您一样?"

丁延寿笑起来,他这辈子只嘚瑟这一点:"你师哥说话、办事惹人厌,但本事没的挑。"他看向丁汉白,忍不住责怪:"慎语来了这么久,你俩没切磋切磋?那住一个院子都干吗了?"

丁汉白的表情像不堪卒听,切磋?他没好意思告诉丁延寿真相,怕纪慎语臊得遁地。他抬起眼眸一瞥，没想到纪慎语打量着他，一脸坦荡。

他觉得这小南蛮子面如清透的白玉，可是厚度当真不薄。

纪慎语来这儿以后还没见过丁汉白雕东西，只知道对方吃饭挑嘴，讲话无情，游手好闲地歇着不上班，透顶纨绔，不像技高于人。

他主要是不相信技高于己。

他俩一个骄得外露，一个傲得内敛，谁也看不上谁，遑论服气。晚上一道回小院，门口分别时纪慎语出声："师哥，明早上学。"他怕丁汉白又睡到日上三竿。

"上呗。"丁汉白脚步没停，"看你期末考几分儿。"

纪慎语没白白担心，翌日一早他都收拾好了，可丁汉白的卧室门还关着，背角处的空调外机连夜工作，漏了一摊凉水。他看时间还富余就坐在走廊等候，顺便把课本拿出来复习。

等了半小时，再不走真要迟到，他敲敲门："师哥，你睡醒了吗？"

里面没动静，纪慎语更使劲儿地敲："师哥，上学该迟到了。"

丁汉白正做着春秋大梦，梦见张寅从福建回来，带回一箱子残次品，要不是敲门声越来越大，他得往深处再梦片刻。他睡眼惺忪，掺着烦躁，趿拉着拖鞋光着膀子，猛地开门把纪慎语吓了一跳。

"催命一样。"丁汉白去洗漱，不慌不忙。纪慎语心里着急，进卧室给对方准备好衣服，一摸衣柜犯了职业病，目光流连徘徊，耸着鼻尖闻闻，屈着手指敲敲，把木头的硬度光泽和气味全领略一遍。

丁汉白洗漱完进来，靠着门框打瞌睡："爱上我这衣柜了？"

纪慎语头也不回："这木料太好了，在扬州得打着灯笼找。"

"在这儿也难寻。"丁汉白觉得纪慎语挺识货，上前拉开柜门挑出一身衣裤，然后当着纪慎语的面换上。他边扎皮带边使唤人："给我系扣。"

纪慎语立即伸手，迅速给丁汉白把衬衫扣子系好，系时离得近，他正对上丁汉白的喉结，便滚动自己的开口："师哥，六点半放学。"

丁汉白说："我上过，不用你告诉我。"

纪慎语收回手，有些踌躇："那你早点来接我？"

他在这儿只认识丁家的人，就算丁汉白对他横挑鼻子竖挑眼，那也是最相熟的，但他之于丁汉白不一样，比不上亲朋，不值当费心。

就像早晨起不来一样，他怕丁汉白下午忘了接。

出门太晚，丁汉白把车开得飞快，颠得纪慎语差点吐出来，但还是迟了。学校大铁门关着，纪慎语独自下车敲门，和门卫室的大爷百般解释，可他既没证件，也没校服，人家不让进。

纪慎语翻出档案："大爷，我是新转来的，今天第一天上课。"

"新转来也得家长办手续，不然怎么证明？"大爷端着搪瓷缸，"第一天上课来这么晚？太不像话了吧。"

汽车已经掉头，丁汉白从后视镜看见一切，只好熄火下车。他小跑过去："师傅，办什么手续？我给他办，你不让进门怎么办手续？"

大爷绕晕了："你是他哥？"

丁汉白手一伸，穿过栅栏摸到铁闩，拉开就推门进去，大爷见状吵起来。他挡在前面，反手扯住纪慎语的书包带子，连人带包拽进去，喊道："撒什么癔症？跑啊！"

纪慎语拔腿往教学楼跑，遇见老师就表明来历，挺顺利地被带进一间班级。等落座喘匀气儿，他忍不住担心丁汉白在校门口怎么样了。

丁汉白好得很，被大爷扭着胳膊还能嬉笑怒骂："大厅里优秀毕业生的照片墙你找找，看看有没有我丁汉白？开一下母校的大门怎么了？厅里的浮雕都是我爸带着我刻的！"

大爷在这儿干了十几年："丁什么？你是丁汉白！"

丁汉白挣开抻抻领子："我就是从这儿毕业的，不是什么不法分子，放心了？"

大爷气得揉他，吆喝买卖似的："就是你这小子！那时候在老师们的车横梁上刻字，什么'乌龟王八蛋'，什么'作业写不完'，我抓不住人天天被扣工资，你这小子一肚子坏水儿！"

丁汉白早忘记陈年旧事，笑着奔逃，钻进车里还能听见大爷的叫骂。开到街上才逐渐想起来，他那时候铅笔盒沉甸甸，一支笔四把刀，烦哪个老师就给人家车横梁刻字，蝇头小楷，刻完刷一层金墨。

路过文物局，方向盘一打拐进去，他休息一个多星期，张主任应该已经回来了，他想看看对方有没有带东西。

办公室还是那些人，瞧见丁汉白进门热闹起来。丁汉白平时大方，帮个忙什么的也从不计较，人缘不错。他朝主任办公室努努嘴儿，问："回来了？"

同事点点头："张主任和石组长正分赃呢。"

丁汉白去销假，返回时正好对上石组长出来。他发觉石组长瘦了，可见这趟出差辛苦。迎上去，拎着水壶给对方沏茶，他问："组长，想不想我？"

石组长瞅一眼办公室，咬着后槽牙："我每天都想你！"

福建打捞出一大批海洋出水文物，各地文物局都去看，开大会、初步过筛、限选购买，连轴转费尽心力，石组长给他一拳："我得歇几天，接下来你替我跑腿干活儿。"

丁汉白问："没买点什么？"

石组长又来一拳："你就惦记这些！"压低声音，悄悄地说，"损毁轻的要报批，我只拣了些损毁厉害的，给市里展览的我不做主，全由张主任挑。"

丁汉白心痒难耐："晚上我请客，让我瞧瞧？"

他这一整天都没别的心思，铆足劲儿干完积累的工作，只等着下班跟石组长饱眼福。六点半一到，他开上车拉着对方，先去酒店打包几道菜，直奔了对方家里。

单元房有些闷，丁汉白无暇喝酒吃菜，展开旧床单铺好，把石组长带回的文物碎片倒腾出来，蹲在床边欣赏。石组长凑来问："都是破烂儿，你喜欢？"

丁汉白捂着口鼻隔绝海腥味，瓮声瓮气："我对古玩感兴趣，市面上的出水文物都太假，可惜这些又太烂，不过碎玉也比全乎瓦片强。"

石组长摆摆手："那你都拿走，这堆破瓷烂陶你嫂子不让留，上面有盘管虫，脏。"

丁汉白立刻打包，生怕对方反悔，这下能拿回家慢慢研究了。收拾好坐下来吃饭，外面天已经黑透，天气预报都快播完了，他敲开蟹壳忽然一顿，总觉得忘了什么事儿。

石组长问："今天怎么开车来的？那别喝酒了。"

怎么开车呢？因为开车快。为什么要快？因为出门晚了会迟到……丁汉白啪地放下筷子，他忘记去接纪慎语放学了！

那堆"破烂儿"放在车座上，担心颠碎又不敢开太快，丁汉白绕近路到达六中门口，大铁门关着，里面黑黢黢一片，根本没有人影。

他下车隔着铁门喊："师傅！上午那个转学生已经走了？"

大爷出来："扒着我窗户看完《新闻联播》就走了。"

丁汉白开车离开，一路注意着街道两旁，可汽车不可能行驶太慢，总有看不清的地方。他猜测纪慎语没准儿已经到家了，干脆加速朝家里赶。

前院客厅没人，丁延寿带姜漱柳给朋友过生日去了。丁汉白跑进小院，发觉黑着灯关着门，纪慎语没回来，又跑回前院卧室找姜采薇，问："小姨，纪慎语回来没有？"

033

"没有啊,慎语不是今天上学吗?"姜采薇说,"你不是负责接送吗?我以为你带着他在外面吃……"

丁汉白没听完就转身走了,骑上自行车冲进夜色,沿着街边骑边喊。家里距学校挺远,早上开车又快,纪慎语肯定记不住路,这会儿指不定走哪儿去了。

纪慎语的确迷路了,他在校门口等了一小时,把学校都等空了,回忆着来路往回走,越走越饿,这儿比扬州大多了,马路那么宽,路灯之间隔得老远。他经过一片湖,来的时候没记得有湖,再一绕,从湖边进了公园。

绕出来又是另一番模样了,沿街有垂柳和月季,书报亭正在锁门,他过去问"玉销记"怎么走,人家说远着呢。他抬头看看月亮,这儿的月亮倒是和扬州的一样。

他想回扬州,想一辈子就叫了一次"爸爸"的纪芳许。

他明明提醒丁汉白早点来接他了,丁汉白为什么不来?

是因为他雕的富贵竹太烂,还是因为他用假翡翠骗人,抑或是他没借那本《如山如海》?纪慎语继续走,都觉得背上的明月清辉是负担。挨着墙根儿,红墙黑瓦挺漂亮,他就沿着一直走。

丁汉白看见纪慎语的时候,对方在看屋檐下的一圈鸟窝。

"纪珍珠。"他喊。

纪慎语望来,没露出任何表情,欣喜或失望都没有。

丁汉白推车过去,伸手摘下纪慎语肩上的书包,很沉,他拎着都嫌沉。他有点不知道怎么开口,最终还是那德行:"你怎么不等着我?瞎跑什么?"

纪慎语说:"我知道你不会接我的。"

"什么?"

"我知道你根本没打算接我。"

"我忘了而已……"丁汉白捏捏铃铛,把心虚表露无遗,"我有点事儿,忘了。这不出来找你了吗?上车。"

自行车稳稳地沿街慢行,书包挂在车把上晃悠,丁汉白找人时出了一身汗,后背的衣服都贴着肉。纪慎语抓着车座下的弹簧,微曲着双腿轻轻打战。

"饿不饿?""今天都学什么了?""同学没让你来两句扬州话?"丁汉白问了一串,半个字回应都没得到,他猛地刹车,"你到底想怎么着?你明天问问看门大爷我去没去,忘了就是忘了,别弄得好像我故意不要你。"

纪慎语一拳头砸在他背上:"忘了也不行!"

丁汉白被砸得一怔,明白了纪慎语的潜台词。他的确是忘了,但忘了对纪慎语来说和被扔下没什么区别,因为当时的感受都一样。

倦鸟要归巢,纪慎语立在校门口等到人们走尽,和离开扬州时一样狼狈。

他顿时语塞,纪慎语便说:"我很快就记住路了,我记住之前你别忘不行吗?"他这回声音很轻。

丁汉白一口气蹬回家,姜采薇在大门口等他们,还热好了晚饭。纪慎语没吃,径自回卧室写作业,丁汉白求姜采薇:"你去给他送点吃的。"

姜采薇把饭盛好:"你自己去。"

丁汉白单手托着碗回小院,见平时虚掩的门紧关着,敲敲也没人应。"我进去了啊。"他说完推门,里面亮着灯,桌上放着书本,但纪慎语没在。

他估计纪慎语洗澡去了,放下碗赶紧走,免得见面又闹不愉快。

一夜过去,丁汉白起个大早,拿着打气筒准备给车胎打打气,走近发现车横梁上多了一行小字,标标准准的瘦金体,刀刻完描金,转运处藏锋。

醒目无比——"浑蛋王八蛋!"

05

丁汉白觉得这大概就叫因果报应。

他弯腰凝视那五个小字,撇开内容不谈,字写得真不错,写完刻得也不错。再上手一摸,转折拐角处的痕迹颇深,力道不小,遒劲得很。

丁汉白通过昨天的情感矛盾确定是纪慎语刻的,但疑惑的是——纪慎语能刻出这么入木三分的字来?用那连薄茧都没有的十指,以及画画时乱晃的腕子?

他琢磨着这点事儿,以至于忘记追究这句骂他的话,打好气去吃早饭,终于和纪慎语碰上面。"师弟。"他把两股拧成的油条一拆为二,递给对方一股,"喜欢瘦金体?"

纪慎语接过,坦荡荡地说:"喜欢,秀气。"

丁汉白心中觉得有趣,哪怕是骂人也得挑拣好看的,挺讲究,对他的脾气。

吃完趁早出门,书包还挂在车把上,铃铛捏响骑出去几米,丁汉白手抬高点就能抓住路旁的垂柳,指甲一掐弄断一条,反手向后乱挥。纪慎语躲不过,况且柳条拂在身上发痒,于是揪住另一头,以防丁汉白找事儿。

丁汉白左手攥着车把,右手抻抻拽拽不得其法,干脆蛇吃豆子似的,用指甲掐着柳条一厘厘前进,一寸寸攻击,越挨越近,忽地蹭到纪慎语的指尖。

飞快的一下,丁汉白的手背挨了一巴掌。

柳条掉落，卷入车胎的轴承里饱受一番踩躏，落地后又被风吹动，左右都是命途不济。丁汉白顽皮这一下没什么意义，结束后还有点尴尬，低头看见横梁上的字，故意感叹："力道那么足，刻的时候得多恨我啊。"

纪慎语不吭声，从出门到眼下，每条经过的街道都默默记住，路口有什么显眼的地标也都囊括脑中。他在兜里揣着一支笔，时不时拿出往手心画一道，到六中门口时拼凑出巴掌大的地图。

丁汉白单腿撑着地，漫不经心地做保证："我六点半下班，四十五准时到，你在教室写会儿作业再出来。"

不料纪慎语背好书包说："不用了，我已经记住路了。"

丁汉白似乎不信："远着呢，你记清了？"

"嗯。"纪慎语挺笃定，"我知道你不愿意接送我，这是最后一趟，以后就不用麻烦了。"

他一早就是这么想的，尽快记住路，那就再也不麻烦对方。要是昨晚丁汉白没忘，他昨晚就能记住原路。丁汉白却好像没反应过来，攥紧车把沉默片刻，然后什么都没说就掉头走了。

丁汉白去上班，但凡看见个挡路的就捏紧铃铛，超英赶美，到文物局的时候办公室还没人。他孤零零地坐在位子上，盯着指甲上一点淡绿色出神。

不用再接送纪慎语，这无疑是件可喜可贺的事儿，但他处于被动，感觉被抛弃了一样，也不太对，像被纪慎语辞退了一样。

纪慎语还在他自行车上刻"浑蛋王八蛋"，这也成了笔烂账。

丁汉白人生中第一次这么憋屈，亏他昨晚良心发现内疚小半宿，那堆残损文物都没顾得上欣赏。"什么东西。"他低骂，声儿不敢亮，闷着不高兴，而后又拔高，掀了层浪，"老子还不伺候了！看你期末考几分儿！"

其实除了丁汉白以外,家里其他人也都等着看,他们兄弟几个虽然主业已定,但读书都不算差,就姜廷恩贪玩差一些。

纪慎语还不知道自己的成绩如此招人惦记,只管心无旁骛地用功学习。况且他志不在交友,期末氛围又紧张,独自安静一天都不曾吭声。

放学后,班长忽然过来:"下周考试那两天你打扫卫生吧。"

纪慎语应下,索性今天也留下一起打扫,省得到时候慌乱。他帮忙扫地擦桌,等离开时学校里已经没多少人了,校门口自然没有丁汉白的影子,他不必等,对方也不用嫌麻烦。

纪慎语沿街往回走,停在公交站仰头看站牌,正好过来一辆公交车,默念着目的地上了车。真的挺远,最后车厢将近走空,他在"池王府站"下车,还要继续步行几百米。

清风拂柳,纪慎语蹦起来揪住一截掐断,甩着柳条往回走。他离开扬州这些时日头一回觉得恣意,走走左边,走走右边,踢个石子或哼句小曲,没有长辈看见,没有不待见他的师哥们取笑,只暴露给天边一轮活生生的夕阳。

"师父啊,"纪慎语小声嘀咕,"老纪啊,我忽然想不起你长什么样了。"

他小跑起来:"你保佑师母就行了,不用惦记我啦。"

十几米开外,丁汉白推着自行车慢走,眼看着纪慎语消失于拐角处。他以早到为由,早退了一刻钟,纪慎语磨蹭着从学校出来时,他已经在小卖部喝光三瓶汽水,一路跟着公交车猛骑,等纪慎语下车他才喘口气。

他既操心小南蛮子会走丢,又不乐意被辞退还露面,只好默默跟了一路。可纪慎语的活泼背影有些让人恼。什么意思?不用看见他就那么美滋滋?

丁汉白回家后拉着脸,晚饭也没吃,摊着那一包海洋出水的残片研究。本子平放于手边,鉴定笔记写了满满三页,他都没发觉白衬衫上沾了污垢。

纪慎语进小院时明显一愣,他知道丁汉白不可能守着破烂儿欣赏,忍不住走近一点观摩,又忍不住问:"师哥,这些是什么?"

丁汉白轻拿一陶片,充耳不闻,眼里只有漂泊百年的器物,没有眼前生动的活人。

纪慎语不确定地问:"像海洋出水的文物,是真的还是造的?"

丁汉白这下抬起目光:"你还认识文物?"

纪慎语说:"我在书上看过。"就是那本《如山如海》。

不提还好,丁汉白借书不得,一提就怄气,敛上东西就回了书房。纪慎语还没看够,走到书房窗外悄悄地偏脑袋,目光也在那堆"破烂儿"上流连。

他想:丁汉白喜欢古玩文物?也对,纨绔子弟什么糟蹋钱爱什么。

他又想:丁汉白奋笔疾书在写什么?难不成能看出门道?

纪慎语脑袋偏着,目光也不禁偏移,移到丁汉白骨节分明的大手上。那只手很有力量,捏着笔杆摇晃,又写满一页,手背绷起的青色血管如斯鲜活,交错着,透着生命力。

丁汉白握过他的手腕,也攥过他的手,他倏地想起这些。

笔杆停止晃动,丁汉白放下笔拿起一片碗底,试图清除钙质看看落款,结果弄脏了手。纪慎语眼看对方皱起眉毛,接着挺如陡峰的鼻梁还耸了耸,他想,这面相不好招惹,英俊也冲不淡刻薄。

他静观半响,文物没看见多少,反将丁汉白的手脸窥探一遍,终于回屋挑灯复习去了。

两人隔着一堵墙,各自伏案,十点多前院熄灯了,十一点东院也没了光,只有他们这方小院亮着。凌晨一到,机器房里没修好的古董西洋钟响起来,"刺啦刺啦"又戛然而止。

纪慎语合上书,摸出一块平滑的玉石画起来,边画边背课文,背完收工,下次接着来。他去洗澡的时候见书房还亮着灯,洗完澡出来灯灭了,丁汉白竟然坐在廊下。

他过去问:"师哥,你坐这儿干什么?"

丁汉白打个哈欠:"还能干什么?等着洗澡。"

对方的衬衫上都是泥垢,没准儿还沾了虫尸,纪慎语弄不清那堆文物上都有什么生物脏污,终归不干净。他又走开一点,叮嘱道:"那你脱了衣服别往筐里放。"

丁汉白听出了嫌弃:"不放,我一会儿扔你床上。"

三两句不咸不淡的对话讲完,纪慎语回卧室睡觉,自从纪芳许生病开始他就没睡好过,无论多累,总要很长时间才能睡着。他平躺半天没踏入梦乡,先空虚了肚腹。

纪慎语起来吃桃酥,一只手托着接渣渣,没浪费丁点儿。

人影由远及近,停在门外抬手一推,又由虚变实,丁汉白一脸严肃地进来,浑不拿自己当外人:"饿死了,给我吃一块。"

他没吃晚饭,早就后背贴前胸,没等纪慎语首肯就拿起一块。"难吃。"一口下去又放下,可以饿死,但不能糟践自己的嘴和胃,"潮了,不酥。"

纪慎语有些急地申明:"这是小姨给我的。"所以他省着吃,不能有半口浪费。

丁汉白觉得莫名其妙,误会道:"给你盒桃酥就舍不得吃了?怎么说扬州的点心也有挺多种吧,别这么不开眼。"他想起对方是私生子,还招纪芳许的老婆恨,"估计你也没吃过什么好的。"

纪慎语一听立即问:"今晚师母买了九茂斋的扒鸡,那是好的吗?"

丁汉白说:"百年老字号,一直改良,当然是好的。"

纪慎语擦擦手:"我以为你吃过什么好的呢,也就这样呗。"

两分钟后,前院厨房亮起灯,丁汉白和纪慎语谁也不服谁,还想一决高下。纪慎语不敢吭声,怕和丁汉白嚷起来吵醒别人,他把丁汉白推到一边,转身从冰箱里拿出剩下的半只扒鸡。

丁汉白问:"你干什么?"

纪慎语不回答,把装着香料的粗麻布包掏空,然后撕烂扒鸡塞进去,再加一截葱白、一勺麻椒。布包没入冷水,水沸之后煮一把细面,面熟之后丢一棵菜心。

一碗鸡汤面出锅,丁汉白在热气中失神,一筷子入口后目光彻底柔和起来。无油无盐,全靠扒鸡出味道,还有葱香和麻意,他大快朵颐,不是吝于夸奖,实在是顾不上。

纪慎语捞出布包:"扒鸡现成,但味道差一点,鸡肉煮久也不嫩了。"

丁汉白饿劲儿缓解:"那就扔了。"

纪慎语把布包扔进垃圾桶,扭脸遇上丁汉白的视线,忽然也懒得再较劲。"师哥,"他盯着碗沿儿,"我也饿了。"

丁汉白夹起那棵嫩生生的菜心:"张嘴。"

口中一热,纪慎语满足得眯了眯眼睛,再睁开时丁汉白连汤带面都吃净了。夜已极深,肚子一饱翻上来成倍的困意,丁汉白说:"坐公交车得早点出门。"

纪慎语知道,丁汉白又说:"那你能起来吗?"

纪慎语不知道,丁汉白又说:"还是我送你。"

第二章

银汉迢递

盈盈漾漾的镜花水月,
忽然把纪慎语的整颗心填满了。
他无须抬头,
只用垂眸便来欣赏。

01

谁也没料到纪慎语会在期末考试中一骑绝尘。

丁家的几个兄弟成绩都不错,但家里并不算重视学习,丁延寿也一早说过,玉石雕刻才是主业,其他都是副业。之所以没有预料到,还因为纪慎语平时不吭不哈,嬉笑打闹或者深沉严肃都难见,露于人前时安静,背于人后时更加安静。

除了丁汉白,没人接近过纪慎语的日常生活,然而就算丁汉白近水楼台,也没怎么注意纪慎语的一举一动。他倒是知道纪慎语睡得很晚,天天挑灯不知道干什么,哪怕猜到是读书,也没想到这么会读书。

之前那晚他被纪慎语一碗细面搅软了心肠,头脑一热提出继续接送对方,奈何他实在不是伺候人的命,送了几次就三天打鱼,两天晒网。

幸亏放暑假了,两个人都得到解脱。

机器房的门关着,纪慎语终于能仔细观摩一遍,丁可愈和丁尔和擦拭机器,挑选出要用的钻刀。三五分钟后丁延寿也到了,一师三徒准备上课。

空调没开,满屋玉石足够凉快,丁可愈声若蚊蚋:"哥,咱们和他一起?"

"他"指纪慎语，丁尔和瞄一眼丁延寿，没有出声回答。

"你们仨过来。"丁延寿洗净手开口，"小件儿易学难精，你们都知道技法，得自己不停琢磨。这个'不停'——不是一个来月，也不是一年半载，是这辈子。"

丁延寿顿了顿："慎语，芳许有没有说过这话？"

纪慎语回答："师父说这行没顶峰，这行也不能知足，得攀一辈子。"

其实哪行都一样。丁延寿面前放着《新华字典》那么大的一块结晶体芙蓉，天然没动过，透着荧光粉气，摸着降温解暑。他说："中等件儿，我不画直接走刀，看刀锋怎么走。"

画之前要设计、要构思，要根据料的颜色光泽考虑，基本没人敢直接下刀。丁延寿却没考虑，握紧钻刀大剌剌地一锵，把料一转又是一刀。一共四刀，碎屑飞溅，痕迹颇深，哪儿也不挨哪儿，像是……毁东西。

丁延寿这时说："大部分天然的料都斑驳有瑕，这块是你们师哥弄回来的极品，但我要考你们，所以破坏破坏。"

还真是毁东西……丁可愈心绞痛，不敢想丁汉白回来要怎么大发雷霆，丁尔和问："大伯，这一块料要切开吗？"

"不切。"丁延寿说，"反正就一整块，看着办。"

这堂课结束后丁延寿带纪慎语去"玉销记"，丁可愈和丁尔和收拾打扫，兄弟俩慢腾腾的，光碎屑就恨不得撮一时三刻。

"哥，这怎么雕啊？"丁可愈问，"不切开，各雕各的？挤在一块料上成四不像了。"

丁尔和说："让咱们跟纪慎语合作呢。"

丁可愈不乐意："他那水平不敢恭维。"

收拾完，反正纪慎语走了，缺一个人没法商量，又担心丁汉白回来发疯打人，丁可愈跟丁尔和干脆也先按兵不动。纪慎语已经到了"玉销记"，陪丁延寿人工检索分类，把准备上柜的货最后筛选一遍。

"慎语，喜欢念书吗？"

"更喜欢看书，怎么了师父？"

"没事儿，随口一问。"丁延寿没想到纪慎语的成绩那么好，他也知道纪芳许早就重心偏移，折腾古玩去了，所以不确定纪慎语在本行的兴趣和决心有多少。

纪慎语人如其名，很谨慎地问："师父，是不是我学习耽误出活儿了？"问完立即解释，"因为我想考好点，你平白收下我，我想给咱俩挣面儿。"

丁延寿大笑："别紧张，我想知道你更喜欢什么。喜欢什么，师父都支持。"

纪慎语反而更惴惴，他并非多疑，只是禁受不起所以惶恐。丁延寿哪有照料他的义务，这一辈子吃饭穿衣，干什么都要花钱，他要是有心，就得鞠躬尽瘁地为"玉销记"出力。可是丁延寿问他更喜欢什么，不限制他的选择。

纪芳许都没那样对他说过。

纪慎语直到晚上回家都揣着心事，回到小院也不进屋，坐在走廊倚靠着栏杆发呆，连丁汉白那么高一人走进来都没注意到。

丁汉白抢了姜采薇的冰激凌，见纪慎语撒着癔症就手欠，把冰凉的盒子在纪慎语后颈一贴，帮对方迅速还魂清醒。他在一旁坐下："考第一还不高兴？"

纪慎语头回被丁汉白夸，算来算去又是最熟的，于是把丁延寿那番话告诉丁汉白。丁汉白听完继续吃，眼也不抬，眉也不挑："感动？"

纪慎语点点头，丁汉白说："就算纪师父跟我爸情同手足，就算好得穿一条裤子，那也不是亲兄弟，你也不是我们家的人。"

真话难听，所以一般没人说，纪慎语想捂丁汉白的嘴。

"别误会啊。"丁汉白继续，"这个亲疏之分不是说感情假，而是我爸可以把你当亲儿子疼，可以管你这辈子衣食无忧，但不能像打骂亲儿子一样教训你，不能施加给你亲儿子该承担的责任。"

纪慎语似乎懂了，扭脸看了丁汉白。

丁汉白这个亲儿子吃完了冰激凌，惬意地靠着栏杆，像说什么杂事闲情："我爸从没问过我更喜欢什么，我可以喜欢别的，但都不能胜过本行，就算胜过，我此生此身也得把本行放在奋斗的首位。"

他也扭脸看纪慎语："我姓丁，这是我的责任。"

纪慎语第一次近距离观察丁汉白的眼睛，双瞳点墨像历经抛光，黑极亮极，惹得他放慢语速："那你怎么想？心甘情愿吗？"

丁汉白说："由着性子来的是男孩儿，担起责任的才是男人，我心甘情愿。"

可他心底最深处的海浪没掀出来，"玉销记"的延续是他的责任，他以后得接着，得做好。但本行就未必了，祖上的人选择这行做本行，难道后人必须一成不变？他凭什么不能自己选？

丁汉白把冰激凌的盒子揉瘪，也暂时把矛盾熄灭了。

走廊又剩纪慎语一人，他被丁汉白那番话敲击心脑，回味久了觉出疲累，伸个懒腰回屋睡觉。书房门"吱呀"一声被打开，丁汉白把一袋垃圾搁在门口，支使他明早扔掉。

纪慎语没在意，翌日早上才从袋子口看清，里面居然是那堆海洋出水的文物碎片。他觊觎已久，抱起来就躲回房间欣赏。

这堆东西被筛选过了，一些体积大的、损毁轻的被丁汉白留下，余下的这些都又碎又烂。纪慎语仔细装好，像捡漏似的心花怒放，再出门碰上丁汉白起床，笑容都没来得及收敛。

丁汉白半梦半醒，眼看着纪慎语跑出小院，人都跑没影了，仿佛笑脸还停在一院朝霞里。他没换睡衣，径直去机器房，想趁周末有空做点东西。

一大家子人都起得不晚，全在前院客厅吃早饭，纪慎语在扬州时只一家三口，有时候师母烦他，他就自己在厨房吃，很少大清早就这么热闹。

粥汤盛好，姜采薇挑着红豆多的一碗给纪慎语，问："汉白还没起？"

姜漱柳直接说："慎语，叫你师哥吃饭，不起就揪耳朵。"

没等纪慎语回话，一阵急促的脚步声从外面传来，众人齐齐望向门口，就见丁汉白乱着头发闯进来，金刚怒目都不如他火气大。

丁汉白直截了当："谁动我的芙蓉石了？！"

丁尔和跟丁可愈悄悄看丁延寿，并且同时缩缩肩做防御姿态，纪慎语端着红豆粥一脸无畏，心想丁延寿最大，丁汉白只能咽下这口气。

丁延寿坐在正位："我动的。"

丁汉白脸上的火气却没消减一星半点："你动的？你活了半辈子看不出来那是什么档次的料？那是天然形成！是极品！"他已经冲到桌前，一巴掌砸在桌沿上，把两根油条都从盘子里震得滚出来，"最要紧的，那是我的料，我至今没舍得碰，你给我糟蹋了！"

那吼声欲掀房顶，纪慎语骇得粥都端不住，他哪儿能想到丁汉白敢这样跟丁延寿叫板。丁延寿不硬碰硬，似是料到这反应："先吃饭，消消气。"

"消不了！"谁料丁汉白还有更绝的，"这是我珍藏的宝贝，你上去瞎划拉四刀，你这等于什么？等于给我老婆毁容！你怀的什么心思才能下这个手？！"

纪慎语被这比喻激得一哆嗦，出声解释："师哥，师父是要考我们，让我们雕……"他没说完被丁可愈踹了一脚，险些咬住舌头。

丁汉白略顿一秒，被纪慎语这句解释搞得火气更旺："就为了教他们所以毁我的料？他们那点手艺也配？！"

他一直看着丁延寿，但喊出的话把另外三个人全扫射了，丁尔和跟丁可愈没什么表情，只在心中愤懑，纪慎语不同，他没想到丁汉白心里对师弟的看法竟是这样，竟然那么看不上？

丁汉白却坦荡荡："谁几斤几两都心里有数，我舍不得碰的东西，别人根本配不上，那四刀我会救，你们要学要教自己找东西，谁也别再找不痛快。"

早饭时一场大闹，几乎所有人都没了胃口，丁厚康旁敲侧击给丁延寿上眼药，想给自己俩儿子找找公道，纪慎语把一碗粥搅和凉，也气得喝不下去。

他觉得丁延寿擅自毁坏玉石的确欠妥，但不至于让丁汉白骂那么难听……尤其是贬低他们几个师兄弟那两句，狂妄劲儿能吃人。

他怕回小院又对上丁汉白，到拱门外后偷看半天才进去，不料丁汉白不在。

丁汉白正抱着他那毁容的"老婆"在姜采薇房间，五指修长有力，但在上面爱抚的动作格外轻柔。姜采薇端进来吃的，关上门说："火也发了，亲爹也骂了，吃饭吧。"

丁汉白挽挽袖子："小姨，你说我骂得对不对？"

姜采薇是丁汉白的亲小姨，是姜廷恩的亲小姑，和丁尔和、丁可愈隔着一层，不过她对每个人都好。但谁没有私心？在好的基础上，她最疼丁汉白和姜廷恩。

"骂人还有对不对一说？"她回答，"当着那么多人冲你爸喊，你还没学会走路就被你爸抱着学看玉石了，极不极品，也是当初你爸教你认的。"

丁汉白捏着筷子划拉碗沿："我在气头上，谁让他毁我东西，还是给那几个草包用？"

他的想法非常简单——对于技法和材料需要保持一种平衡，七分的技法不能用三分的材料，更不能用十分的材料。

丁汉白有火就撒，从不委屈自己，这会儿收拾干净桌子给姜采薇展示，粉白莹润的一块石头，他觉得很适合姜采薇，能招桃花。

"小姨，你喜欢吗？我好好雕一个送你当嫁妆吧？"

姜采薇说："行啊，连上我的南红小像，一大一小。"

丁汉白扭头看梳妆台上的小像，抛光之后又放了一段日子，被摸得更加光滑。他终于想起来问："这不是廷恩做的吧？到底是谁送你的？"

姜采薇卖关子："你猜猜。"

丁汉白半信半疑："我爸？可他哪儿有时间雕这种小件儿，线条画法也不像他，这个柔。"

姜采薇说："是慎语。"

丁汉白吃惊道："纪慎语？！纪珍珠！"

他对纪慎语的全部印象都在那次不及格的富贵竹雕刻上，就算偶有失手也不可能从高原偏至草原，除非对方压根儿就在演戏。

可他不确定，纪慎语的手艺有这么好？

丁汉白一阵风似的跑进小院，院里三两棵树之间绑着细绳，纪慎语正在树下晾衣服，遥遥对上一眼，纪慎语疑似……翻了个白眼儿。

也对，他早上那番话伤人，如果纪慎语真是妙手如斯，那生气很正常。

丁汉白游手好闲地过去，拿起一条裤子拧巴拧巴，展开一搭把绳子压得乱晃，问："小姨那儿的南红小像是你雕的？"端着漫不经心的口气，瞥人的余光却锃亮。

纪慎语把一个枕套搭晾在绳上："是我雕的。"

就这样承认了，等于同时承认雕富贵竹那次是装蒜，还等于表明以后彻底踹掉"草包"这个外罩。他被丁汉白那通吵闹刺激得不轻，以后其他师哥会不会防他另说，他就轻轻地跟丁汉白叫板了。

　　也许是他刚到时不在意丁汉白的看法，时至今日发生了颠倒。

　　丁汉白和纪慎语都没再说话，无言地在树下走动晾衣服，认的人那样坦白地认了，问的人那样大方地接了，衣裤挂满摇晃，像他们手掌上摇摇欲坠的水滴。

　　丁汉白透过白衫看纪慎语的脸，眼里浮出他的芙蓉石。浮影掠去，纪慎语的脸变得清晰，让人思考这是不是就叫芙蓉面。

　　丁汉白咬牙，猝不及防地被自己透顶一酸。

02

　　纪慎语没想到会有同学约他出去玩儿。他早早出门，揣着从扬州带来的一点私房钱，做好了请客的准备。其实他在扬州也有一些同学好友，不过师父走了，师母撵他，安身都成问题，就顾不上叹惜友情被断送了。

　　他和三五个同学跑了大半天，人家带着他，看电影，去大学里面瞎逛，在不熟的街道上哄闹追逐……中午下馆子，他也不说话，光听别人讲班里或年级的琐事，听得高兴便跟着傻笑，最后大家管他借作业抄，他想都没想就答应了。

　　从饭店出来投进烈烈日光里，众人寻思接下来做点什么，班长打个哈欠，招呼大家去他家打扑克。纪慎语不喜欢打扑克，问："要不咱们去博物馆吧？"

　　大家伙儿都笑他有病，还说他土，他只好噤声不再发表意见。可他真挺想去的，这座城市那么大，又那么多名胜古迹和名人故居，可他最想去的就是博物馆。

纪慎语没能让大家同意他的建议，也不愿迁就别人的想法，于是别人都去班长家打扑克，他坐公交车打道回府，路远，又差点儿走丢。

下车后走得很慢，溜着边儿，被日头炙烤着，就几百米的距离还躲树荫里歇了歇。纪慎语靠着树看见一辆出租车，随后看见丁可愈和丁尔和下车，估计是从"玉销记"回来的。

那两人说着话已经到家门口，纪慎语喊着"师哥"追上去，想问问师父出的题怎么办，丁汉白不让他们碰芙蓉石，他们是不是得重新选料。

丁尔和率先回头，却没应声；丁可愈接着转身，倒是应了："没在家，也没去店里帮忙，玩儿了一天？"

此刻才午后两点多，纪慎语滴着汗："我和同学出去了，我还以为同学都没记住我呢。"

他挂着笑解释，因为同学记得他而开心，不料丁可愈没理这茬："刚才叫我们有事儿？"

纪慎语热蒙了，总算觉出这俩师哥的态度有些冷，便也平静下来，撤去笑脸，端上谦恭："芙蓉石不能用了，师父最近也忙，咱们还刻吗？"

丁可愈说："你还有脸提芙蓉石？那天要不是你多嘴解释，大哥能直接骂我们？他们爷儿俩的事儿，你拉着我们掺和什么？"

丁尔和始终没吭声，却也没劝止。纪慎语没想到好几天过去了，这儿还等着对他兴师问罪，他回答："我没想到大师哥会那么说，我给你们道歉。"

"用不着。"丁可愈不留情面，"您当然想不到了，您是大伯钦点的小五，关上门你们都是一家人，当别人傻啊。"

纪慎语看着对方离开，丁可愈句句呛人，丁尔和没说话，可落在他身上的目光也冰得够呛。他对不起纪芳许给他起的名字，因为多言闹出矛盾，不知道怎样才能化解。

纪慎语的好心情就此烟消云散，经过大客厅时看见丁汉白在圆桌上写字，白宣黑墨，规规矩矩的行楷，对方听见动静抬眼瞧他，难得地含着点笑意。

他却笑不出来，反把脸沉下。

丁汉白那点笑意顿时退去："谁又惹你了？朝我嘟噜着脸干吗？"

纪慎语本没想进屋，这下一步迈入。他踩着无规律的步子冲过去，学着丁汉白那天大发雷霆的模样，一巴掌砸桌沿上。

刚写好的字被溅了墨，丁汉白手臂一伸，纪慎语面颊一凉。

"被同学霸凌了？发什么疯？"丁汉白在纪慎语脸上画下一笔，"有力气就给我研墨铺纸，不然走人，没空陪你玩儿。"

纪慎语顶着一道黑，恨丁汉白那天发火，可他又不想嚼舌根，便闷住气研墨。墨研好，丁汉白轻蘸两撇，落笔写下：言出必行，行之必果。

这是丁家的家训，每家"玉销记"都挂，挂久了就换一幅新的。

丁汉白写完拿开，二话没说又急急下笔。纪慎语光顾着欣赏，无意识地念："大珠小珠落玉盘，一颗珍珠碎两瓣。"他伸手抢那张宣纸，绕着圆桌追丁汉白打闹，"你说谁碎两瓣？玉比珍珠容易碎！"

空气浸着墨香，他俩各闹出一身臭汗，后来姜采薇进来劝架才喊停。丁汉白端着笔墨纸砚回小院，纪慎语跟在后头，到拱门外看见姜廷恩坐在藤椅上睡大觉。

再仔细看，椅子腿儿下落着那本《如山如海》，蒙着灰，书页都被碾烂半张，纪慎语急火攻心，可已经得罪二师哥、三师哥，他还能再得罪老四吗？

天人交战中生生咽下一口气，可没等他咽好，丁汉白冲过去飞起一脚，直接把姜廷恩连着藤椅踹翻在地。

姜廷恩惨叫一声："大哥！干吗啊？！"

丁汉白捡起书大骂："我巴望半个多月都没看成，你这么糟践？！空荡荡的脑子看个什么书？回你家写作业去！"

姜廷恩屁滚尿流，喊姜采薇做主去了，院子骤然安静。丁汉白捧着书回头，直勾勾地看纪慎语，不隐藏暗示，恨不得额头上写明潜台词——我替你出了气，也该借我看看了吧。

纪慎语上前接过书："谢谢师哥。"说完直接回卧室了。

丁汉白戳在脚下那方地砖上，发蒙、胸闷、难以置信，恍然间把世间疾苦的症状全体会一遍。回屋经过纪慎语的窗前，他不痛快地发声："行事乖张，聪明无益。"

纪慎语丢出一句："心高气傲，博学无益。"

不跟人顶嘴能死了？！

丁汉白再不多说，回房间吹冷气睡午觉，翻覆几次又拿上衣服去冲澡，好一顿折腾，统共睡了俩钟头，醒来时怅然若失，无比思念那本旧书。

他套上件纯白短袖，薄薄的棉布透出薄薄的肌肉形状，放轻步子走到隔壁窗前，想看看纪慎语在干什么。要是在睡觉，他就进去把书拿出来。

是拿，不是偷。

丁汉白学名家大师，读书人的事儿能叫偷吗？

门开窗掩，他在自己的院里当贼，把窗子推开一条缝，先看见空空如也的床。目光深入，他看见纪慎语安坐在桌边，换了衣服，脸也洗净了。

纪慎语凝神伏案，面前铺着那本旧书，现在不只旧，还残。手边是乳白胶和毛笔，还有一瓶油，他在修补那本书，开门通风能快一些。

丁汉白认识那瓶油，他们保护木料的一道工序就是上油，他明白了纪慎语在干什么。蝉鸣掩住窗子推开的声响，他从偷看变成围观，倚着窗框，抠着窗棂，目光黏在对方身上。

日光泼洒纪慎语半身，瞳孔亮成茶水色，盛在眼里，像白瓷碗装着碧螺春，颈修长，颔首敛目注视书页残片，耳郭晒红了，模糊在头发上的光影中。

那双没茧子的手动作极轻，滴胶、刷油，指腹点平每一处褶皱，最稀罕的是毫无停顿，每道工序相连，他处理得像熟能生巧的匠人。

纪慎语弄完，鼓起脸吹了吹接缝。

人家吹气，丁汉白不知道自己为什么张嘴，手一使劲儿还把窗棂抠下来一块。纪慎语闻声回头，愣怔着和他对视。他扶着窗，毫无暴露之后的窘迫，反倒光明正大地说："把胶拿来，我把抠下来这块粘上。"

窗棂粘好，人也好了，彼此虽不言语，但都不像生气。

纪慎语把晾好的书拿出来："师哥，给你看吧。"

丁汉白差点儿忘记是来偷书的，妥当接过："配我那堆残片看正好。"

纪慎语心痒痒："我也想看。"

他俩坐在廊下，共享一本书，之间放着那堆出水残片。丁汉白条理清晰地讲解，瓷怎么分，陶怎么分，纪慎语眼不眨一下地听着，一点即通，过耳不忘。

丁汉白忽然问："你会修补书？"

纪慎语揶揄："瞎粘了粘。"

丁汉白没继续问，接着看，日落之前不知不觉把第一卷看完了。他合上书，没话找话地说："跟同学出去玩儿高兴吗？"

纪慎语高兴，可也有遗憾："我想去博物馆，大家都不喜欢。"

"你想去博物馆？"

"想,可我不认路。"

丁汉白从小最爱去的地方就是古玩市场和博物馆,前者看民间行情,后者看官方纳新,他不知道纪慎语为什么想去,反正外地人来旅游都要去博物馆转转,也不算稀奇。

他说:"明天我带你去。"

纪慎语忙谢他,那灿烂的笑模样还是他头回见,严谨地说不是头回见,是这笑容头回给他。

丁汉白喜欢玉石良木,喜欢文物古玩,喜欢吃喝玩乐一掷千金,最不在意的就是别人心情如何,高不高兴关他啥事儿。这空当纪慎语谢完笑完,他却在沉沉日暮里心口豁亮,可能因为纪慎语笑得有些好看,不然只能觉得奇了怪了。

了却一桩心事,纪慎语当晚入睡很快,并且睡得前所未有地安稳,一觉醒来半上午,先看隔壁那位起床没有,门关着,丁汉白还没起。

他高高兴兴地去洗漱,换好衣服装好纸笔,去前院吃早饭,吃一份端一份,把什么都做完了,隔壁门还关着。他敲敲门:"师哥,你醒了吗?"

里面毫无动静,他推开门发现屋里没人。

纪慎语四处搜索,这处小院,前院里里外外,还去了二叔他们的东院,哪儿都没有丁汉白的影子。他在前院撞上姜漱柳,急忙问:"师母,你见师哥了吗?"

姜漱柳说:"他一大早接个电话就去单位了,好像有什么事儿。"她伸手擦去纪慎语脸上的汗,"让我告诉你一声,我给忘了。"

纪慎语心中的期待坍塌成泥,仍不死心:"师哥什么时候能回来?"

姜漱柳说:"这没准儿吧,大周末被叫过去,估计有什么要紧事儿。"

可能纪慎语的失落情态实在明显,姜漱柳都不忍心了,询问完因由后喊来姜采薇,让姜采薇带他去博物馆。

纪慎语其实想等丁汉白,但姜采薇利索地换好衣服,他就跟姜采薇出门了。

周末博物馆人山人海,入口都要排队,姜采薇拉着纪慎语,生怕对方走丢。人挤人进去,里面空间极大,顿时又变得松散。

纪慎语看见一个瓷盘,兴致勃勃地开口:"小姨,我知道这个。"旁边没人应,他转脸寻找姜采薇,身后人群来来往往,他却越过无数个陌生人看见了丁汉白。

丁汉白不是去单位了吗?为什么在这儿?

既然在这儿,为什么不带他一起来?

纪慎语挪动目光,看见丁汉白身旁立着一个女孩儿,他们拿着馆里的画册在讨论什么,你一言我一语,丁汉白说的那女孩儿知道,那女孩儿说的丁汉白也知道。

纪慎语忽然懂了,丁汉白不是想带他来博物馆,而是想来博物馆,捎带脚拎上他。可不管怎样,丁汉白答应了,为什么不做到?

那次不接他是忘了,这回是完完全全的反悔。

纪慎语静默,他没有立场和资格要求这位师哥对他上心,只好将目光收回。白瓷盘仍是白瓷盘,可他再也不想相信丁汉白了。

03

"这批东西质量一般,不用纳在太显眼的地方,外地同胞来了以为咱们没好货。"丁汉白指着展厅北面墙,"解说牌还没做出来?鉴定报告都给你们好几天了。"

他不等对方回话,目光一偏看见个窈窕倩影,立马上前搭人家肩膀:"这是谁家漂亮姑娘啊?"

姜采薇吓一跳,转身后吃惊地看他:"你怎么在这儿?!"

丁汉白说:"我工作啊,一早就被单位叫走了。"他说完闪开一步,露出旁边的女孩子,"行了,我找你们馆长去,你俩聊吧。"

那女孩子叫商敏汝,和丁汉白自小认识,而且与姜采薇既同岁,又是同学,是博物馆的工作人员。两个姑娘亲亲热热地凑一起了,丁汉白还要接着忙,他转念一想,姜采薇突然来博物馆干吗?

姜采薇拍他肩膀:"我带慎语来的,他就在那边,你找找。"

丁汉白目光发散,在来往的游客中搜寻数遭。本来博物馆的灯光一向柔和,看谁都慈眉善目,但大家都是走动的,就一个身影停在原地,半天没挪地方。

丁汉白把笔塞兜里,大步走完不远的距离,走到纪慎语的背后,假装讲解员:"松石绿地描金折沿盘,圈足细致,胎骨上乘。"

透明玻璃蒙着光,人立于前会映上一点,丁汉白不看盘子,看着纪慎语映上去的轮廓,待纪慎语扭脸,他垂眸发言:"一个盘子就看这么久,你得逛到什么时候?"

纪慎语没想到丁汉白会看见他,更没想到丁汉白还这么落落大方地来打招呼。他也确实在原地站久了,于是往别处走,可丁汉白跟着他,他便说:"小姨带我来的,我自己逛。"

丁汉白仍然跟着,听不懂人话似的:"你看那白釉的菱形笔筒,跟我书房里那个像不像?"

纪慎语没吭声,斜着进入内馆,丁汉白也跟着进去,看一眼手表盘算时间,想着失约不地道,既然纪慎语来了,那能陪多久就陪多久吧。

谁承想纪慎语根本不需要,甚至忍无可忍:"你老跟着我干吗?"

丁汉白觉得有些莫名其妙:"我陪你逛啊,你没发觉小姨都没影儿了?"

纪慎语张望一圈的确没见姜采薇,作势出去找,被丁汉白拦住搭上肩膀。挨得近了,他闻见丁汉白身上有股药水味儿,又注意到丁汉白手里的单子，问："你约别人出来还拿这个？"

丁汉白有点绕不过来："别人？我不是约了你吗？"

他俩交流全靠问，半天都没一句回答，纪慎语搡开肩上的手，站定在一个大花瓶前面："你约了我又反悔，我都看见你跟别人逛了。"

丁汉白冤枉，压着嗓子吼："什么别人！我妈没跟你说？我大清早被叫去单位了，到办公室才知道要来这儿，之前的出水文物检测完来交接，顺便检查他们新纳的几件东西。"

丁汉白的声音不大，但纪慎语被吼得发怔，丁汉白趁他没回神又说："你是不是看见我和一姑娘？那是工作人员，当然本来就认识。"

纪慎语确认："你没想反悔？你昨天不是应承我？"

丁汉白卷着纸筒敲他："你当自己是领导干部呢，我还应承你。"他直到说完也没太理解纪慎语的想法，"我当然想带你来了，大周末谁有病想上班？工作日我都不想上班。"

彻头彻尾的误会而已，解开后本该好好逛了，可丁汉白受时间约束，还要去忙下一项。他把馆内画册塞给纪慎语，嘱咐："看看平面图，等会儿汉唐馆上新东西，我就在那儿。"

纪慎语握着画册，等丁汉白走后自己仔细转，他带着纸笔，边看边记录很费时间，身边的游客一拨拨更换，他磨蹭半响才走。

返回大厅，他正要按顺序进旁边的内馆，这时人群骚动，大家都朝东面拥去。他展开平面图一瞧，汉唐馆就在东面，莫非上新东西了？可是不应该在闭馆时上好吗？

纪慎语跟着人群走，进入汉唐馆后挤在阻隔线外，线内穿制服的是博物馆工作人员，没穿制服的是文物局的。他一眼看见丁汉白，丁汉白比别人高，别人穿干活儿方便的衣裤，丁汉白不，偏偏穿着熨得平整的衬衫，手还插着兜，像个领导。

巨大的展台上放着两块新上的龙虎纹画像石，龙纹残损较轻，虎纹面目全非，地上还有块等长的石板。看客不明所以，没耐心地陆续离开，纪慎语渐渐挤到第一排，挥挥手就能让丁汉白看到。

他自然没有挥手，默默围观这堆人修文物，可龙纹常规修复就行，虎纹得是神仙才能还原了。工作人员同样头疼，摘下口罩犯难："这只能依照资料做一遍，没别的招儿。"

丁汉白拆穿："石板都备好了，装什么装？"

游客又变多了，后进的人被工作人员拦在外面，线内清场一般，石板搬上展台，其他人挪地方。丁汉白上前开工具箱，挑出几支毛笔，倒上一碟墨水，随后在石板上标好几点尺寸。

"这是干吗呢？"游客们讨论，"为什么是最年轻的动手？"

纪慎语也想问，丁汉白这是干吗呢？

丁汉白心无旁骛，似乎当这一厅里的人都是死人，他一旦下笔下刀，眼里就只有这块料。从第一笔到轮廓完成，一只张大嘴巴的昂首虎形清晰可辨，并且生着双翼，腿屈爪扬。

听着周围逐渐高涨的惊叹声，丁汉白的眉头却越蹙越深，感觉这些人把他当天桥卖艺的了，恨不得拍掌叫好，再投掷几个钢镚儿。

他抬眸一瞥，正瞥见第一排的纪慎语。纪慎语把画册攥得皱皱巴巴，微张着不大的嘴，平时透着聪明的眼睛竟然露出些憨气，他嘴唇动了，无声地描摹一句"师哥"。

丁汉白正愁没人打下手，将纪慎语拉进包围圈，无比自然地开始使唤。递笔、倒墨、压角，纪慎语离得近，看得清，把每一笔流畅线条都欣赏一遍，可看的速度居然追不上丁汉白画的速度。

包着四边的鬼魅纹，繁复又一致，将近一米五长、半米多宽，丁汉白平移笔尖，手腕端平丝毫不晃，他除了蘸墨停顿，几乎一口气画了近四米。

纪慎语想起丁延寿之前说的，有事儿请教这个师哥就行。

他那时候不服不信,此刻那点怀疑已经地动山摇。

"珍珠,"丁汉白忽然叫他,当着这么多人瞎叫,"擦刀尖,准备上三号出坯。"

纪慎语立即动作,擦好就安静等候,等丁汉白收笔那一刻不知谁带头鼓起掌来。外行看热闹,人们以为画完等于结束,殊不知这才刚刚开始。

丁汉白接过钻刀:"我得忙一天,你逛完就和小姨回家吧,别走丢了。"

纪慎语没动:"我还没见过你雕东西,我想看看。"

丁汉白不置可否,等墨晾干兀自下刀,任由对方看。他知道纪慎语和自己不同,他露着狂,纪慎语是藏着傲,看看也好,迟早都有切磋的那一天。

临近中午,围观群众全都如痴如醉,惊喜之情高潮迭起,本以为画完就够牛的了,没想到还要下刀刻。一位本地的老大爷忍不住了,高声说:"领导,我得夸你一句。"

丁汉白头回被叫"领导",真恨张寅不在,不然能臊白对方一脸。他刀没停,笑应:"最好夸到点上,偏了我不爱听。"

老大爷竖着拇指:"我把话撂这儿,'玉销记'的师父在你面前也硬气不起来!"

丁汉白非常配合:"'玉销记'好几个师父,您说谁啊?"

老大爷开起玩笑:"最牛的丁延寿呗,我看您能跟他叫板。"

本地居民乐起来,外地游客不了解但也跟着笑,丁汉白本就不是什么低调儒雅的人,高声敞亮:"我还真不能跟丁延寿叫板,我得叫他爸!"

说完他再不吭声,一刀接着一刀,庖丁解牛般。中午人流松动,工作人员趁机将这间展厅清场,静了,冷了,只剩没温度的文物,还有俩屏着气的珍珠白玉。

　　时间一分一秒过去,周遭寂静如空山,丁汉白手心汗湿,指尖冰凉,抬头瞅一眼纪慎语,顺便活动酸麻的四肢:"撒癔症了?觉得没趣儿就别硬撑着。"

　　纪慎语解释:"有趣儿,我看着迷了。"

　　这下轮到丁汉白发怔,很不确定:"纪师父没教你大件石雕?"

　　纪慎语回答:"说明年教,结果病了,说病好再教,结果没好。"

　　丁汉白不是体贴入微的脾性,问话之前不考虑是否会惹人伤心,就算问完也懒得后悔,直接敲敲石板:"我教你,学不学?"

　　这儿不是家里机器房,不是"玉销记"里间,是客流量巨大的市博物馆,现在也不是雕着玩儿,是在修复文物。纪慎语卖乖叫一声"师哥",凑近看丁汉白,跟看稀罕似的。

　　说话有微弱回声,丁汉白先解释:"这是汉画像石,直接在石质建筑构件上先画后雕,虎纹那块基本报废,我只能依照资料雕个一样的,然后交给修复专家做旧,展示的时候标明。"

　　博物馆很多类似展品,纪慎语明白,丁汉白将他拉近,细细地教:"这块先用剔地浅浮雕出轮廓,细致的地方换阴线刻。其他一般还用减地平面线刻、凹面线刻、高浮雕和透雕。"

　　丁汉白说完毫无停顿:"马上重复。"

　　纪慎语一字不差重复完,被丁汉白的教习方式弄得紧张。他守在旁边,视听结合,目不斜视,偶尔打下手,或者记下丁汉白的特殊手法。

　　下午这间展室没开,外面游客喧闹,他们在这里浸着光阴雕刻。丁汉白手酸指痛,浑身肌肉没哪块是松懈的,额头处的汗滴就要流入眼角时,被纪慎语用手背又轻又快地蹭了去。

　　雕刻石板太消耗体力,对指腕力量的要求极高,不然容易开篇铿锵、后续绵软，丁汉白刀刀蓄力，已经不停不休五六个钟头，于是纪慎语忽然想看丁汉白雕那块芙蓉石。

他想象不出丁汉白对着"娇美"的芙蓉石会如何下手。

"师哥，"纪慎语问，"那块芙蓉石你打算怎么弄？"

丁汉白觑他："你还有脸问芙蓉石？"

上回丁可愈也是这句，纪慎语心想关他什么事儿，又不是他划的那四刀，干脆闭口不言。直到闭馆游客散尽，丁汉白收刀时他才忍不住打哈欠出声。

丁汉白没按照资料一丝不苟地刻，为了方便后续做旧特意留下几处残破豁口，整只手连着臂膀酸痛抽筋，对馆方的道谢都没摆好脸色。

空着一天没进食的肚腹离开，室外炎热无风，两个人都有些蔫儿。

丁汉白不想回家："累死了，我得去舒坦舒坦。"

纪慎语觉得回家躺床上最放松，问："不回家吗？去哪儿舒坦？"

就在街边，丁汉白低头答他："你说爷们儿家怎么舒坦？当然是脱光了衣服，痛快地……你要是去，我就捎带脚揣上你。"

纪慎语的心怦怦跳，他只知道丁汉白骄奢，没想到还淫逸。

他应该拒绝，可是又好奇，晕乎着跟丁汉白上了车，一路上都不知道看哪儿好了，掩饰着小小的兴奋，伴随着极大的紧张。

师父，我要学坏了。他想。

师父，你搞外遇生下我，也挺坏的，那别怪我。他又想。

半小时后，丁汉白停车熄火，就停在路边，拔钥匙下车一气呵成，像等不及了。纪慎语垂着头跟在后面，余光晃见气派的大门口，一脚踏上销金窟的台阶，再来几步就要钻进这温柔乡。

丁汉白忽然回头："搓过澡吗？"

纪慎语茫然抬脸，看见招牌——大众澡堂华清池。

04

  这误会实在有点大。

  纪慎语跟着丁汉白进去，一路走到更衣室都没晃过神，原来爷们儿舒坦舒坦就是脱光衣服洗个澡……亏他一路上心如鹿撞。

  这空当丁汉白已经脱掉衬衫、摘掉手表，一个响指打在纪慎语眼前，说："琢磨什么呢？动作利索点。"

  纪慎语点头，把衣服脱下放进衣柜，他的衣柜和丁汉白的挨着，这会儿没什么人，这一间更衣室只有他俩。

  换上浴衣去澡池，纪慎语亦步亦趋，将走廊的壁画欣赏一遍，还用鞋底摩擦地毯，问："师哥，大众澡堂怎么这么气派？"

  丁汉白闲庭信步："去年刚装修。"他半边膀子酸痛，走路都甩不动胳膊，回话也敷衍了事。其实这澡堂和"玉销记"的年头差不多，就算一再发展翻修，也始终叫大众澡堂，没换成什么洋气名字。

  澡池挺大，冰青色的大理石面，让人觉得像一汪碧湖，周围有茶座，有放东西的矮几。东南角泡着位大哥，闭目养神不像个活人，丁汉白找好位置后解下浴衣扔在矮几上，腰间围着浴巾下了澡池。

  热水包围，他劳累一天终于放松，长长地叹出一声。

  纪慎语也跨进去，被烫得抽抽两下，适应之后和丁汉白相隔半米坐好。丁汉白也不像个活人了，闭着眼睛老僧入定，喉结都不动，睫毛都不颤。

  "师哥？"纪慎语轻喊，"你是不是泡美了？"

  "哗啦"一声，东南角的大哥起身，池子里只剩他俩。纪慎语没得到回应，拨开氤氲白气看得清楚些，又问："烫麻痹了？"

  他不是话多的人，更不爱闹，但此刻生生被激出分顽皮。见丁汉白良久不答,他借着浮力挪过去,蹲在丁汉白面前撩一捧水,另一只手蘸湿,观音甩枝条似的弄了丁汉白满脸。

丁汉白面无表情,合着眼猛然扬手,把水面激起千层浪。纪慎语被溅湿头发脸面,惊叫一声往旁边躲,还没挪走,脚底一滑要栽进去,丁汉白伸手将他接住,用那条酸痛不堪的手臂。

丁汉白总算睁开眼:"闹腾。"

纪慎语挣出对方的钳制:"还以为你灵魂出窍了。"

丁汉白的手掌滑过他的后背,上面的厚茧被热水泡得没那么扎人了,但仍然能觉出异样。他在旁边坐好,想起小时候纪芳许带他去澡池泡澡。

他那时候天真,总担心有人在澡池里偷偷撒尿,于是死都不乐意跟着去。

现在想想,他有点后悔。

这下轮到丁汉白问他:"泡美了?怎么不吭声了?"

纪慎语反问:"有人在池子里撒尿怎么办?"

丁汉白从鼻孔挤出一声笑:"水这么清,地方又没游泳池大,谁尿都能看见。"他透过水面往纪慎语的下三路看,"谁要是憋不住尿了,大家就摁着他喝一壶。"

方方正正的澡池就他俩,泡得手脚发暖肌肉放松后,丁汉白拎着纪慎语去蒸桑拿。随便找了一间,再端上两瓶汽水,纪慎语想象得惬意,进去后被滚烫的空气熏得险些窒息。

他如遭火烤油烹,只得坐在离炭盆最远的角落,浑身皮肤烧红起来,一口气儿把汽水喝得精光。"师哥,"他觊觎丁汉白那瓶,"我还想喝一瓶。"

丁汉白坏啊:"没钱了。"

纪慎语嘴唇发干,用湿毛巾捂着喘气:"那我出去等你吧。"他被丁汉白一把按在座位上，强迫着，挪不动自己屁股，推不动对方胸膛。

他感觉自己被蒸熟了，淋上酱油就能下筷子，偏偏丁汉白那个挨千刀的往炭盆里泼水，"刺啦刺啦"更加闷热。"丁汉白……"他从没想过叫对方大名是此情此景，"我要去见老纪了——"

没说完，嘴里就被塞了吸管，他吸上一口汽水，没见成，又续命一截。丁汉白蒸够了，拉上他离开桑拿房，他这条濒死的鱼总算捡回一条命。

纪慎语以为要换衣服打道回府，不料又前往一区，看来要冲个澡。冲澡之前被推倒在床，还扒了衣服，他又饿又累，蒸桑拿还缺氧，晕乎乎地看着天花板撒癔症。

忽然半桶热水泼来，一位穿衣服的大哥将他淋湿，拍着他的胸膛说："细皮嫩肉的，我轻点。"

人为刀俎，他为鱼肉，纪慎语赤条条地躺着，从左手开始，指缝都没漏掉，上上下下前前后后被搓了一遍。那大哥好没信用，搓到背面忘了承诺，粗糙的澡巾使劲擦，痛意早盖过爽利。

丁汉白就在旁边床上趴着，半眯眼睛，目光不确定，时而看纪慎语呼痛的脸，时而看纪慎语通红的背。他觉得纪慎语就像那块芙蓉石，莹润粉白，还是雕刻完毕的，此时趴在那儿被抛光打磨。

搓完澡去冲洗，洗完就换衣服走人了。终于回到更衣室，纪慎语累得手指头都发麻，一脱浴衣引得丁汉白惊呼，丁汉白扳过他的肩膀："后背不像搓完澡，像刮了痧。"

纪慎语张张嘴，疲得不知道说什么。

他想骂丁汉白一句，可伸手不打笑脸人，丁汉白正笑着看他。想诉苦后背有多疼，可是又不值当，而且丁汉白不是他爸，不是师父，估计也没耐心听。

天黑透了,丁汉白可惜地说:"光我自己的话就楼上开一间房,睡一宿。"

纪慎语心想,下次吧,下次他肯定不跟着来。

到家早错过饭点儿,连剩的都没有,丁汉白不害臊地缠着姜漱柳求夜宵,连《世上只有妈妈好》都唱了。姜漱柳不堪其扰,挽袖子蒸了两碗蛋羹,嘱咐端一碗给纪慎语。

丁汉白端着碗回小院,在石桌前落座:"纪珍珠,出来!"

他少喝半瓶汽水,吼声沙哑,全凭气势。纪慎语穿着短袖短裤跑出来,膝盖手肘都因搓澡透着粉气,重点是两瓣薄唇油光水亮,一看就是吃了什么东西。

纪慎语如实招来:"小姨给我留的馅饼。"

丁汉白摔筷子,这个姜采薇,谁才是她亲外甥?心里没点数。纪慎语以为对方发火,赶忙跑回去端馅饼,就着月光和灯光,拼凑出一桌有羹有饼的夜宵。

两个人饿极了,比着赛狼吞虎咽,整餐饭都没讲话,只有咀嚼吞咽声。盘光碗净,丁汉白的筷子从桌上滚落,吓得纪慎语陡然一个哆嗦。

"至于吗?"丁汉白哭笑不得。

纪慎语小声说:"我有一次晚上找东西吃,正好师母起夜去餐厅倒水,我在厨房掉了筷子被她听见。"

纪芳许一向主张晚饭吃半饱,所以家里从来不多做,纪慎语那时候抽条长个子,每天半夜都难挨得很。丁汉白听完问:"听见之后怎么了?"

纪慎语捡起筷子:"没什么。"

没什么不至于吓得一哆嗦,丁汉白顾着自己好奇,非要探究人家的旧疤:"骂你了?"

纪慎语偏头看花圃里的丁香,小声说:"打了我一耳光。"

丁汉白暴跳如雷:"你师母那么泼?!吃点东西就打人?!"他的反应太大,惹得纪慎语转回头看他,但那张脸上没什么表情,不哀戚、不愤怒,薄唇白牙一碰,也没说什么怨恨的话。

"我不该偷吃。"纪慎语都记得,师母骂他妈偷人,骂他偷吃,的确无法辩驳。他把碗摞好,洗干净送回厨房,再回来时丁汉白还坐在石桌旁。

桌上多了两盏绿茶,他只好再次坐下。

丁汉白轻啜一口,把茶盏挪来挪去,丝毫不心疼杯底被磨坏。挪了半天,停下后问:"杯子里有什么?"

纪慎语答:"绿茶。"

"还有什么?"

"别卖关子。"

丁汉白说:"月亮。"

盈盈漾漾的镜花水月,忽然把纪慎语的整颗心填满了,他无须抬头,只用垂眸就能欣赏。可这些是虚的,杯盖一遮就什么都没了,丁汉白仿佛能猜透,果真将杯盖盖上。

纪慎语嗫嚅:"没了。"

"盛在里边了,时效一个晚上。"丁汉白否定,"送你吧。"

他该把筷子放好,该及时住嘴不多追问,该吃饱喝足就道句晚安。可筷子已经掉了,伤口已经挖了,只能弥补点什么。

这盏唬人的月亮太寒酸,丁汉白送出去觉得有些没面子,抬眼轻瞥,撞上纪慎语发直的目光。纪慎语定着眼神,读不出喜恶,丁汉白问:"看什么?"

纪慎语撇开眼,他喜欢这盏月亮,觉得丁汉白有趣,转念又想起丁汉白雕汉画像石。人外有人,他见识了,可他并不服气,他觉得栩栩如生之中少了点什么。

他又不确定，是真的少什么，还是自己在无意识地妒忌。

"师哥，"纪慎语犹豫着，"咱们找一天切磋切磋吧。"

他没想到，第二天一觉醒来，丁汉白抱着芙蓉石就来找他切磋了。

阳光灌进来，半间书房都亮得晃眼睛，两把椅子挨着，他和丁汉白坐下后自然也挨着，就那么并肩冲着芙蓉石，带着刚起床的困意。

大礼拜一，纪慎语想起来："你不上班？"

丁汉白说："昨天那么累，我当然得歇两天了。"

纪慎语刚到这个家的时候，丁汉白就在休假，什么都不干，仿佛文物局是他们家开的。他难免好奇："师哥，你一个月工资有多少？"

丁汉白随口答："养得起你。"

这话说得敷衍，还有点轻蔑，纪慎语挺直腰杆想驳一句，但转念就认了。他吃住上学都靠丁延寿，丁延寿将来肯定把家业给丁汉白，无论如何倒腾都差不多。

纪慎语逐渐清醒，凝神在芙蓉石上，拇指贴着食指，指腹轻轻搓捻，手痒痒。他之前没机会仔细看，更没摸到，此时近距离观赏立刻一见钟情。

纯天然的极品料，怪不得丁汉白大发雷霆。

丁汉白要拿这个跟他切磋？那他得找一块能匹配的好料。

纪慎语急得揉揉眼，他从扬州带来的那些料顶多巴掌大，就算质量上乘，体积也不合适。"师哥，"他难为情地坦白，"我没有这么大的料，得先去料市。"

更难为情的在后头，他扭脸看丁汉白："你能先借我点钱吗？"

丁汉白抻出两张宣纸："就拿这个刻，一人一半。"

纪慎语十分惊讶，耳朵都嗡嗡起来，之前丁汉白破口大骂他们草包，现在让他也雕这块芙蓉石？万一他这边雕得不能让丁汉白满意，那料就彻底毁了，丁汉白会不会打死他？

"师哥，你确定？"

丁汉白睥睨过来："先问你敢吗？"

纪慎语士气顿涨，干巴脆地应了。他主动伸手研墨，目光流连在石头上不肯移开，脑中影像万千，竭力思考雕成什么样子。

景观、人物、飞禽走兽，雕刻不外乎这些，那四刀痕迹必须利用起来，还要一人一半合作。他俩都在琢磨，也都吃不准对方的设计水平，半晌过去还没交流一句思路。

墨研好了，纸铺好了，阳光蔓延过来把石头也照亮了。

丁汉白瞧着那片四射的晶光："这几刀能作溪涧、飞瀑，那范围就定在山水上。"

纪慎语默不作声，仍在考虑，等丁汉白提笔要画时伸手拦住，恳切地说："师哥，这块料还没雕已经这么亮，这是它的优势。如果咱们每刀都算好，让它最大限度地展现出光感，才不算糟蹋。"

丁汉白明白了潜台词，山水不需要那么亮，换言之，山水不是最佳选择。

纪慎语说："普通河流不够格的话，还有天上的银河。"

从来没人雕天上的银河，甚至鲜少有人往天上的东西想，丁汉白探究地看着纪慎语，压着惊讶，不承认惊喜，攥紧笔杆子追寻对方的思路。

纪慎语说："只有银河肯定不行，其他我还没想到。"

丁汉白应："银河、鹊桥、牛郎织女伴着飞鸟。"

这下轮到纪慎语看他，情绪大抵相同，但都不想承认。丁延寿和纪芳许惺惺相惜，他们觉悟有点差，明面上不动声色，却在心里暗自较劲。

第一轮纪慎语赢了，丁汉白让步放弃山水。各自画图时又起争执，从结构布局就大相径庭，各画各的，丁汉白浑蛋，频频用胳膊肘杵对方，害纪慎语画崩好几次。

铺上一张新纸，正午最晴的时刻到了，那块芙蓉石明艳不可方物，折射出斑斓彩光落在白纸上。纪慎语不忍下笔，趴上去接受洗礼一般，再伸手触摸芙蓉石，五指都沾染了晶彩。

他惊喜道："师哥，温里透凉，特别细腻。"

丁汉白抬头怔住，被趴在纸上的纪慎语扰乱思绪，那人面孔上都是明亮光斑，甚至眼瞳中还有几点，干净的手掌贴在芙蓉石上，指甲盖儿的粉和芙蓉石的粉融为一体，皮肉薄得像被光穿透。

他以为眼拙，感觉纪慎语的表情……隐秘而羞涩。

"师哥，"纪慎语又叫他，"你不是把它比作老婆吗？"

丁汉白点头，见纪慎语像倦懒的猫儿，可纪慎语红着脸笑起来，那神情又活像……活像开了情窦，正荡漾着思春。

05

丁汉白和纪慎语闷在书房画了一整天，画崩的宣纸落满地毯。他们要切磋，那就得分清彼此；他们又要合作，那就得有商有量地进行。

几乎同时搁下笔，横开的宣纸并起来，两幅相同主题的画跃然眼底。纪慎语吭哧咬了嘴唇一口，就像睡觉时突然蹬腿，无意识行为，但咬完心里发慌。

他无暇比较，专注地盯着丁汉白那幅，飘动的人物衣饰和振翅的乌鹊都太过逼真，纹理细如发丝，繁复的褶皱毫不凌乱。他想起丁汉白画鬼魅纹，每一笔都细致入微，引得看客拍掌叫好。

丁汉白懒散骄纵，画作却一丝不苟，所以纪慎语惊讶。

"有什么想说的?"丁汉白也审视着两幅画,"你这幅我说实话,拿出去很好,在我这儿凑合。"

纪慎语已经钦佩对方的画技,便没反驳:"怎么个凑合?"

丁汉白随手一指:"咱们画不是为欣赏,是为雕刻打基础,所以务必精细,要真。有画家说过'唯能极似,才能传神',你这'极似'还不到位。"

纪慎语虚心接受:"还有别的问题吗?"

丁汉白瞥他一眼,似乎没想到他会如此谦逊,于是指出问题的语气放软一些:"画讲究两大点,布局聚散有致,色彩浓淡适宜。咱们只需看布局,你觉得自己的布局有没有问题?"

纪慎语端详片刻:"活物太集中,偏沉了。"

他坐好重画,彻底没毛病之后与丁汉白合图。合图即为共同完成一幅,对着一张纸,把各自的画融成一幅,不能偏差,不能迥异,要外人看不出区别。

姿势拥挤,纪慎语的右臂抵着丁汉白的左臂,即将施展不开时丁汉白扬手避开,把手臂搭在后面,半包围着他。二人屏气,蘸墨换笔时对视一眼,此外别无交流。

一场无声的合作随日落结束,一整幅画终于完成。

丁汉白点评:"能画成,那为什么之前不画得精细点?"

纪慎语也是刻苦学过画的,不愿平白被误会,起身跑去卧室,回来时拿着本册子。硬壳封皮只印着纪芳许的章,他说:"这是我师父的画,你看看。"

丁汉白打开,里面山水人物各具其形,线条流畅简单,设色明净素雅,然而不可细观。但凡细节处都寥寥几笔带过,韵味有了,却没精心雕琢,让人觉得这画师挺懒。

丁汉白摇摇头:"不对,我家也有纪师父的画册,不这样。"

丁汉白翻找出一本花鸟册,是纪芳许年轻时送给丁延寿的生日礼物,翻开一看,花花草草都极其逼真,鸟禽都活灵活现,难以仿制地精细。

纪慎语随即明白,纪芳许后来迷上古玩,重心渐渐偏了,反正有得也有失。

一夜过去,丁汉白又不上班,大清早拎着铝皮水壶灌溉花圃,丁香随他姓,被他浇得泥泞不堪。浇完去书房等着,他准备上午完成勾线。

纪慎语叼着糖果子姗姗来迟,往桌前一伏:"师哥,我有个问题。"

丁汉白用鹿皮手绢擦石头:"什么问题?"

纪慎语说:"咱们不是要切磋吗?可是合雕一块东西必须保持同步,那怎么分高下?"

丁汉白抬起眼眸,目光就像纪慎语雕富贵竹那次,语气也不善:"你能跟上趟儿就行了,分高下?比我高的也就一个丁延寿!"

纪慎语猛地站好,他早领教过丁汉白的狂妄自大,但没想到对方仍这么看不起他。

二人守着芙蓉石勾线,这石头是他们不容怠慢的心头爱,因此较劲先搁下,尽力配合着进行。纪慎语已经见识过丁汉白勾线的速度,他师承纪芳许的懒意画风又不能一夕改变,渐渐有点落后。

他知道丁汉白在放慢速度等他,但放慢四分正好的话,丁汉白只放慢不到两分。

纪慎语手心出汗:"师哥,等等我。"

笔尖顺滑一撇,丁汉白完全没减速:"求人家等干什么?可能被拒绝、被嘲笑、被看不起,不如咬牙追上,追平再超过,那就能臊白他、挤对他、压着他了。"

纪慎语咬紧齿冠加快，眼观鼻鼻观心，堪堪没被落下。好不容易勾完线，他沁着满头细汗问："等某一天我真臊白你、挤对你、压着你，你会怎么办？"

丁汉白回答："不怎么办，那怪我自己没努力。"他把毛笔涮干净，笔杆磕着笔洗甩水珠，珠子甩出去，脸上却浮起淡淡的笑，"永远别恨对手强大，风光还是落魄，姿态一定要好看。"

纪慎语点点头，自打来到这里，丁汉白对他说了不少话，冷的热的，好的坏的，他有的认同，有的听完就忘。刚才那句他记住了，连带着丁汉白的神情语气，一并记住了。

画完就要出坯，从构思到画技，他俩各赢一局，眼下是最根本、最关键的下刀刻，没十分钟再次出现分歧。

丁汉白做贼似的，偷瞥对方数眼："珍珠？"

开腔还装着亲昵，他说："粗雕出坯，你拿着小刀细琢什么？"

纪慎语捏着长柄小刀："传统精工确实是粗雕出坯，可我师父不那样，点睛几处要点，把整体固定好，中心离散式雕刻。"

丁汉白想起南红小像，他当时给予高度评价全因为光感，可是下刀不能回头，必须每刀都提前定好。"这样是不是决定亮度？"他问，"其实你确定的是光点？"

刀尖霎时停住，纪慎语有些急："你、你不能……"

丁汉白饶有兴致："不能什么？"

纪慎语难得疾言厉色："不能偷学！这是我师父琢磨出来的，不外传！"

这种技法和传统雕刻法相悖，看似只是提前加几刀，但没有经过大量研究和练习，根本无法达到效果，外人想学自然也不容易。

丁汉白故意说："别失传在你手里。"

"不劳你惦记。"纪慎语劲劲儿的，"将来传给我的儿女，再传给我的孙辈，代代相传无穷无尽……没准儿还会申请专利呢。"

丁汉白笑，掩在笑意之下的是一丝后悔。他把话撂早了，纪慎语也许真能与他分个高低，抛开灵感妙思，也抛开独门技巧，他只观察纪慎语的眼神。

纪慎语醉心于此时的活计，面沉如水，只有眼珠子活泛，眼里的情绪十分简单，除却认真，还弥着浓浓的喜欢。

丁汉白回想一番，纪慎语没这样看过他爸，没这样看过姜采薇，更没这样看过自己，只如此看着这块芙蓉石。但他明白，如果换成鸡血石，换成玛瑙、冰飘、和田玉，纪慎语的眼神不会改变。

他说过，一旦拿刀，眼里、心中就只有这块料。

他做得到，纪慎语也做得到，但存在大大的不同。

出坯完成已是午后，纪慎语回房间了，丁汉白用鹿皮手绢将芙蓉石盖好，静坐片刻想些杂七杂八的事，再起身迎了满身阳光。

天儿这么好，不如出去逛逛。

丁汉白换上双白球鞋，不走廊下，踩着栏杆跳出去两米，几步到了拱门前。卧室门"吱呀"打开，纪慎语立在当中："你去'玉销记'吗？"

丁汉白手揣裤兜："我玩儿去，你要想跟着就换衣服。"

纪慎语挺警惕："去澡堂子？"

他心有余悸，搓澡、蒸桑拿的滋味儿简直绕梁三日。换好衣服跟丁汉白出门，丁汉白骑自行车驮着他，晃晃悠悠，使他差点儿忘记梁上的"浑蛋王八蛋"。

"师哥，"纪慎语道歉，"对不起啊。"

丁汉白毫不在意："没事儿，那次怪我忘了接你。"

就这两句，说完都没再吭声，一路安静着到达目的地。从大门进去，长长的一片影壁，后面人声嘈杂，来来往往的人络绎不绝。

纪慎语跟着丁汉白走，绕过影壁踏入一方大千世界——玳瑁古玩市场。

满目琳琅，满地宝贝，先择出真假不论，一眼望去各式各样地好看，叫人目不暇接。人和器物一样，又多又杂，丁汉白踩着狭窄的路开始逛，稀罕这个、着迷那个，把纪慎语忘到脑后。

纪慎语也顾不得其他，每个摊位都仔细瞧，蹲久了还被人踹屁股，起身后搜寻一圈，见丁汉白在不远处挑串子。他过去旁观，觉得木头串子真难看，扭脸望望，不少摊位都在卖木头串子。

老板努力夸赞自己的木头手串，紫檀、油性大、金星漂亮……丁汉白把玩着，说："十个紫檀七个假，我看你这珠子质感不行，过两年就得崩茬。"

老板打包票："不可能，我这绝对不崩！"

丁汉白又说："不崩说明密度小，上乘木料都密度大，那你这原材料就不行。"

老板被他套住，左右都没好，眼看就要吵起来。纪慎语往丁汉白身后一躲，薅住丁汉白衣角拽一拽，不想惹事儿。

谁知丁汉白挑完刺儿竟然乖乖掏钱，把那几串全买了。

他们逛了很久，从头至尾没有错漏，最后在小卖部外面喝汽水，桌上摊着那些手串。纪慎语拿起一条闻了闻，皱起眉头："假紫檀。"

丁汉白首肯："确实。"

那你买来干什么？纪慎语想问。没等他问，丁汉白先问他："木质的、核桃的、极品的十二瓣金刚，你觉得这些手串怎么样？"

纪慎语想都没想："难看，倒贴钱我都不戴。"

丁汉白饮尽橘子水："我也觉得难看，可好些摊儿都卖，比玉石串子红火。这就是行情，就是即将炒热的流行趋势。"

这古玩市场就是个缩影，泛滥的假货，无知的买主，圈子里的人越来越多，真的、好的却寻不到市场。变通就要降格，具体到"玉销记"，降格就是要命。

"那怎么办？"纪慎语这次问了。

丁汉白答："不怎么办，这样也挺好，高级的还是高级，俗气的更迭变换都无所谓。"

他们继续逛，但纪慎语没之前那么兴奋了，他隐隐觉出丁汉白话没说完，换言之，丁汉白跟他说不着。

他还隐隐觉得丁汉白心里藏着什么，藏着高于"玉销记"的东西。

又逛了一会儿，丁汉白见纪慎语两手空空，想尽一下地主之谊："有没有看上的？我给你买。"

纪慎语自觉地说："我看看就行，没有想要的。"

丁汉白误会他的意思："是不是怕选中赝品？"

那一刻，纪慎语透过丁汉白的眼神读出得意，再一看，丁汉白浑身散发着游刃有余的大款气质，他以为丁汉白要糟蹋钱，却没想到丁汉白凑近对他讲了句悄悄话。

"这些我分得清真假，绝无错漏。"

纪慎语被领着转悠，停在一处摊位前还发着怔，他看见各式孤品玩意儿，一时有点花眼。丁汉白让他挑一个，他随手挑个珐琅彩的胸针。

丁汉白蹙眉："你戴？"

"我送给小姨戴。"他说。

丁汉白夺下放回去："我送你，你送小姨，借花献佛还明着告诉我，我用不用再谢谢你？"

他说完挥开纪慎语的手，亲自挑选，筛掉瑕疵货和赝品后一眼确定，提溜起一个琥珀坠子。"就这个。"他把坠子扔给纪慎语，付完钱就走人。

回去的路上将要日落，纪慎语在后座看坠子，捏着绳，手忽高忽低寻找最好的光源。对上远方的晚霞，琥珀打着转儿，把千万年形成的美丽展露无遗。

他说："谢谢师哥。"

丁汉白蹬着车子，没说不客气。

纪慎语又问："为什么选这个送我？"

"颜色好看。"丁汉白这次答了，却没说另外半句——像你的眼睛。

06

迎春大道上那家"玉销记"最宽敞，上下两层，后堂有总库，还有设备最全的机器房。而旁边紧邻的小楼就是区派出所，站二楼正冲着民警办公室，特别安全。

丁汉白中午在对面的追凤楼吃饭，博物馆的领导请客，感谢他之前雕刻汉画像石，吃完从酒店出来，隐约看见丁延寿带纪慎语进了"玉销记"。

他应酬完过去，门厅只有伙计在，步入后堂操作间看见丁延寿亲自擦机器。"爸，"他喊道，走一步倚靠门框，"你今天不是去二店吗？"

丁延寿说："你二叔跟尔和在，不用凑那么多人。"

两句话的空当，丁汉白注意到桌上的纸箱，里面层层报纸裹着，拆开是那块芙蓉石。他就像个炮仗，急眼爆炸只需一瞬间："你怎么又碰我这料？！纪珍珠呢？我让他看着，他这个狗腿子！"

话音刚落，纪慎语从外面跑进来："谁咋呼我？"

见是丁汉白，他解释："师哥，师父让我带过来抛光，没想做别的。"手里的鹿皮手绢湿答答的，他将细雕过的芙蓉石擦拭一遍，转去问丁延寿："师父，我们是不是各抛一半？"

丁延寿也擦好了打磨机："你抛他那半，他抛你那半。"

抛光是玉雕的最后一项，最后这一下要是没哆嗦好，等于前功尽弃。这块芙蓉石他们定稿花费一天，勾线出坯花费一天，细雕更是废寝忘食身心俱疲，一旦抛光完成，这场切磋就有了结果。

前面都是各凭本事，但丁延寿让他们给对方抛。

丁汉白蔫坏着乐："你想看我们互相使坏，还是合作愉快？"

丁延寿也蔫着乐："那就看你俩的觉悟了。"

石头不能劈两半，那他们只好分先后，纪慎语率先给丁汉白那半抛光，沉心静气，忽略身后的父子俩，极认真地完成。

他之所以认真，不是怕怠慢会惹丁汉白炮轰，而是纯粹太喜欢这物件儿，只想尽力达到完美。

完成后交接，纪慎语忽然惴惴，他能心无二致地为丁汉白抛光，丁汉白能吗？

他按照纪芳许的方法雕刻，要是丁汉白故意使坏，成品的光感必然大打折扣。

纪慎语立在一旁没动，垂眸盯着那块"银汉迢递"。机器开了，他伸食指点在丁汉白的肩头，丁汉白抬脸看他："有事儿？"

他不好明说："……别划着手。"

丁汉白似觉可笑，没有理会，刚要开始便感到肩上一沉，还是那根修长的食指，按着他，茧子都没有却带着力道。

他再次抬脸："你看上我这肩膀了？"

纪慎语憋半天："……千万别划着手。"

丁汉白几欲发飙，挥掌将纪慎语推开，这时丁延寿在后面幸灾乐祸："他这是对你不放心，怕你坏了他的功德。"

"师父……"纪慎语急忙冲丁延寿打眼色，再看丁汉白，那人俨然已经横眉冷对。真是不好惹，他转身去整理库房，结果如何听天由命吧。

客人来了又走，喜鹊离梢又归，如此反复。

纪慎语立在后堂檐下，等屋内机器声一止便偏头去看，看见丁汉白拿毛笔扫飞屑，沉着面孔，抿着薄唇，毫无大功告成的兴奋。

难道真没抛好？他担心。

丁汉白久久没起身，注视着芙蓉石不知在想什么，想够了，看够了，只字未言去了屋外洗手。纪慎语像野猫溜家似的，轻巧地蹿进去检查，一眼就笑开了。

"师父！"他向丁延寿献宝，"这座叫'银汉迢递'，人物、鸟禽都有，你划的四刀改成了银河……师哥抛得真好。"

他以小人之心度君子之腹了，有点不好意思。

丁延寿戴上眼镜端详，评价："设计出彩，雕刻的手法也没的说，人物清瘦，不像汉白惯有的风格，开始我以为是你刻的。"

纪慎语答："师哥说这料晶莹剔透，而且雕牛郎织女，瘦削才有仙气。"

他回头看一眼门口，丁汉白还没回来，可他等不及了，问："师父，你觉得哪一半更好？"

丁延寿反问："你自己怎么看？"

这话难答，答不好准得罪人，但纪慎语打算实话实说："单纯论雕刻技艺的话，师哥比我好，他太稳太熟了，我和他一起雕的时候就非常吃惊，也非常佩服。"他停顿片刻，凑近跟丁延寿说悄悄话，"不过我这部分光感好，每一刀都是最好的位置，是不是师父？"

丁延寿一愣，随即"哧哧"地笑起来。他原本有四个徒弟，那三个向来怕他，也恭敬，许是他带着一家之主的威严。而丁汉白难以管教，吵起来什么都敢呛呛，叫人头疼。

从来没有哪个徒弟这样离近了，眼里放着光，像同学之间嘀咕，也像合谋什么坏事儿。他把纪慎语当养儿，此时此刻小儿子卖乖讨巧，叫他忍不住高声大笑，乐得心花怒放。

丁延寿也压低声音说悄悄话："是，芳许的绝活儿你都学透了。"

纪慎语并非一定要分高下，更想获得丁延寿的认可，让对方认为他有价值。"师父，其实……"他欣喜渐收，"其实我原本想捂着这绝活儿，只有我会，那我对'玉销记'就有用。"

丁延寿点点头，认真听着，纪慎语又说："但是你对我太好了，师哥又是你亲儿子，要不我教给他？"

洗手归来的丁汉白仍沉着脸，不知为何抛个光像破了产。纪慎语见状觉出不妙，抱起芙蓉石躲灾，逃往门厅看柜台去了。

屋内只剩下丁家父子，丁汉白落座叹口气："说说吧，师父。"

丁延寿道："不相伯仲，手法上你更胜一筹，怎么着也不至于这么意难平吧？难道你还想大获全胜？"

丁汉白大获全胜惯了，只胜一筹就要他的命，他还轻蔑地笑话过纪慎语，现在想来怎么那么棒槌？关键是……他有些害怕。

他怕纪慎语有朝一日超过他。

也不能说是怕，还是意难平。

"儿子，放宽心。"丁延寿很少这么叫他，"行里都说我的手艺登峰造极，我只当听笑话，但别人怎么夸你，我都接着。你是我儿子，你从小有多高天分，肯下多少苦功，我最清楚，只要你不荒废，你就能一直横行无忌。"

丁汉白被这用词惹笑，笑完看着他爸："那纪慎语呢？"

丁延寿如实答："慎语太像芳许了，聪慧非常，悟性极高，毛病也都一样，就是经验不足。之所以经验不足，是因为他们喜欢的东西多，又因为太聪明什么都学得会，无法专注于一样。"

丁汉白打断："还会什么？"

丁延寿说："那我说不好，他跟着芳许十来年，不可能只会雕东西。"略微停顿，拍拍丁汉白的手背，"你根本不是怕被撵上，你怕，是因为他拥有你不具备的东西。他喜欢雕东西，雕什么都倾注感情，可你扪心自问，你是吗？"

这正是让丁汉白不安的地方，丁延寿早说过，他出活儿，技术永远大于感情，难听的时候甚至说他冷冰冰地炫技。

丁延寿也警告过他，无论他爱不爱这行，都得担负责任，他应了，从未松懈，但也仅此而已，无法加注更深的感情。

门厅里安静无声，西边柜台摆着"银汉迢递"，纪慎语坐柜台后头，膝上放着盒开心果，为掩人耳目还在开心果里掺一把冰飘，假装自己没上班偷吃。

"咔嚓"嗑一粒，扔起来仰头张嘴，吃到之前被人伸手接走。他扭头看丁汉白，没说什么继续嗑，嗑完主动给对方，问："你和师父聊完了？"

丁汉白"嗯"一声："夸你了。"

纪慎语又问："师父夸我，你吃味儿吗？"

丁汉白说："我夸你来着。"

纪慎语信，他一开始就知道丁汉白在意什么。嗑完开心果，他与丁汉白无声地看柜台，有客人一进来就询问芙蓉石，他俩装傻子，答都不好好答。

精雕细刻，不舍得。

但最后还是卖了，开张吃半年，纪慎语高兴地跑去找丁延寿，喊着他给"玉销记"挣钱了。丁汉白独自闷笑，不太明朗的心情也跟着好起来。

二人待到关门打烊，下班后丁汉白讹丁延寿请客，干脆又去了对面的追凤楼。吃饭时，丁延寿问纪慎语是否想念扬州的馆子，没想到纪慎语摇摇头。

"扬州馆子和师父吃遍了,不新鲜了。"他说,"后来师父也不爱下馆子,只让保姆变着花样做,这不吃那不吃,养生。"

丁汉白随口说:"养生还早早没了。"

嘴太快,不妥也已说完,小腿骨一痛,丁延寿在桌下踹他一脚。他夹起焦黄的牛油鸡翅给纪慎语,说:"来,别生气。"

纪慎语喜欢这鸡翅,咬一口嘟囔:"没关系。"

师徒三人饱食一顿,回家时天都黑透了,不过小院换了新灯泡,比平时亮许多。丁汉白明天终于要去上班了,进屋后就站在衣柜前找衣服,纪慎语澡都洗完了,他才堪堪准备好。

丁汉白磨蹭着去洗漱,洗完在院里走来走去散步,见卧室灯亮着,喊道:"珍珠!出来!"

纪慎语闪条门缝:"大晚上为什么要散步?"

丁汉白故意答:"养生啊,向纪师父学习。"

纪慎语跑出来揍他,喊他大名,踢他要害,却乐着。他伸手制住,拧巴胳膊,绊着腿,却假装求饶。

对方腕上套着个东西,冰冰凉凉的,甩来甩去不消停,丁汉白一把攥住:"你这手链真大气。"

纪慎语抢过琥珀坠子,笑意还没散,露着几颗白牙。

闹腾够了,丁汉白关灯,小院顿时黢黑,他和纪慎语在这黢黑中往前走,接着上台阶,到门口时分别。"睡吧。"他不常说晚安。

纪慎语忽然拍他:"师哥,我想回赠你一个礼物。"

过来一阵风,梢儿上的喜鹊叫了,夜空里的云也被吹开,星星露脸,月光让丁汉白看清了纪慎语的面孔。

那人双目灼灼,认真地要和他礼尚往来。

礼物……叫人莫名想起假翡翠耳环。

丁汉白退后直言:"你可拉倒吧。"

07

"添副碗筷!"

姜采薇听见喊声时正盛汤,手一哆嗦险些把碗掉进锅里,喊的人脾气急,没等她拿出去便自己冲进来。她把汤递上,忍不住感叹:"真新鲜,起这么早上班去?"

丁汉白一口喝半碗:"少阴阳怪气,不上班你养我?"

姜采薇险些被这小三岁的亲外甥噎得说不出话,握拳捶丁汉白的后背才解气,而后姜漱柳进来帮腔:"还怪别人阴阳怪气,自己成天闭着眼请假,文物局局长都没你得闲。"

丁汉白不欲与这母女般的姐妹抬杠,挤在厨房吃饱就走。好几天没上班,他赶早出门,路上买了份奶油蛋糕请清洁工阿姨吃,让人家把办公室着重打扫一遍。

其实办公室都是自己打扫,轮流着来,或者谁最年轻就自觉承担。但丁汉白不行,拿笤帚、端簸箕能折他的寿,于是每回轮到他就贿赂楼里的清洁工阿姨。

同事们陆续到了,发现桌上搁着手串。丁汉白说:"前几天逛古玩市场买的,假的我已经扔了,真的瞎戴着玩儿吧。"

石组长问他:"给张主任没有?"

丁汉白回答:"没有,本人不爱巴结领导。"

石组长又气又乐,瞅他那德行就头疼,这时张寅拎着包进来扫一眼,大家问了声早。丁汉白在石组长的眼色中只好起身,拍拍裤子、抻抻衣襟,跟着张寅进了主任办公室。

"歇够了?"张寅拉开百叶窗,"李馆长打电话说汉画像石修好了,欢迎你去检查。"

丁汉白没惦记那茬儿，静坐听对方安排最近的工作。末了，张寅问："'玉销记'不是清高吗，怎么连木头串子也卖了？"

这显然误会了那些手串的来历，丁汉白却不解释，从兜里掏出自留的一串："没办法，人不能凭清高过日子，但木头都是上乘的，这串送您。"

张寅没动："行了，去忙吧。"

丁汉白狗皮膏药似的："瘤疤珠子，一个崩口都没有，您瞧瞧啊。"

他这番卖力介绍，弄得张寅再也端不住姿态，眼皮一垂欣赏起手串。色泽和密度过了关，张寅拉开抽屉拿紫光手电，看纹看星，看得十分满意。

"主任，那我先出去了？"丁汉白轻声问，起身离开，在身后门关上的一刻撇了撇嘴。直到下午，张寅戴着串子已经招摇一圈，忽而得知是玳瑁古玩市场的地摊儿货，只保真，不保优，气得他恨不得把丁汉白揪起来打一顿。

三分气东西，七分气丁汉白的愚弄。

主任办公室的门"咣当"碰上，众人哑巴般伏案忙碌，石组长累心地滑着椅子靠近："小丁，你干吗非跟他对着戗？"

丁汉白敲着字："就凭这文物分析表我能做，他做不了，做不了还不闭嘴当鹌鹑，净点名我家铺子坏我心情。"

石组长无奈地乐了："单位这么多人，懂的人才几个，是不是？"

丁汉白敲下句号："不懂没关系，但我受不了一知半解瞎卖弄，还整天贬损别人，真不知道自己吃几碗干饭。"

他等着打印机运转，心说这班上得太没劲了，还是在家歇着好。

想到家自然又想到纪慎语，纪慎语说送他礼物，他拒绝，纪慎语早上又说回赠个贵重的，他没抱任何期待，估计自己也不会有任何惊喜。

纪慎语莫名打个喷嚏，立在门当间吸吸鼻子。

关门之际姜采薇从拱门进来，正对上他的目光。"慎语，怎么没吃早饭？"姜采薇很惦记他，总给他拿吃的，"头发这么潮，洗澡了？"

纪慎语点点头："小姨，我这两天不去客厅吃饭了，帮我跟师父师母说一声。"见姜采薇好奇，他解释，"我要做点东西，就不出院了。"

姜采薇惊讶地问："那也不至于不出门不吃饭呀，是不是身体不舒服，你不好意思讲？"

纪慎语感谢对方的体贴："我怕分心就做不好了，你送我的桃酥还没吃完，我饿了就在屋里吃两块。"

他哄得姜采薇答应，对方还给他拿了好多零食、水果，等人一走，他进屋插上闩、锁上窗，没理潮湿的头发，照例拿出磨砂膏和护手油擦拭。

十指不染纤尘，指腹磨得平滑柔软，再洗干净，这准备工作才算完成。纪慎语坐在桌前，工具一字排开，光刀头就十几种，甚至还有个老式的小打磨机。桌面中央摆着那堆文物残片，被分成两撮，所有掉落的钙化物和附着物也都被保存放好。

纪慎语挑出一块破损的碗底，置于纸上，沿边描画出轮廓，再就着轮廓从残片中挑拣，握刀切割，再极细致地打磨。

半瓶从扬州带来的胶候场，分分秒秒，一天晃过去。等到黄昏……等到暖黄的光落尽，只剩下昏黑，那一片终于妥了。不带丁点茧子的指腹是最好的工具，能测试出任何不够细腻的手感，纪慎语坐在椅子上数个钟头，终于拼好一个碗底。

这就是他不能长茧子的原因，也是他跟随纪芳许多年学到的东西。

丁汉白曾问他会否修补书，他含糊其词，其实他会，但修复只是涵盖其中的一项。准确地说，他学的这一套叫"作伪"。

丁汉白没回小院，到家后直接在大客厅等着吃晚饭，吃饭时左手边空着，胳膊肘杵不着人，竟然有些不习惯。饭后陪姜潡柳看电视，他只要老实工作就是他妈眼里的心肝肉，看个电视又被喂了满腹的点心。

等到夜深回小院，他见纪慎语的房间关着门，洗个澡回来门仍关着。他索性坐在廊下读那本《如山如海》，一卷接着一卷，稽古那卷太有趣，他翻来覆去地看。

清风帮忙翻书，知了扯嗓子捣乱，丁汉白眼累了，回头瞅瞅卧室门，咳嗽一声："奇了！三伏天居然大风降温了！"

纪慎语一丝不苟地忙着，静得如同没了鼻息。

丁汉白把饵抛出去没钓上鱼，收书准备睡觉，踱步到人家房门口，好奇心伴着灯光噌噌往上涨。"纪珍珠，干吗呢？"他切切地问，"饿不饿啊，咱到厨房热碗鱼羹去？"

纪慎语被扰得无法："我不饿。"

丁汉白另辟蹊径："今天单位发生一件特逗的事儿，开门我给你讲讲。"

纪慎语说："我不听。"

"……"越拒绝越好奇，丁汉白恨不得把门板捅个窟窿，"这本书第四卷有错误，把磁州窑讲得乱七八糟，你快看看。"

纪慎语不耐烦了："我不看，你走。"

丁汉白被姜潡柳宝贝了一晚上，此刻立在门外尝尽人间冷暖，最后生着闷气走了。睡过一宿，翌日打定主意不搭理纪慎语，谁知他出来发现隔壁还关着门。

脚步声远了，纪慎语眨动疲惫的双眼，眼前是初具形态的青瓷瓶，还差瓶颈处没有完工。他开门去洗漱，不到十分钟又回来锁上门，只吃几口点心，不然饱腹更容易困。

云来云去，天阴了。

丁汉白下班路上被淋成落汤鸡，奔逃回来直奔卧室，换好衣服才恍然探出身。果然，隔壁仍旧关着门，就算打地道也得出来喝口水、撒泡尿吧？

脚步声渐近，纪慎语偏着头磨瓶口，余光瞥见门外的影子。

丁汉白问："你在里面造原子弹呢？"

纪慎语没抬眼，只笑，丁汉白又问："说完送礼物就不露面了，后悔？"

纪慎语烦死这人了，深呼吸保持手上动作平稳，丁汉白自觉没趣，终于走了。他闭关两天一夜，用拼接法初步完成青瓷瓶，因为瓷片本身就是海洋出水文物，后续加工简单不少。

他又熬去整宿，将花瓶的纹理痕迹造出来，把刮下的沉积物与苔藓虫敷回去，雨一直滴着，他凝神做完数十道工序，在天快亮时已冷得感知不出正常温度。

丁汉白多加一件外套，默默上班，再没凑到门口询问。

人的好奇心有限度，达到峰值便回落，无所谓了。

雨天心懒，办公室里没人忙工作，连张寅也端着水杯无所事事地转悠。丁汉白立在窗口看景儿，摸一片窗台蔓上来的枫藤，揉搓烂了再扔下去，只留一手的湿绿。

他猜测，丁延寿这会儿在"玉销记"看报纸，门可罗雀真可怜。

他又猜测，姜采薇正在办公室喝热水，降温还穿裙子，臭美。

心思最后拐回家，他想到闭门造车的纪慎语，神神秘秘，吊人胃口。

丁汉白没想错，家里门依然闭着，"车"也造到了最后，纪慎语十指通红，握刀太久压瘪指腹，浸过药水明胶伤了皮肤，偏偏他精益求精，不肯有丝毫含糊。

他想回赠丁汉白一份礼物，金书签加上琥珀坠子，他不能出手寒酸，必须先弄点钱。当初捡这些残片是为了练手，这下正好派上用场，做好拿到古玩市场卖，就有资金了。

纪慎语万不可把这事儿告诉别人，家里是做雕刻的，可这作伪比雕刻费时费力得多，被人知道平添麻烦。而且纪芳许当初倒腾古玩广交好友，但没什么人知道他会这些，因为这是秘而不宣的本事，不是能广而告之的趣事。

还有一点，纪慎语记得那天去玳瑁古玩市场，丁汉白告诉他会分辨真假，那神情语气轻松又倨傲，不容置疑一般。要是丁汉白得知他会作伪，他想不出对方会有什么反应。

琢磨着、斟酌着，纪慎语终于完活儿，雨也恰好停了。

他将青瓷瓶放进柜子里阴干，撑着最后一点力气把桌面清理干净，没心思填饱肚子，没精力洗澡换衣服，连开门推窗都提不起劲头。

三天两夜不眠不休，绷紧的神思在躺上床那刻松下，纪慎语睡不解衣，急急见了周公。

雨后一冷再冷，晚饭煲了丸子砂锅，饭后姜漱柳把单盛的一碗热好，让丁汉白端给纪慎语吃。丁汉白烦得很，老大不乐意地端出去，走两步又返回："把芝麻烧饼也拿上……"

他端着托盘回小院，惊奇地发现灯黑着。"纪珍珠？"他叫，将托盘放廊下，"我妈给你热了汤，开门吃饭。"

里面没动静，他不想像服务生似的："搁下了，爱吃不吃。"

丁汉白扬长而去，钻书房画画。画到深更半夜，前情后事全都忘干净，回屋睡觉闻见香味儿才清醒，再一看廊下的托盘，合着东西一直没动？！

他径自冲到门外，大力敲门："开门，我还不信了，这是你家还是我家？"

敲了半晌，里面毫无反应，丁汉白收手一顿，蓦然发慌，里面不会出什么事儿了吧？纪慎语不会有什么遗传心脏病，死里面了吧？

"纪珍珠！"他大吼一声，抬脚奋力一踹，门洞开后冲进去，闻见一股药水的酸味儿……打开灯，房间整洁，平稳的呼吸声从床上传来。

纪慎语缩成一团，显而易见地冷。

"真……神秘。"丁汉白走到床边，扯开被子给纪慎语盖上，这才发现纪慎语没换睡衣，脏着脸，眼下乌青、面颊消瘦，双手斑驳带着印子。

他拧湿毛巾在床边坐下，撩了满掌细软发丝，顺着额头给纪慎语擦脸。下手太没轻重，鬼吼鬼叫都没把人吵醒，竟然把人给擦醒了。

纪慎语脸皮通红，疼得龇牙："我不敢了……"

丁汉白停手："不敢什么了？"

纪慎语合着眼迷糊道："不敢偷吃了。"

原来把丁汉白当成了纪芳许的老婆，还以为那疼劲儿是挨了一耳光。"师母给你擦擦。"丁汉白气得变声，又胡乱蹭了蹭，然后给纪慎语擦手。

谨小慎微，总怕稍一用力就会把那指头擦破，丁汉白端详，寻思这手是干了什么变成这样。良久一抬眼，他竟发现纪慎语明明白白地醒了——

正茫然地，静悄悄地看他。

丁汉白搁下那只手："你饿不饿？"

看纪慎语点头，他又说："我给你变个魔术。"

纪慎语闭眼听见丁汉白起身，听见脚步声离开卧室，复又返回。等丁汉白让他睁开眼，他看见床头放着一碗丸子汤，还有俩烧饼。

丁汉白回去睡了，什么都没问。

雨又下起来，纪慎语恍惚忘记了扬州的风景。

08

丁汉白这人好不过一宿，前晚贴心地给人家擦脸端饭，第二天睡醒就来砸门问话。没办法，他的好奇心吊了好几天，势必弄个明白。

纪慎语被砸门声扰乱清梦，直往枕头底下钻，而后门外的土匪把门踢开，冲进来，"咚"地坐到床边，隔着被子推他。

"赶紧起来。"丁汉白手大劲儿更大，往纪慎语后腰一按，居然有骨头的嘎吱声，"你闷屋里这几天都干吗了？不交代清楚这礼拜别想洗澡。"

纪慎语反手捂着腰，听见"洗澡"立刻还嘴："那我去华清池，我蒸桑拿。"

他翻身坐起来，退去惺忪态，满是睡饱后的清明。丁汉白离他半臂距离，倾身嗅一嗅，皱眉瞪眼："你都有味儿了！酸的，我吐了！"

那语气神情太逼真，仿佛嘴巴再一张合真要吐出来，纪慎语的脸"唰"的一下变红了，窘迫难堪，在被子下捏着衣服犹豫："我没出汗，我现在就去洗澡。"

丁汉白来一套川剧变脸，抬手拦住："说了不让洗，先交代你这几天偷偷摸摸干什么了。"

话又绕回来，纪慎语也分不清自己是真有味儿还是丁汉白诓他，弯腰从对方手臂下一钻，光脚立在地板上："我关上门爱干什么都行，师父都没管，你更管不着……"

丁汉白一听就火："少拿丁延寿压人，不顶用！这是我的院子，你干什么都受我管教。"他站起身，将对方迫得后退，"玩儿神秘是吧？从今天开始不许去前院吃饭，就关上门在这屋里吃！"

纪慎语隐约觉得丁汉白吃软不吃硬，可是他丝毫不怕丁汉白，话赶话哪软得下来，干脆脖子一梗："不去就不去，吃饭挨着你没胃口，我也吐了！"

丁汉白摔门离去，门敞着晃，感觉迟早掉下来。纪慎语被灌进的风吹醒，才发觉他们幼稚可笑，不过气已经生了，至少这周末对方不会再理睬他。

不理也好，清静。

纪慎语兀自收拾房间，还哼着纪芳许生前爱听的扬州清曲，忙完洗澡换衣服，人连着屋子焕然一新。这两天潮湿，青瓷瓶要阴干到周一，他索性拿上暑假作业去"玉销记"看店。

儿子不好惹，他哄老子开心去。

待到周一，天晴了，丁汉白的脸还没晴，撂下一句晚上有聚会就上班了。

纪慎语不慌不忙地挑衣服，穿一身最阔气的，用书包背上青瓷瓶，直奔玳瑁古玩市场。他二进宫，气定神闲地转两遭，买瓶汽水，找一光线明亮的空当，摆摊儿开始。

很快来一年轻人，问："这脏瓶子什么情况？"

纪慎语吸溜汽水，白眼儿翻得能拿金鸡百花："没什么情况，别挡光。"

这地界，不一定能听出行家，但门外汉肯定早早暴露，他把看热闹的人驱走，垫着旧报纸盘腿坐好，等待真正的买主。

不多时，一位老太太经过，银发梳得妥帖，和珍珠耳环交相辉映，停下说："哎，我得戴上老花镜瞧瞧这个。"

周围有人投来目光，原来这老太太是熟客，喜欢收藏旧首饰。纪慎语摸不准对方的斤两，睁圆俩眼打量，故意端着目中无人的神态。

老太太问："小宝，你卖东西不介绍介绍？"

纪慎语说:"我家古董多呢,这个是从柜子里随便拿的,卖了换零花钱。"

老太太慈眉善目:"家里那么多古董,你穿的衣服又讲究,还差零花钱?"

"期末考试考砸了,我爸不给花。"纪慎语耷拉脸儿,将汽水瓶和青瓷瓶一磕,"反正懂行的知道我这是好东西,我不贱卖,不然被我爸知道了挨揍。"

正说着,又来一个男人,近视眼镜、公文包,斯斯文文。他蹲下来,捏着瓶颈看,摸釉面的纹路,抠纹路上的污垢,似问非问:"这脏泥可不是放柜子里能积出来的。"

纪慎语不动声色:"我爸说了,这瓶子买来就这样,没有脏泥才假呢。"

有人稀罕这说法,男人翻转瓶身详细地看,纪慎语垂眼装作漠不关心,其实有些紧张。那堆残片都是海洋出水的文物,表面的脏污也是实打实的钙化物,因此这瓷瓶从材质上看没有问题,考验的就是他的手艺。

"你要买吗?"他问,"不买别抠抠搜搜的。"

男人不理,欣赏很久:"你这瓷瓶外壁的豆青釉不够匀净,有点发黄了。"

一旦挑刺儿,那就是想压价,想压价就说明想要,纪慎语瞅一眼发黄的地方,心想:能不黄吗?豆青的残片没合适的了,只能用个接近的。他说:"不发黄你就得掂量下真假了,发黄是因为在海里沉了太久。"

男人毫不意外,接腔跟看客们说:"没错,这是件海洋出水的瓶子,应该是清朝的。"

老太太立即问:"那得多少钱?"

男人笑笑:"虽然保存完整,但是器型普通,表面又有瑕疵,贵不了。"

纪慎语闻言也笑笑,他就想换钱给丁汉白买个礼物,时间紧迫也做不出多复杂的,这人说得没错。"你买吗?"他举起三根手指,"这个数。"

三万,男人与他对视,说:"一万三。"

纪慎语把脸偏一边:"看完放好,别挡光。"

男人被他这态度弄得一愣,老太太反而乐起来:"这孩子爱答不理的,不是做生意的,单纯换零花钱呢。"

男人重复:"一万三真不卖?换个人可能连一万都不给。"

纪慎语挥挥手,把不耐烦摆脸上,男人起身走了,老太太和看热闹的也走了。他目光尾随着男人,见对方散步似的,偶尔停留,却没再躬身。

他心里有了数,门前冷落只是暂时的。

中午太阳最毒,文物局办公室的空调没停过,电话铃响,副局长打来电话要文件。丁汉白进主任办公室拿一趟,又送一趟,回来后就在位子上吹风。

他落汗后问:"组长,主任请假了?"

张寅没上班,亲自去机场接专家了,把专家安排好就没回来,名正言顺地旷班。至于现在,他正悠闲地在玳瑁古玩市场转悠呢。

这市场里,九成九的赝品,但人人都想捡漏,张寅溜达一圈往回绕,又立定于纪慎语的面前。海洋出水文物,他刚从福建带回来一批,博物馆展示的那些都是他挑选的。

说明什么?说明他不可能走眼。他确定得很,那瓶子的圈足、束颈和唇口都是规矩的,和他见过的一模一样。再就是附着物,他更肯定了,那海腥味他且忘不了。

纪慎语嘬着冰棍儿,仰头不吭声。

一般来说,穷人遇难急用钱,最容易压价。纪慎语恰恰相反,衣物讲究,书包上挂着经久的琥珀坠子,喝完汽水吃冰棍儿,扮败家子偷古董换零花钱,钱少了都懒得搭理。

"三万元不降,你这东西肯定砸手里。"张寅终于开口,"你想想我说得对不对。"

纪慎语说:"那就一万三吧。"说完看张寅满脸惊喜,又道,"大哥,我不是缺心眼儿,你别想美事儿了。"

二人开始拉锯,退一步就少万儿八千块,张寅那一万三着实荒唐,不过是看纪慎语年纪小诈一诈而已,纪慎语那三万元也是拔高要价,预留了砍价的空间。

他们不停争辩,引得其他人来看,张寅唯恐被横刀夺爱,最终两万三定下了。纪慎语只要现金,背着书包和张寅去取钱。古玩市场旁边就有银行,为方便人们交易似的。

在银行里交接很安全,青瓷瓶给对方,纪慎语背着书包离开。经过一条巷口时听见呼喊声,紧接着蹿出来一人,撞开他半边膀子飞奔而去。

古玩市场的外墙和银行之间有条小巷,里面摊位满了,散户就在巷子里摆摊儿,一个老头儿拿着旧包倒在墙根儿,面上沾血,蜷着身体哑着嗓子,哭哭喊喊。

光天化日抢劫啦!丢了救命钱!

整条巷子鸡飞狗跳,纪慎语站在巷口,拽紧书包带子跑起来,一路追着那抢劫犯。抢劫犯被他追得慌了,该上天桥时没有上,直直地冲路口逃去。

纪慎语眼看两名交警将抢劫犯绊倒,包袱滚在地上,清脆的一声,他心也碎了。

包袱被他追回,可里面的祭蓝釉象耳方瓶已成碎片,带回去,见老头儿坐在银行外的台阶上。"爷爷……"他过去,不知道怎么说,"那人摔倒了。"

包袱展开,老头儿对着碎片摇头,脸上血泪斑驳,捂着肚腹微微抽搐。纪慎语急忙扶住对方,问:"他抢东西的时候打伤你了?要不要去医院?"

这时从银行里出来一人,径直走到他们跟前:"东西呢?"

这是有人许下要买,买主取钱的工夫却遭了抢。纪慎语朝包袱努努嘴,心跟着疼,他虽然没有火眼金睛,但知道作伪会有什么破绽,那方瓶没有丝毫瑕疵,至少值七万。

对方火了:"说好的等我取钱,怎么成这样了?你赔!"

老爷子气虚:"我赔不了……"

对方破口大骂,资深爱好者,眼里只有物件儿了,到嘴的鸭子一飞,恨不得六亲不认,蛮不讲理。

纪慎语帮老头儿擦鼻血,他不擅长骂人,不由得想念起丁汉白。等那人骂够了离开,他扶着老头儿到街边打车,好人做到底,再去趟医院吧。

一检查不得了,除却外伤,老头儿原来还有癌症。

纪慎语懂了"救命钱"是什么意思,交住院费的时候没含糊,再加上七七八八,两万三去掉大半。他守在病床边,拧毛巾给老头儿擦脸,擦完脸擦手,发现老头儿的右手有六根手指。

"我姓梁,梁鹤乘。"老头儿说,"生下就是六指儿,没吓着你吧?"

纪慎语摇摇头:"爷爷,我怎么联系你家里人?"

老头儿说:"孤家寡人,你不该管我。"

纪慎语沉默片刻,把剩下的钱掏出来,自己留三百元,余下的塞到枕头下:"爷爷,我陪你到晚上,钱你留着花吧。"

老头儿一把浊泪:"我哪儿能要你的钱?住院费我也得还你……"

"我师父说——"问起来还要解释,纪慎语改口,"我爸说,千金散尽还复来,可有忙不帮,错过是要后悔的。"

老头儿又问:"你这个小娃娃,怎么随身带着那么多钱?"

对方太可怜,纪慎语不忍欺骗,把自己做青瓷瓶的事儿一五一十讲出来,眨眼间陪对方到了晚上,外面暮色四合。

他告辞,拎着空荡荡的背包搭车,脑中像过电影,一帧帧、一幕幕,演到最后这刻只有失落。池王府站下车,他下车后在街口遇见丁汉白,丁汉白聚会归来,染着淡淡的酒气。

纪慎语终于见着亲人了,不算亲人,那也是熟人。

忙活那么多天,手指尖至今还疼,到头来只剩下三百块钱。

这叫什么呢?叫竹篮打水一场空。

纪慎语何其委屈:"师哥……"

丁汉白发怔,寻思着他们不是吵完架在冷战吗?不记得和好了啊,他喝高了?恍惚的空当纪慎语已经凑上来,仰着头,巴巴儿的,似是讨他的安慰。

他大手兜住人家的后脑勺,这次知了轻重,轻轻地揉,慢慢地问:"怎么了?"

纪慎语自觉毁诺,面露难堪:"我不能送你礼物了。"

丁汉白没料到这原因,不容商量地说:"那不行,你打了包票,现在就送,让你给什么就得给什么。"

纪慎语慌了,等对方为难他。

结果丁汉白重揉一把:"算了,你就随便笑一个。"

第三章

玫瑰印章

我比较喜欢玫瑰了,
能不能把印章还给我?

01

刹儿街是条老街,街灯不甚明,把人影拉扯得很长,人脸上的笑也被打上了一层浅光。纪慎语笑得不自然,白牙露出来,可嘴角的弧度与平时不一样。

他和丁汉白并肩朝回走,一米米,一步步,到大门口上台阶,经过前院回小院,走到廊下步行至卧室外,同时立定,扭脸对上彼此的眼睛。

无风,丁香花的香气被锁在空气里,掩盖住丁汉白身上的酒气。"早点睡,礼物就算你给了。"丁汉白说,"我体不体贴?"

纪慎语已经推开门,回答:"体贴……谢谢师哥。"

不料丁汉白补充:"用不着,以后少跟我犟嘴。"

各自回房,丁汉白始终不知道纪慎语闭关做过什么,也不知道今天的颓丧是因为什么。而纪慎语服了软,还道了晚安,总之暂释前嫌。

月落日升,丁汉白险些迟到,吃早饭时狼吞虎咽,动作一大又杵掉纪慎语的包子。他到单位时仍然晚了,晚就晚了吧,顶多被张寅说几句。

丁汉白做好挨批评的准备,结果张寅端着茶杯在办公室溜达,而后立在窗口吹风,像家有喜事。他伏案工作,片刻后肩膀一沉,抬头对上张寅的笑脸。

"有事儿？"丁汉白纳闷儿，这厮今天好反常。

张寅问他："你不是吹牛一脚能跨进古玩圈吗？那去过市里几个古玩市场没有？"

多新鲜啊，丁汉白说："去过，又不要门票。"

张寅天生的挑衅脸，招人烦："那你淘换到什么宝贝没有？"

丁汉白答："那里面没什么真东西。"他懂了，这人有备而问，想必是捡漏了。果不其然，张寅拍拍他肩膀，招手让他跟上。

主任办公室的门一关，丁汉白看见桌子中央摆着一青瓷瓶，张寅满脸的显摆，等着听他说一句"佩服"。他弯腰伏桌上，全方位地端详，张寅还给他紫光手电，胸有成竹地说："别整天吹，用真东西说话。"

丁汉白目不转睛，连抬杠都忘了。

"怎么样？"张寅逼问，"看出真假没有？"

丁汉白看得出，器型、款识哪哪儿都过关，那上面的脏污更是有力证据，证明这是件海洋出水的清朝青瓷瓶。但他纠结，他莫名其妙地感觉眼熟，仿佛在哪儿见过。

他当然见过，这就是他扔掉不要的那堆残片。

他当然又没见过，因为纪慎语捂得严实，脱手之前密不透风。

张寅显摆够就撵人，丁汉白站直往外走，拉开门回头问："你在哪个古玩市场淘的？卖主什么样？"

"玳瑁。"张寅说，"卖主是个败家子，换完零花钱估计不会再去，你不赶趟了。"

直到下班，丁汉白的心始终系在那花瓶上，分秒没收。怎么偏偏让张寅捡漏呢？他郁闷，郁闷得路上差点闯红灯。

可心底又疑虑，那真是件好东西？他还想再看看，抓心挠肝地想。

反观张寅简直春风得意，奔了崇水旧区，在一片破平房里转悠，斑驳灰墙窄胡同，各家门前的名牌都蒙一层锈迹。57号门口停着辆手推车，车上堆满废品，进门无处下脚，一方小院里也全是废品，逼仄不堪。

冬天挂的棉帘子还没摘，张寅掀开进去："在不在家？"

就两间屋，穿着汗衫的老头儿从里间出来，不吭声不看人，先反身锁门。张寅找椅子坐下，讥诮地说："防亲儿子像防贼一样，你累不累？"

老头儿转过身，其实不算太老，顶多六十岁，头发根根直竖，简直是怒发冲冠；皮肉也没松，看着孔武有力，不过左眼污浊，半合着，瞎了。

人们叫他"瞎眼张"，没人知道他真名叫张斯年。

"下班绕到我这儿，你不累？"张斯年这才回答，到脸盆旁边洗手边问，"有何贵干，卖废品？"

张寅听见"废品"就来气，撇下来意，站起来呛声："在这犄角旮旯收破烂，你让我脸往哪儿搁？外头堆着废品，里头攒着赝品，我看你八十岁推不动板车之后怎么办？！"

张斯年挑挑粗眉，扯着瞎眼的轮廓："不怎么办，等我两腿一蹬，你要是乐意，就拿板车把我推到野山脚下一埋，妥了。"

眼看要吵起来，张寅鸣金收兵，从包里掏出青瓷瓶，就着屋里昏暗的光线换话题："妥不妥的，你看看这个。"

张斯年立在原地："光看看？"

张寅笑起来："我要换哥釉小香炉。"

他志在必得，一年半的时间来了三趟，三件东西花光四五年积蓄，全被对方一句赝品打出门。这回不一样，他有信心，他得让老头儿自觉地去开里间的门。

张斯年果然什么都没说，捏着钥匙去开锁，张寅瞧着那背影生出无边火气，恨声道："瞎着只眼就能看出真假，换成别人早身家百万了，你倒好，收废品！"

锁开了，张寅起身到门外，里面一张单人床，一对桌椅，除此之外全是古董。他开了眼，也气红了眼，分不出真真假假，觉得张斯年像有精神病。

张斯年开抽屉取出一件十厘米高的小香炉，交换时问："哪儿收的？"

张寅答完就走："是卖是留随你。"

帘子撩起落下，光透进来又隔绝在外，张斯年走到桌前把青瓷瓶随手一搁，像搁水杯、搁筷子那么随便。他闭上眼，看不出瞎了，打着拍子哼唱京剧《借东风》。

末了带着戏腔念白："孺子不可教也。"

正赶上周末，丁汉白难得没睡到日上三竿，丁延寿要给他们师兄弟讲课，等其他四人聚齐，他已经开车到了古玩市场的门口。

丁汉白戴着墨镜，西裤一道褶儿都没有，腕上的瑞士表闪着光。他这种派头最吸引卖家，好像浑身就写着——钱多、外行、容易忽悠。

他状似漫无目的，实则镜片后的俩眼如同扫描仪，心中、脑中装着那青瓷瓶，做好了众里寻他千百度的准备。他琢磨半宿，那瓶子太有熟悉感了，说不定就是同一批物件儿。

海洋出水文物具有批量性，那很有可能不止一件。

周末人太多，渐渐地，市场里面摆满了，丁汉白转悠几遭便离开，没看见什么"可疑人物"，拐到旁边的小巷，巷子窄，坐着卖的，蹲着看的，无从下脚。

巷尾有片小阴凉地儿，一个老头儿却戴着墨镜坐在那儿，面前一件旧秋衣，衣服上放着件青瓷瓶。丁汉白看见后没径直过去，装模作样地在其他摊位逗留，磨蹭够了才行至尽头。

他把墨镜摘下："阴凉地儿还戴着啊。"

"眼睛不得劲，不乐意见光。"老头儿说。这老头儿正是张斯年。

丁汉白抻抻裤腿蹲下，拿起瓶子开始看，他本来就不面善，此时脸还越发地沉。然而，表面沉着，内里却搅起罡风。

他没有过目不忘的本领，可昨天刚见过张寅那件，不至于忘。

就算真是同一批出来的，也不能盘管虫的位置都一样吧？

张斯年掏出根卷烟抽起来，等丁汉白问话，懂不懂就在问。丁汉白像是哑巴了，翻来覆去地看，他有点晕，张寅那件像家里那堆残片，手上这件又像张寅那件。

有人逛到这边也想看看，他不撒手，直接问："多少？"

哪个卖家不爱大款？张斯年竖仨指头，三万。

丁汉白没还价，又问："浙江漂过来的？"一个"漂"字，证明他懂这是水里的东西，但他问的不是福建，目的是诈一诈来历。

张斯年低头从镜片上方看他一眼，正正经经的一眼，说："福建。"

丁汉白再没犹豫："包好，我取钱。"

银行就在旁边，他取完和对方钱货两讫。临走他看张斯年冲他笑笑，不是得钱后开心，是那种……忍不住似的笑。

他干脆也笑："我是市博物馆的。"

张斯年不怵："我是收废品的。"

"那这个月不用忙活了，三万应该够花。"丁汉白说，"我不行，我现在还得去加班。"

他取车走人，当真奔了博物馆，以汉画像石的人情找馆长帮忙，要检测这青瓷瓶。送检不麻烦，但等结果需要两天，他测完就带着东西回家了。

没错，丁汉白掏出去三万元，但没笃定这东西为真。

张寅去一趟福建只能带回残片盆底，如此完好的器物得是福建本省自留展出，就算有人寻到门路买入一件，又如何在两个月之内来到上千公里外？

他得带回去好好研究。

研究还不够，所以他只能觍着脸去做专门的检测。

丁汉白到家了，家里没人，都跟着丁延寿去"玉销记"了。他进书房将青瓷瓶放在桌上，对着那本《如山如海》一点点端详。

时间嘀嗒，头绪始终乱作一团。

说话声由远及近，纪慎语和姜廷恩各攥一只鼻烟壶回来，丁汉白脑海中的密网消散干净，决定歇会儿，看看那俩人在高兴什么。

三人聚于廊下，姜廷恩聒噪："大哥，姑父让我们雕鼻烟壶，我选的电纹石，雕的是双鸽戏犬。"

丁汉白瞄一眼："你家老黄？"

"像吧！"姜廷恩喜忧参半，"老黄死掉一年了，我好想它，雕着雕着我就哭了。"情致颇深，雕出来活灵活现，丁延寿表扬了一番。

丁汉白看纪慎语："你的呢？"

纪慎语伸手奉上，翡翠鼻烟壶，雕的是黄莺抱月，他挪到丁汉白身前："好看吗？"

丁汉白"嗯"一声，把玩半天没交还，后来姜廷恩絮叨老二、老三如何如何，他也没注意听。"大哥，姑父说你不能偷懒。"姜廷恩想起重点，"料给你拿回来了，你得交功课。"

纪慎语闻言从兜里掏出一块白玉："师父让我替你选，白玉总不出错吧。"

后来姜廷恩去找姜采薇了，廊下只剩丁汉白和纪慎语。纪慎语在外面待一天，想回屋换件衣服，一转身对上书房敞开的窗户，正好撞见桌上的青瓷瓶。

他愣住，扑到窗台上瞪眼。

这瓶子？不可能啊！纪慎语冲进书房，这架势把丁汉白吓了一跳，奔至书桌前彻底看清了，彻底确定了，那泥垢纹理，那黄斑污浊……这就是他闭关三天两夜造出来的那件！

丁汉白莫名其妙道："你激动什么？"

纪慎语难以置信地问："这东西哪儿来的？"

"古玩市场，上午刚收的。"丁汉白没提因由，也没提真假看法。况且不等他提，纪慎语就为之色变了，于是他更加觉得莫名其妙。

"师哥……"纪慎语问，"多少钱收的？"

丁汉白淡淡道："三万元。"

纪慎语几乎吼起来："三万元？！"

他哪是造了件花瓶？他简直是造了孽！

02

纪慎语在床上翻覆整宿，天快亮时才睡着，可睡得不安稳，梦境接二连三地变幻。

他梦见回扬州了，丁汉白嚷着看园林，拽着他一路飞奔。跑了许久停在一座石桥下，丁汉白终于松开他，独自走上石桥。

桥上有人摆摊卖些小玩意儿，或者卖些吃食，就一个例外，竟然卖唐三彩。丁汉白径直过去，见到宝似的拿起一只三彩马，问多少钱。

纪慎语立即说："师哥，咱们去坐船吧？"

丁汉白不理他，兴致勃勃地研究那斑斓大马："我要了，包起来。"

纪慎语将丁汉白拽起来，私语一般："这种粗制滥造的东西你买来做什么？你想要什么好的，我让师父送给你。"

丁汉白觑他："你懂什么！这是唐三彩，我能鉴定真假。"

纪慎语拦不住，还被挥到一边，他眼看着丁汉白掏钱，心想就当买教训好了。谁料丁汉白的裤兜仿佛无底洞，一沓接一沓，晃得他眼花缭乱。

"等等！"他冲上去问小贩，"多少钱？"

小贩说："三万元。"

纪慎语抓住丁汉白掏钱的手："你疯了？！"

丁汉白将他一把推开，掏够三万元后抱着唐三彩下了桥。纪慎语跟上，软着腿险些跌河里，恍然间到了家，他又看见纪芳许在花园里写扇面。

"师父……"他喊道。

纪芳许抬头看他，招手让他坐在身旁。扇面上画的是一树桃花，笔落入他手中，纪芳许要他写字，他写下：桃花依旧笑春风。

纪慎语有些发呆："师父，感觉好久没见你了。"

纪芳许挥扇晾干："那也没觉得你想我，跑哪儿玩去了？"

纪慎语陡然想起："我陪丁汉白闲逛，他竟然花三万块钱买了个假的三彩马，这可怎么办啊？"他推推纪芳许，"丁伯伯会不会生气，怪我没看好他？可我拦不住，我不知道他傻得那么厉害。"

纪芳许哄他："那咱们拿真的三彩马给他偷梁换柱好不好？"

纪慎语立刻首肯，扶纪芳许朝房间走去，走了一段发现扇子忘记拿，于是折返拿扇子。他再回头，纪芳许了无踪影，音容遍寻不到。

"师父……"他喊道。

见时喊，别时喊，也分不清见时是真还是此时是真。

纪慎语梦醒时沁出满身汗，窗外吹进来风，冷得他止不住颤抖。这场梦滑稽又揪心，他顾不得想丁汉白买马，只记得纪芳许说那句——那也没觉得你想我。

是不是纪芳许怪他？

想着想着，天亮了。纪慎语顶着眼下的淡青叠被扫屋，浇了花，还擦洗了走廊的栏杆，擦完坐在那儿，攥着湿布，脚下一小摊水。

丁汉白起床出来："……我以为你尿了。"

所有思绪断送于此，纪慎语暂且把纪芳许搁下，脑中浮起傻子买马。他直接拉丁汉白进书房，走到桌前指着青瓷瓶问："卖给你的人什么样？"

丁汉白揉揉眼："一老头儿。"

老头儿？纪慎语心下疑惑，难道那个男人这么快就转手了？丁汉白甩开他的手，问："你喜欢？昨天就一惊一乍的。"

纪慎语无从解释："师哥，你为什么花三万元买这个？你确定这不是赝品？"

丁汉白答："说来话长，懒得跟你说。"他去洗漱，转身却被对方拦住，纪慎语目光恳切，张手恨不得拦腰抱住他，弄得他又觉得莫名其妙。

他绕开："好孩子不挡道，闪一边儿。"

纪慎语真搂住他，劝架似的："师哥，别懒得跟我说，你跟我说说行吗？"

丁汉白垂眸和纪慎语四目相对，纳闷极了，用蛮力将人搡开，几步就跨出书房。他洗漱完拎着铝皮壶浇花，发觉他的丁香已经被浇过了，一抬头，见纪慎语站在走廊，比林黛玉还不开朗。

他只好认输："这东西像我之前拿回来的出水残片，但来历推测着不真，所以我买回来仔细看看。现在我感觉是仿品，而且送去检测过了，正等结果。"

纪慎语问："怎么检测？专家鉴定？"

丁汉白说："当然不是，这行就像赌博，专家未必不会出错。检测是指国家专门机构的仪器测验，比如高精度测色仪，能识别修复作伪的区域。"

纪慎语一阵心慌，仿佛自己作弊被拿住证据，他又好奇："那内部人员岂不是总能知道真伪，要发大财了？"

丁汉白笑道："怎么可能？这种检测只给国家文物用，比如各博物馆新到的东西，没有批准是无法进行的。我找了馆长谈，签了保证书，承诺如果东西是真的，就交给博物馆和那批出水文物一同展览，这才能办。"

纪慎语点点头，他已经知道检测结果，忍不住问："如果是假的呢？"

"假的就认了呗。"丁汉白没在意。

纪慎语又问："你不怪作伪的人吗？"

丁汉白还没答，这时姜采薇进来叫他们吃早饭，话题就此中断。

纪慎语吃不下，把一碗粥从稠搅和稀，最后生生吞咽干净。吃完待在大客厅，没脸回去对着丁汉白，他本来做那件东西是为了钱，挣钱是为了回赠丁汉白礼物，这下不但礼物泡汤，丁汉白还为此损失三万元。

电视旁放着本台历，他盯了许久，惊觉暑假已经过去大半，又惊觉今天好像有什么事儿……他琢磨半天，想起来梁鹤乘今天出院。

普通病房空掉一个床位，梁鹤乘拎着旧包在走廊逗留，藏着右手，怕别人看见他多一根指头。徘徊许久，走廊尽头冲出来一个人，他马上忘了，抬起右手用力挥，嘴里出着声儿。

纪慎语跑来："爷爷，我差点忘了。"

梁鹤乘说："不要紧，我等着你呢。"

纪慎语问："我要是没来，你不白等了？"

"那说明缘分不够。"老头儿答。

纪慎语搀扶梁鹤乘朝外走，走到医院花园，停下看着老头儿："爷爷，我虽然帮了你，但不代表我有多善良，不过是吃喝不愁，所以同情心大于对钱财的看重。如果我身负养家的重担，有自己的难处，不一定会帮你。"

梁鹤乘没料到他如此坦诚，可无论假设的情况如何，帮了就是帮了。"我说的缘分不单是你帮我。"梁鹤乘问，"你上次说钱是做青瓷瓶换的，对不对？"

不提还好，一提纪慎语就面露苦色，将青瓷瓶辗转又买回的荒唐事儿倾诉出来，说完愁眉不展，却把老头儿逗笑了。

梁鹤乘说："你送佛送到西，把我送回家怎么样？"

左右闲着，纪慎语送老头儿回家，淼安巷子25号，梁鹤乘让他在门口等一等。他坐在门口的破三轮车上，十分钟后梁鹤乘抱出来一个纸箱，里面不知道装着什么。

"这东西送你，算是我的回礼。"

纪慎语摆手："好端端的，我干吗要你的东西？我不要。"

梁鹤乘强塞给他："你帮了我，我也帮你，有来有往，缘分才能延续。"不待纪慎语反应，老头儿躲进大门里，作势关门，"你留着也好，脱手或送人也无所谓，万事有定数，就看缘分了。"

门吱呀关上，纪慎语抱着纸箱发愣，走出巷口一吹风，脑中的糨糊越发黏稠。回家后，他做贼一般，溜进小院钻进房间，关窗锁门，开箱验货。

箱子里塞着破布和泡沫板，层层旧报纸裹着那件东西，三十多厘米高，应该是个花瓶。纪慎语像变成了头婚新郎，洞房花烛夜剥新娘衣服，小心翼翼，不敢扯，又急着看，几层报纸弄得他满头大汗。

等东西彻底露出来，他"咣当"坐在了椅子上。

和青瓷瓶同色的豆青釉，触手温润细腻，上面的百寿纹字体各异，再看落款——蜗寄居士摹古。纪慎语胡乱擦掉汗水，他没信心鉴定出真假，想起丁汉白，可是丁汉白已经花三万元买了赝品，也信不过。

就这么囚在房间心焦数个钟头，纪慎语想起梁鹤乘说的，你帮了我，我帮了你。

他那两万三帮了梁鹤乘，那这个东西应该也值那么多钱。

可如果梁鹤乘有值钱的宝贝，为什么不卖掉给自己看病？

一事不清又来一事，纪慎语头脑风暴，这时外面的脚步声令他回神。出去一瞧，是丁汉白取回了检测报告，他紧张地问："师哥，报告怎么说？"

丁汉白答得干脆："仿品。"

他似乎看见丁汉白在笑："那你高兴什么？"

"那瓶子虽然是仿品，但瓷片本身的确是文物残片，不觉得有趣吗？"丁汉白说着进入书房，声音隔绝在外。

纪慎语想，这有趣吗？

他抠着门框想起清晨的梦境，梦里纪芳许说偷梁换柱。他豁然开朗，抱上花瓶跑向书房，什么都不纠结了，就把这花瓶送给丁汉白。

丁汉白见他进来，目光落在瓶子上有些发怔。"师哥，我有东西送你。"纪慎语过去，只说帮助一个老头儿得到回报，"我没鉴定的本事，但能看出这个花瓶比青瓷瓶上乘，仿品也分等级，就算是假的也价值相当，送给你。"

丁汉白问："人家感谢你，你干吗送给我？"

纪慎语握住青瓷瓶："那我跟你换这个行吗？因为你送我琥珀坠子，所以想回赠你礼物。"

丁汉白嘴上说着话，目光却始终黏在花瓶上，他去书柜里翻出一本图册，忽然问："你想不想知道这东西是真是假？"

图册那页的照片与花瓶一致，注明：豆青釉墨彩百寿纹瓶，清朝中期。丁汉白揽住纪慎语确认："送我了，那就由我处置，不后悔？"

纪慎语点点头，能怎么处置？不留就是出手，梁鹤乘说都无所谓，那他也觉得没关系。

得到首肯，丁汉白拿报纸包上瓶子就走了，还是玳瑁古玩市场，还是那条窄巷。他蹲到天黑，其间许多人来问，他敷衍不理，也没卖，旁边的卖家都弄不清他想干什么。

于是他又请了假，连续三天在巷子里摆摊儿，三天后的正午，一双旧布鞋出现在面前，他抬头笑出来："真有缘。"

位置颠倒，张斯年蹲下："你不像倒腾古玩的。"

丁汉白说："你倒是挺像收废品的。"

张斯年摘下眼镜，那只瞎眼暴露于阳光下。他拿起瓶子看，唇颈圈足，手像一把尺，丈量尺寸器型，看了好一会儿："这是唐英的字号，打雍正年间就开始用了。"

丁汉白点头："好东西，少卖一分钱我都不答应。"

张斯年问："以物易物怎么样？"

行里流行这么干，许多人收藏成瘾，可钱财有数，于是拿价值差不多的物件儿出来，双方协商好，便交换达成买卖。

丁汉白摸着手腕："我只要钱，买瑞士表。"

他说一不二，半点不松口，又两天过去，张斯年凑够钱来买，一沓一万元，整整十沓。两人走出巷口，情景和那天重叠，分别时看着对方，他忽然笑了。

不是得钱后开心，他是忍不住。

张斯年半睁只眼："青瓷瓶自留还是倒出去了？"

丁汉白说："仿得不错，留着插花了。"

捡漏凭本事，哪怕面对面说开也不能发脾气，只能吃瘪。张斯年闻言笑起来，捏着汗衫扇风："那叫不错？一眼就能看出是赝品，只能说你道行不够。"

丁汉白凑近："这件就不一样，货真价实。"

他与张斯年分道扬镳，钱都没存，拎着一书包钞票回了家。小院安静，经过书房窗外时停下，他看见纪慎语正伏案写作业。

他拿张百元大钞折飞机，飞进去，正好着陆在卷子上。

纪慎语跑来，扶着窗棂问："师哥，你把那花瓶卖了？"

"嗯。"丁汉白应，"卖了十万元。"

"咔嚓"一声，纪慎语把窗棂抠掉一块，惊惧地睁大眼睛，嘴巴张张合合什么都说不出来。十万元……那花瓶值十万元？！梁鹤乘送他那么值钱的东西，他哪受得起？！

不料，丁汉白抬手揪他耳朵，力气很小，但揪得他耳朵尖发烫。

"别慌，"丁汉白说，"那是件赝品。"

03

一波未平一波又起，纪慎语好半天才缓过来，他本以为那件百寿纹瓶和青瓷瓶价值相当，万万没有想到竟然卖出十万元高价。

最震撼他的是，价值那么高，却是件仿品。

仿品等级复杂，最低级的就是市场上的假货，批量生产，外行人也能一眼辨出；其次高一级，光看不够，要上手摸；再高又可细分，全凭作伪技艺的精湛程度。

纪慎语忍不住想，梁鹤乘知道那瓶子是赝品吗？会不会珍藏许久，一直以为是真的？他松开窗棂，惶然转身，全然忘记丁汉白还在窗外，只顾自己难安。

抬眼瞥见书桌上的青瓷瓶，他又产生新的疑惑，丁汉白连自己做的这件都不能十拿九稳认出来，怎么能信誓旦旦地认定百寿纹瓶为假？

纪慎语说出心中所想，丁汉白没答，只招手令他跟上。

一步跃出走廊，丁汉白随手将背包扔到石桌上，两手空空带纪慎语去了前院。前院最宽敞，丁延寿和姜漱柳的卧室关着门，门口卧着只野猫。

丁汉白土匪作风，开门气势汹汹，把野猫吓得蹿上了树。他领纪慎语进屋，直奔矮柜前半蹲，蹲下才发觉没有开小锁的钥匙。

纪慎语蹲在一旁："红木浮雕？"

刚才还三魂七魄乱出窍，这会儿看见柜子又开心了，丁汉白没理，在床头柜中翻出一盘钥匙，每一枚钥匙上有小签，按图索骥终于将锁打开。

他从柜中取出一花瓶："你看看这个。"

纪慎语拆开棉套，大吃一惊："百寿纹瓶！"

熟悉的款识，触手冰凉滑腻，纪慎语的脑中本就乌泱乌泱一片，这下又来一桩奇怪事。丁汉白起身去床边坐着，说："我也许分辨不出你那个百寿纹瓶的真假，但我确定这个是真的，所以那个就是假的。"

纪慎语问："这个是怎么来的？"

丁汉白笑出声："是你爸连着那本图册一并送给我爸的，所以锁在柜子里，不舍得摆出来落灰。"

峰回路转皆因缘分奇妙，纪慎语抱着瓶子愣神，半晌咧开嘴，望着丁汉白"咻咻"笑。这时院子里野猫狂叫不止，貌似有人来了。

犯罪现场没来得及收拾，丁延寿开门出现，看见他俩之后瞪眼数秒，反射弧极长地喊道："大白天在这儿干什么？！"

丁汉白拽起纪慎语，说："我告诉他纪师父送过你一个百寿纹瓶，他好奇，我就让他看看。"

丁延寿不买账，反问："你的鼻烟壶雕完没有？"

猫在古玩市场好几天，早把功课忘得一干二净，丁汉白敷衍扯皮："那天上班帮组长搬东西，把手伤了，疼得我使不上劲儿……"

"胡扯！"丁延寿气得踹门，"你又连着旷班，当我不知道？！"

丁汉白混不过去，绕过圆桌往外冲，还不幸挨了一脚。纪慎语见状放下瓶子，喊了句"师父息怒"，也速速奔逃。他俩狼狈又滑稽，回小院后把气喘匀，纪慎语进书房继续写作业，丁汉白拿上白玉也进去，要雕鼻烟壶。

椅子挨着，纪慎语盯着做了一半的数学题迷茫，解题思路断了。

丁汉白凑过来："我数学不错，给你讲讲。"

这毛遂自荐的语气太笃定，纪慎语只好乖乖奉上卷子，他原本认为丁汉白是不爱学习的那类人，待题目讲完，稍微有些改观。

丁汉白说："我打小数学就好，适合做生意，英文也可以，那就适合做大生意，与国际接轨。"

纪慎语被这逻辑折服，问："那语文好适合什么？"

"语文好？"丁汉白一顿，"语文好就能言善辩，不过语文好还不够，要体育也好才行。因为能言善辩易生口舌争端，严重了招人揍，要是体育好就跑得快，溜之大吉。"

纪慎语哈哈乐，趴卷子上笑得前仰后合，不知道丁汉白是在逗他还是认真的。渐渐地，书房内只有他的笑声，突兀，他便止住安静下来。

丁汉白将白玉握得温热，也终于静下心来拿起刻刀。

翻页声清脆，纪慎语再没遇见解不出的题目，可是解得太顺利难免松懈，生出点困意。他这两日没睡好，困意一来如山洪海啸，放低身体再起不来。

身旁的动静停止许久，专心雕玉的丁汉白好奇扭脸："这家伙……"他见纪慎语趴在卷子上酣睡，压着半边脸颊，指间还有笔直到他雕完,起身时被椅子磕到,纪慎语才悠悠睁眼。

"作业还写不写了?"丁汉白问,"不写就回屋睡,省得口水流一卷子。"

纪慎语仍趴着:"你这就雕完了?"

丁汉白点头,递出白玉鼻烟壶,那烟壶短颈丰肩,器型方中带圆,重点是毫无雕刻痕迹,活脱脱一块玉豆腐。纪慎语这下坐直了:"只出轮廓,素面无纹,你偷懒?"

他看丁汉白不答,心思一转顿时醒悟:"这料……"

"上乘的和田玉子料,谢谢你这么会挑。"丁汉白十分满意,满意到多雕一刀都怕喧宾夺主。等掏了膛,抛了光,毫无绺裂的白玉鼻烟壶堪称完美。

纪慎语拿着把玩:"师哥,'玉销记'的东西加工费很高,那这个素面的怎么算?"

丁汉白答:"这素面玉烟壶是乾隆时期流行的,叫'良才不琢',同型有一对在书上记载过,值十几万元,那这个只值三万到四万元。"

纪慎语爱不释手:"我是不是能领一半功劳?等卖出去我要向师父邀功。"

掌心一空,鼻烟壶被丁汉白夺回。"美得你。"丁汉白大手一包,东西藏匿在手里,"我不卖,等到五十岁自己用。"

纪慎语稀罕道:"还有三十年,你都安排好五十岁了?"

丁汉白说:"当然,五十岁天命已定,钱也挣够了,手艺和本事教给儿子,我天天玩。"他讲得头头是道,纪慎语提问:"生女儿呢?"他回答:"我有原则,传儿不传女。"

开玩笑,雕刻那么苦,一双手磨得刀枪不入,哪舍得让闺女干。姑娘家,读读书,做点感兴趣的,像姜采薇那样最好。丁汉白想。

纪慎语偏堵他:"那你没生儿子,手艺不就失传了?"

117

丁汉白睨一眼："我不会收徒弟吗？但我的徒弟一定得天分高，不然宁可不收。况且失传怎么了？又不是四大发明，还不许失传吗？"

纪慎语辩不过他，觉得丁汉白语文估计是第一名，总有话说。他沉默间想起纪芳许，其实有儿子又怎样呢？连烧纸祭祀都隔着千山万水，只能托梦责怪一句"那也不见得你想我"。

他的目光落在青瓷瓶上，遗憾更甚，纪芳许教给他这本事，大概以后也要荒废了。

丁汉白不明情况，顺着纪慎语的视线看去，大方说道："你不是想交换吗？给你好了。"

兜兜转转，青瓷瓶又回到纪慎语手上，他哭笑不得，抱回屋后靠着门发呆。梁鹤乘当时说万事有定数，只看缘分，可十万块的缘分太奢侈，从一个绝症老头儿那儿得来，恐会折寿。

三天后，丁汉白顶着瓢泼大雨上班，到文物局门口时被一辆破板车挡着路，降下车窗冲门卫室喊人，警卫却揉出来一个老头儿。

"怎么回事儿？"丁汉白问。

警卫说："博物馆收废品的，想把局里生意也做了，撵不走。"

老头儿戴着旧式草帽，布鞋裤管都湿了，丁汉白看不过眼，说："让他进去避避雨，我递申请单，看看能不能把活儿包给他。"

他停好车进楼，在楼门口遇上老头儿躲雨，脚一顿的工夫老头儿把草帽摘了，脸面露出来，不是张斯年是谁？！

张斯年抹去水珠："你还递申请单吗？"

丁汉白觉得这老头儿挺不讲究，隔着一米五笑起来："递啊，以后你常来，我有什么好东西给你看，十万一件大甩卖。"

他说完进楼上班，到办公室后手写份申请单给张寅，一个部门批准，那其他部门也懒得再找，很简单的事儿。张寅磨蹭，擦墨水瓶、拧钢笔管、吸完擦干净,终于肯签下自己不太响亮的大名。

丁汉白吸吸鼻子,循着一股檀香味低头,在桌上看到小香炉。怪不得磨叽,原来是等他发现这别有洞天,香炉里放着香包,想必很宝贝,不肯用真香熏燎了炉壁。

他俯身欣赏,假话连篇:"宋代哥窑的,真漂亮。"

张寅总算签完:"乾隆时期仿的,普通哥釉而已。"

"那是我看走眼了。"丁汉白把张寅举上高阶,估计本周运势都顺顺利利。离开后忙了一会儿,雨小后收拾出两箱废品,张斯年仍在楼门口,见他出来自觉接过。

"开条的时候多加点,你报销是不是占便宜?"

丁汉白感觉受了侮辱:"万把块钱我都不眨眼,稀罕卖废品贪个差价?"

张斯年本就是开玩笑,乐道:"对了,你不是说在博物馆工作吗?"

丁汉白也笑:"许你卖赝品,不许我谎报个人信息?"他干脆把话说开,"当时你说那瓶子来自福建,还是有点唬人的。"

既然张斯年承包了博物馆的废品,那肯定没少逛,因此见过那批出水残片。张斯年颇有兴致地点点头:"唬人的话,没骗过你?"

丁汉白感觉又受了侮辱,这行谁凭着话语鉴定啊,最不靠谱的就是一张嘴。他聊天偷闲:"那青瓷瓶用的是拼接法,之所以乱真是因为材料真实,当然技术也不赖。"

张斯年眼睛进了雨水,泛着红:"还有别的门道没有?"

"还有黏附、埋藏,或伪造局部,或整器作假。"丁汉白说。他早将《如山如海》里的东西反复背烂学透,作伪手法三二一,鉴定方式四五六,熟记于心。

张斯年问:"那你看出是假的还买?"

丁汉白当时为了研究而已,何况没觉得三万元有什么。既然聊到这儿，他坏心膨胀，噙着笑看对方，张斯年叫他看得浑身不自在，眼睛睁合恍然明白。

"你这孙子！"老头儿大骂，"百寿纹瓶是赝品！"

丁汉白哄道："赝品也是高级货，我敢说，你拿出去探探，没人看得出来，转手又是一高价。"

张斯年大怒，怒的是自己走眼，貌似不关乎其他。半晌平复未果，他阴阳怪气地说道："文物局的就是厉害，不像倒腾古玩的，偏能倒腾到点子上。"

丁汉白说："夸我个人就行，别带单位组织。"他反手一指大楼，"我们主任倒腾个假的哥釉小香炉，傻美傻美的，我都替他没面儿。"

"你怎么知道是假的？"

"那只小香炉器身布满金丝铁线开片，仿制难度相当大。幸亏我记性不错，对于这种向来是选几处封存入脑，线与线的距离稍有不同就能看出来。"

卖个废品偷懒许久，雨都停了，张斯年准备走人，笑着，哼着京戏，全然不似刚才生气，倒像人逢喜事。他走下台阶，回头冲丁汉白喊："你想不想看真正的哥釉小香炉？"

丁汉白恍惚没应，被这老梆子的眼神慑住。

"崇水57号，别空着手，打二两白酒。"张斯年敛去眼中精光，扣上草帽，边走边念白，"孺子可教矣。"

而此时纪慎语已经到了淼安25号，一道闷雷卷过，隐约要发生什么。

04

旧门板掩着，中间被腐蚀出一道缝隙，能窥见狭小脏污的院子，纪慎语小心地推开门，入院后闻到一股发酸的药味儿。

他往屋里瞧，可是窗户上积着一层厚厚的腻子，估计好几年没擦过。屋门紧关，两旁的春联破破烂烂，应该也是许多年前贴的。

"爷爷？"他喊。

"欸！"梁鹤乘在里面应，嗓门不小却非中气十足，反而像竭力吼出，吼完累得脚步虚浮。屋门开了，梁鹤乘立在当间，下场雨罢了，他已经披上了薄棉袄。

纪慎语踌躇不前："我、我来看看你。"

梁鹤乘说："我等着你呢。"和出院那天说的一样，我等着你呢。

纪慎语问："我要是不来，你不就白等了吗？"

梁鹤乘答非所问："不来说明缘分不够，来了，说明咱爷俩有缘。"

眼看雨又要下起来，纪慎语跟随老头儿进屋，进去却无处下脚。一张皮沙发，一面雕花立柜，满地的古董珍玩。他头晕眼晕，后退靠住门板，不知目光落在白瓷上好，还是落在青瓷上好。

梁鹤乘笑眯眯的，一派慈祥："就这两间屋，你参观参观？"

纪慎语双腿灌铅，挪一步能纠结半分钟，生怕抬腿碰翻什么。好不容易走到里间门口，他轻轻掀开帘子，顿时倒吸一口酸气。

一张大桌，桌上盛水的是一对矾红云龙纹杯，咸丰年制；半块烧饼搁在青花料彩八仙碗里，光绪年制；还有越窑素面小盖盒、白釉荷叶笔洗，各个都有门道。

再一低头，地面窗台，明处角落，古玩器物密密麻麻地堆着，色彩斑斓，器型繁多。那股酸气就来自床头柜，纪慎语走近嗅嗅，在那罐子中闻到了他不陌生的气味儿。

梁鹤乘在床边坐下："那百寿纹瓶怎么样了？"

纪慎语猛地抬头，终于想起来意。"爷爷，我就是为百寿纹瓶来的。"他退后站好，交代底细一般，"百寿纹瓶卖了……卖了十万元。"

他原以为梁鹤乘会惊会悔，谁知老爷子稳如泰山，还满意地点

121

点头。

纪慎语继续说道:"其实那百寿纹瓶是赝品,你知道吗?"

梁鹤乘闻言一怔,纪慎语以为对方果然蒙在鼓里,不料梁鹤乘乍然笑起,捂着肺部说:"没想到能被鉴定出真伪,我看就是'瞎眼张'也未必能看穿。"

纪慎语刚想问谁是"瞎眼张",梁鹤乘忽然问:"你做的青瓷瓶呢?"

纪慎语脱下书包将青瓷瓶取出,他来时也不清楚在想什么,竟把这瓶子带来了。梁鹤乘接过,旋转看一圈,却没评价。

屋内顿时安静,只有屋外的雨声作响。

六指忽然抓紧瓶口,扬起摔下,青瓷瓶碎裂飞溅,脆生生的,直扎人耳朵。

纪慎语看着满体瓷碴,惊骇得说不出话。

而梁鹤乘开口:"祭蓝釉象耳方瓶是假的,豆青釉墨彩百寿纹瓶是假的,这里外两间屋里的东西都是假的。"

也就是说,当日在巷中被抢的物件儿本就是赝品,还礼的百寿纹瓶也一早知道是赝品,这一地的古董珍玩更是没一样真东西。似乎都在情理之外,可纪慎语又觉得在意料之中。他看向床头柜上的罐子,那里面发酸的药水,是作伪时刷在釉面上的。

他挺直身板,说:"青瓷瓶也是假的,我做的。"

梁鹤乘嘴角带笑:"这些,都是我做的。"

为什么摔碎青瓷瓶?因为做得不够好,不够资格待在这破屋子里。

纪慎语毫不心疼,如果没摔,他反而臊得慌。"爷爷,"他问,"你本事这么大,怎么蜗居在这儿,连病也不治?"

梁鹤乘说:"绝症要死人,我孤寡无依的,治什么病?长命百岁有什么意思?"他始终捂着肺部,肿瘤就长在里头,"我收过徒弟,学不成七分就耐不住贪心,偷我的东西,坏我的名声。我遇见你,你心善,还懂门道,我就想看看咱们有没有缘分。"

纪慎语什么都懂了,老头儿是有意收他为徒。他原以为纪芳许去世了,他这点手艺迟早荒废,却没想到冥冥之中安排了贵人给他。

不只是贵人,老头儿生着病,言语姿态就像纪芳许最后那两年。

纪慎语头脑发热,俯视一地无法落脚的瓷碴,片刻,窗外雷电轰鸣,他扯了椅垫抛下,就着滂沱雨声郑重一跪。

梁鹤乘说:"你得许诺。"

纪慎语便许诺道:"虔心学艺,侍奉洒扫……生老病死我相陪,百年之后我安葬。"当初纪芳许将他接到身边,他才几岁,就跪着念了这一串。

梁鹤乘拍拍膝头:"该叫我了。"

他扶住对方的膝盖:"师父。"

雨线密集,丝丝缕缕落下来,化成一摊摊污水,纪慎语拜完师没做别的,撑伞在院中收拾,把旧物装敛,打算下次来买几盆花草。

梁鹤乘坐在门中,披着破袄叼着烟斗,全然一副享清福的姿态。可惜没享受太久,纪慎语过来夺下烟斗,颇有气势地说:"肺癌还吸烟,从今天开始戒了它。"

梁鹤乘没反抗,听之任之,跷起二郎腿闭目养神。纪慎语里外收拾完后累得够呛,靠着门框陪梁鹤乘听雨。半晌,他问:"师父,你不想了解我一下?"

梁鹤乘说:"来日方长,着什么急?"

人嘛,德行都一样,人家越不问,自己越想说,纪慎语主动道:"我家乡是扬州,师父去世,我随他的故友来到这儿,当徒弟也当养子。"

梁鹤乘打起精神:"那你的本事承自哪个师父?"

"原来的,既是师父,也是生父。"纪慎语说,"不过……我跟你坦白吧，其实我主要学的不是这个，是玉石雕刻。"

梁鹤乘问："你现在的师父是谁？"

纪慎语蹲下："'玉销记'的老板，丁延寿。"

梁鹤乘大惊大喜："丁老板？！"他反手指后头，"你瞧瞧那一屋，各色古董，是不是唯独没有玉石摆件？雕刻隔行了，就算雕成也逃不过你那师父的法眼！"

不提还好，这下提起纪慎语有些难安。

纪慎语直到离开都没舒坦，回到刹儿街望见丁家大门，那股难受劲儿更是飙升至极点。他心虚、愧疚、担忧，头脑一热拜了师，忘记自己原本有师父，还是对他那么好的师父。

一进大门，丁延寿正好在影壁前的水池边立着，瞧见他便笑，问他下雨天跑哪里玩儿了。

纪慎语不敢答，钻入伞底扶丁延寿的手臂，并从对方手里拿鱼食丢水里。水池清浅，几条红鲤鱼摆着尾，这师徒俩看得入迷，等水面多一倒影才回神。

丁汉白瞅着他们："喂个鱼弄得像苏轼登高，怎么了，'玉销记'又要倒闭一家？"

丁延寿装瞎："慎语，咱们回屋看电视。"

师徒俩把丁汉白当空气，纪慎语扶师父回屋，绕过影壁时回头看了丁汉白一眼。比起丁延寿，他更怕丁汉白，毕竟丁汉白敢和亲爹拍桌子叫板。

也不全是怕，反正他不想招惹，多一事不如少一事。

待到吃晚饭，丁汉白专心吃清蒸鱼，可鱼肚就那么几筷子，其他部位又嫌不够嫩。筷子停顿间，旁边的纪慎语自己没吃，把之前夹的一块搁他碗里。

他侧脸看，纪慎语冲他笑。

喝汤，他没盛到几颗瑶柱，纪慎语又挑给他几颗。

饭后吃西瓜，他装懒得动，纪慎语给他扎了块西瓜心。

丁汉白内心地震，他早看出来了，这小南蛮子北上寄人篱下，可是处处不甘人后，傲起来也是个烦人的。今天着实反常，比小丫鬟还贴心，无事献殷勤——非奸即盗。

丁汉白好端端的，没奸，那估计是盗。他压低声音问："你偷拿我那十万块钱了？"

纪慎语一愣："我没有，谁稀罕啊……"

料你也不敢，丁汉白想。晚上一家子看电视，丁延寿出去锁大门，再回来时忽然大喝一声，意在吓唬门口的野猫。

纪慎语"嗖"地站起来，下意识低声喊："完蛋了！"

姜漱柳没听清，丁汉白可是听得一字不差，然后整晚默默观察，发觉丁延寿稍一动作就引得纪慎语目露慌张，简直是惊弓之鸟。

终于熬到回小院，纪慎语在前面走，丁汉白跟着，进入拱门后一脚踢翻富贵竹，那动静把纪慎语吓得一哆嗦。丁汉白问："干什么亏心事了？"

纪慎语回头，脸在月光下发白："没有，我、我以为有耗子跑。"

这理由太"二"，丁汉白哪肯信："今天干什么去了？"

纪慎语不擅撒谎，但会转移话题："我前几天梦见回扬州了，梦里有我爸，还有你。我爸怪我不惦记他，忽地不见了，找都找不着。"

说着说着就真切起来，几步的距离浮现出纪芳许的身影，纪慎语后退到石桌旁，问："师哥，能再送我一次月亮吗？"

时效一个晚上，但很有用。

丁汉白望望天："下着雨，没月亮。"

前者没多求，后者没追问，各自走了。

纪慎语坐在床边看第二遍《战争与和平》，翻页很勤，可什么都没看进去。不多时有人敲门，是端着针线筐的姜采薇。

姜采薇说："慎语，我给你织了副手套，问问你喜欢衬法兰绒还是加棉花。"

纪慎语受宠若惊："给我织的？真的？"

姜采薇被他的反应逗笑："对啊，我刚学会，织得不太好。"

从前跟着纪芳许，吃穿不愁，可没人顾及细微之处，纪慎语接过毛线团时开心得手中直出汗。姜采薇向他展示："刚织好一只，本来勾的木耳边，感觉漏风，就拆了。"

纪慎语心急地往手上套："好像有点大。"何止有点，一垂手就能掉下来。

姜采薇窘涩地笑："我应该先量尺寸，第一次织，太没准头了。"

纪慎语确认道："你第一次织，就是送给我吗？"

姜采薇被他眼中的光亮吸引住，回答慢半拍："……是，这儿就是你的家，你在家里不用觉得和别人有所不同，明白吗？"

纪慎语点点头，后来姜采薇给他量手掌尺寸，他支棱着手指不敢动弹，被人家碰到时心怦怦狂跳。

他第一回碰女孩子的手，动一下都怕不够君子。等姜采薇走后，他哪还记得忧虑，躺床上翻滚着等冬天快点来，想立刻戴上新手套。

姜采薇回前院，一进房间看见桌上的糖纸："你把我的巧克力都吃完了？！"

丁汉白回味着："我怕你吃了发胖，胖了不好找小姨夫。"他整天在姜采薇容忍的边缘徘徊，偶尔踩线也能哄回来，"怎么样了，他看着心情好了吗？"

姜采薇说："挺开心的，听我说给他织手套，眼都亮了。"她拍丁汉白一巴掌，"都怨你，突然过来让我安慰人，还骗人家，差点露馅儿。"

丁汉白拿起一只,那尺寸一看就比较符合他,笑歪在一旁:"那就多蓄棉花,别让南方爪子在北方冻伤了。"

他又待了一会儿,回去时各屋都已黑灯,屋檐滴着水,经过纪慎语窗外时仍能听见里面的动静。咿咿呀呀的,唱小曲儿呢,他停下聆听三两句,听不清词,却扬手打起拍子。

纪慎语从床上弹起,骨碌到窗边说:"还是个热爱音乐的贼。"

丁汉白砸窗户:"去你的,关了灯不睡觉,哼什么靡靡之音?"

纪慎语说:"小姨给我织手套了。"语气显摆,藏着不容忽视的开心,"我想送她一条手链,你能带我去料市吗?"

丁汉白问:"我是不是还得借你钱?"

纪慎语猛地推开窗户,抓住丁汉白的手腕哈哈笑起来,犯疯病一样。丁汉白黑灯瞎火地看不分明,只得凑近,生怕里面这人扑出来摔了。

手腕一松,纪慎语说:"尺寸记住了,我给你也做一条。"

丁汉白嘴硬:"谁稀罕,我只戴表。"

窗户又被关上,声音变得朦胧,字句都融在滴落的水里……"那我也想送",纪慎语说。丁汉白静默片刻,道了句极少说的"晚安"。

回房间这几步,他摘下腕上的手表。

05

维勒班料市旁边有家法国餐厅,早年生意十分惨淡,后来改成卖豆浆油条,生意渐渐红火起来。纪慎语此时坐在皮沙发上,欣赏着桌上的鲜花烛台,吃着油条酱菜……胃口和心情一样复杂。

丁汉白说:"饱受侵略的时期,这儿是个法国人开的酒店,就叫维勒班酒店。后来料市没改名,生意不错,许多外国人来这儿交易,洋货也最多。至于这家餐厅,几年前老板换人,所有的装饰都没动,只不过变成了中餐厅。"

纪慎语安静地听科普,喝完一碗豆浆,而后揣着仅剩的一点积蓄随丁汉白离开。市场里顾客往来,除去卖料的,还有不少成品店,很值得一逛。

纪慎语停在一面橱窗前,被里头精美的工艺品吸引。"师哥,这都是外国古董?"他扭脸问,"还是仿制的?"

丁汉白说:"仿制的,但做工、材质都不错。"

橱窗里摆着一张纯白圆桌,桌上是一对巴洛克镀金多头烛台和一套文艺复兴风格银制茶具,丁汉白见纪慎语模样专注,问:"喜欢?"

纪慎语把玻璃摸出印子,好看,喜欢。

"那你买个杯子回去喝茶。"丁汉白的观念极简单,喜欢就买。纪慎语考虑得多:"家里东西都是中式的,不配套,等我以后住别墅再来买。"

丁汉白问:"那您什么时候住别墅?"他心里想,早上出个门磨蹭许久,把小金库翻来覆去地清点,还住别墅,住筒子楼吧。

他天生有股气质,不说话也能暴露出所想,纪慎语回头瞧他片刻,看穿他腹诽什么。逛来逛去,两人全然没了交流,也不知道送手链的话还算不算数。

一家小店,主营鸡血石,入目鲜红乳白交杂,瑰艳到极致。纪慎语送给姜采薇的红白料小像就是如此,只不过更通透,因此色彩上差一些。

姜采薇肤白,戴这样的颜色绝对好看,他还想征询一下丁汉白的意见,结果丁汉白先说:"鸡血石不错,就拿这个给我做。"

纪慎语只好问:"要不我做一对,你和小姨一人一条?"

丁汉白竟像吃了苍蝇："又不是姐弟母子，干吗戴一对？！"

都怪姜采薇岁数小，弄得纪慎语对她没长辈之感，更像是姐姐。他专心挑选，先挑好给姜采薇用的，想到丁汉白是男人，对红白比例迟疑起来。

"师哥，你真的也要鸡血石？"

"就要鸡血石。"她姜采薇用哪个，丁汉白也要用。

纪慎语想了想："那我不给你做手链了。"

丁汉白无名火起："本来我就不想要，爱做不做。就想骗我带你逛街，车接车送还请吃早点，别墅没住上，先摆起少爷谱儿了，鸡血石？凤凰血我也不稀罕戴。"

这一串连珠炮把纪慎语轰晕了，攥着半掌大的一块鸡血石愣住，半天没捋清丁汉白在骂什么。"我、我怎么你了？"他相当委屈，"我觉得鸡血石太红，你戴手链不合适，想改成刻章……不行就不行，你生什么气？"

丁汉白话太急，将对方误会透，这会儿里子、面子都丢尽，百年难得一见地红了脸。他掏钱包，意图花钱买尊严："老板，结账。"

纪慎语不饶他："我有钱，你这样的，在扬州得被扔瘦西湖里喝水。"

接下来再逛，纪慎语当真变成少爷摆谱儿，只留后脑勺给丁汉白。丁汉白问什么，他装没听见，丁汉白搭话，他连连冷笑，俩人演话剧似的，逛完折返终于谢幕。

丁汉白启动汽车："我想吃炸酱面。"

纪慎语对着干："我想吃生鱼片。"

丁汉白握着方向盘叹一口气，他琢磨清了，自己拉不下脸认错，又哄不来对方，那干脆就杠着吧，杠来杠去可能还挺痛快。当然，主要是他不爱吃生鱼片，完全不想迁就。

熄火下车，纪慎语望着面馆的牌匾没脾气，等进去落座点单，被十来种炸酱面晃了眼。他其实没吃过，想象中面条糊层酱就是了，怎么会有这么多种？

"这叫菜码，选几种自己喜欢的。"丁汉白转向服务生，"黄豆、云腿、青瓜、白菜、心里美，面过三遍凉水。甜皮鸭半只，清拌芦笋，京糕四块。"

纪慎语学舌："黄豆、云腿、青瓜、生鱼片。"

服务生赶忙说"没有生鱼片"，丁汉白哭笑不得，饿意浓重，懒得较劲。等菜的工夫两个人俱是沉默，菜一上来更是无话。

浅口大碗，丁汉白下筷子搅拌，把炸酱面条搅得不分你我，把菜码拌得看不清原色，再夹一块甜皮鸭，大功告成，往纪慎语面前一推。

无声抢过另一碗，拌好终于开吃，在家时他和纪慎语挨着坐，现在是守着一处桌角。闷头吃了会儿，旁边的吸溜声变大，余光一瞥，纪慎语吃成了花嘴。

昨晚心虚没吃好，纪慎语早饿了，一口下去觉得滋味儿无穷。他以为不过是碗黑黢黢的面，却没料到浓香但爽口，一吃就刹不住。等饿劲儿过去速度慢下，他又夹一块甜皮鸭，吃得嘴上酱黑油亮，伸手够纸盒子，才发现餐巾纸掏空了。

"服务生——"他没说完。

丁汉白总算寻到破冰的机会，伸手揩去纪慎语嘴上的东西，把指腹沾得又黑又油。他趁纪慎语发愣，低声说："跟我和好。"

餐巾纸补满后，他抽一张擦手，擦完手臂垂下桌，指关节微蜷。

丁汉白回神继续吃，碗里多了根芦笋，余光太好使了，把纪慎语悄没声的窥探看得一清二楚。他垂眸问："我这样的，在扬州真要扔瘦西湖喝水？"

130

纪慎语又来转移话题："印章雕什么？'花开富贵'怎么样？"

丁汉白嗤之以鼻："俗气。"

"那'灵猴献寿'？"

"我过完生日了。"

"'竹林七贤'？"

"半掌大雕七个人，小人国啊？"

丁汉白噎得纪慎语收声，也安静下来继续吃面。

回家路上等红灯，纪慎语看见拐角有老太太卖黄纸，他今天高兴、生气，此刻酝酿出一股伤心。丁汉白循着他的目光看去，直接将车靠边停下，让他去买两包。

纪慎语后半程抱着黄纸和元宝，快到家门口时问："师父葬在扬州，我买了有用吗？"

丁汉白说："难道许许多多在异乡的人都不祭祀？明晚找个路口烧一烧，说几句，纪师父会收到的。"他说完想一想，明天下班没应酬，可以带纪慎语去。

纪慎语却说："那我找小姨带我，顺便问问她喜欢手镯还是手链。"

丁汉白改口："……嗯，你看着办。"他感觉又被辞退了，深呼吸劝自己笑一笑，乐得清闲有什么不好？拔钥匙下车，他一口气呼出来终究没忍住，骂了句"白眼狼"。

第二天大家都上班，姜采薇应下纪慎语的请求，约好晚上去烧纸。丁汉白工作日向来不高兴，沉着脸不理人，走之前揣一瓶茅台。

姜漱柳拦他："上班带瓶酒干什么？你还想喝两壶？"

丁汉白说："我给领导送礼，我想当组长。"

他最会对付他妈，挣开就跑了，一路骑到文物局，藏着酒工作一上午。午休时间立刻闪人，崇水57号，酒也带了，他要看看真正的哥釉小香炉。

胡同串子让他好一通找，各家院子虽然破，飘出来的饭倒是香，终于找到大门，丁汉白铆足劲儿吆喝："收破烂儿嘞——收旧油烟机——"

余音没来得及绕梁，张斯年攥着花卷冲出来："哪个王八羔子从我门口抢生意？！欺负残疾人，我到残联告你！"

他定睛一看，丁汉白拎瓶茅台立在门口，像败家公子哥儿走访困难群众，一分关怀，九分嫌弃。这公子哥儿阔步而入，环顾一周撇撇嘴，后悔没约在外面。

张斯年扭头进屋："甭硌硬了，大不了回家洗澡。"

丁汉白跟进去，屋内设施老旧，倒还算干净，不似院里那么多废品。他在桌前坐下，自然地开酒倒酒，和张斯年一碰杯，干了。

"来块腌豆腐下酒？"

"这不只有土豆丝吗？"

丁汉白注意到桌上的百寿纹瓶，只见张斯年将筷子伸进去，叉出来好几块腌豆腐，带着酸辣的汁水，沾着细碎的剁椒……他惊呆了，这是十万元的瓶子！装腌豆腐！

关键是生存环境如此恶劣，还搞这么奢侈？！

张斯年说："他六指梁做的东西只配干这个。"

丁汉白不知道谁是六指梁，但知道怎么气人："不管配什么，反正你没看出真伪。"

筷子一撂，张斯年被捏住脉门，恨不得吼两嗓子消气。他没锁里间，进去翻找哥釉小香炉，丁汉白跟上，脚步声停在门口，连着喘气声一并停了。

张斯年说："有真有假，选一件送你，看你运气。"

丁汉白不爱占便宜，也顾不上占便宜，问："你是什么人？"

张斯年答："跟你有缘分，但情分没到那一步，无可奉告。"

手中被塞上小香炉，要是没接稳就摔碎了，张斯年毫不在意，一两万元的东西而已，就当岁岁平安。丁汉白来回看，确定东西为真，可房间里那些叫他眼花。

情分不够，要是够了，也许另有说法等着他？

"我该回单位了。"他搁下小香炉，临走时给张斯年倒满一杯。张斯年蛮咬一嘴花卷，问他："不挑件东西再走？"

丁汉白说："不了，下次来再挑。"

下次，情分必须够。

这一天凉凉爽爽，傍晚还有些冷。纪慎语在"玉销记"看店，回家后眼巴巴地等着晚上烧纸，结果姜采薇没按时回来，他在石桌旁直等到八点半。

丁汉白在机器房忙活一通，关灯锁门后从南屋走到北屋，见纪慎语还在等；洗个澡出来，见纪慎语还在等；去书房画画到晚上十一点，准备睡觉了，见纪慎语居然还在等。

他实在忍不住："你俩约的半夜去烧纸？胆儿也太大了吧。"

纪慎语说："小姨还没回来，她说报社加班了。"

丁汉白这下担心起姜采薇来，取上车钥匙准备去接，走之前接到姜采薇的电话。他从屋里出来，说："小姨打电话说今天太累，在职工宿舍睡了，不回来。"

灯泡太亮，纪慎语的失落无所遁形。丁汉白立在门口，人形展牌似的，要是纪慎语求他带着，他就受累一趟，但他不会主动问。

谁上班不累，凭什么又当后备军，又要上赶着？

"师哥，你能不能……"纪慎语开口，"能不能借我自行车钥匙，我自己随便找个路口烧一烧，很快回来。"

丁汉白胡编："扎胎了，要不你开车去？"他奇了怪了，这人怎总逆着他思路走？

纪慎语虚岁十七，开什么车，终于问："你愿意带我去吗？"

二十分钟后，丁汉白带纪慎语找了处没交警值班的路口，这个时间行人寥寥，他们在路灯下拿出黄纸和元宝，点燃，凑在一起像烤火。

纪慎语双眼亮得不像话，但眼神有点呆滞，有点失神。

"爸，"他叫，叫完沉默许久，"我有想你，可我没办法，我在扬州没家了，你别怪我。"

丁汉白努力添元宝："纪师父，他在我家挺好的，你放心。"

纪慎语就说了那么一句，之后盯着火焰烧成灰烬。他不是个外放的人，在天地间烧纸祭祀，当着旁人的面，说不出别的，只心里默默想，希望纪芳许能收到。

烧完清理干净，坐进车中被昏暗笼罩，丁汉白敏锐地听见纪慎语吸吸鼻子。

哭了吗？他想。

静静过去片刻，纪慎语看他，脸颊干净，眼眶湿润，泪被活活憋了回去。他解开安全带，微微转身冲着纪慎语，问："抱抱你？"

纪慎语外强中干："有什么可抱的？烧个纸，又不是出殡。"

一而再、再而三地没面儿，丁汉白是可忍孰不可忍，把车钥匙往中控台一摔："我还就抱了！"他长臂一捞，将纪慎语揽入怀里，扣着腰背，按着后脑，对方的鼻尖磕在他下巴上，发凉，嘴唇隐约蹭到他的脖颈，还是那么柔软。

纪慎语挣脱不开，骂"神经病"，骂"你有病"，就这俩词来回地骂。

后来他累了，垂下手，闭上眼，嗫嚅一句"谢谢你"。

丁汉白该说"不客气"，可他莫名脑热，竟说了句"没关系"。

06

开学在即,丁延寿允许纪慎语撒欢儿几天,不必去"玉销记"帮忙,于是丁尔和跟丁可愈主动包揽,表明会多兼顾一些。纪慎语见状便安心歇着,不然更惹那两兄弟讨厌。

"出门?"丁汉白上班前问。

纪慎语点点头,他要去找梁鹤乘。

丁汉白会错意,嘱咐:"跟同学出去别惹事儿,吃吃喝喝就行了。"

等家里人走净,纪慎语钻进厨房忙活出一壶汤,大包小包地奔去淼安巷子。上回把小院收拾一番,今天再去换了样,他进门见梁鹤乘在院里耍太极,只不过动作绵软无力。

"师父,精神不错。"他自觉进屋拾掇,倒汤时出来问,"师父,你是用黄釉暗刻龙纹碗,还是用粉彩九桃碗?"

梁鹤乘大笑:"你少来,别拿我寻开心。"

纪慎语把汤倒入九桃碗中:"你摆出来不就是为了让我看?看完不就是要考?考不过然后你再教。"

梁鹤乘赞不绝口,既喜欢这口鲜汤,也满意自己聪慧的徒弟。他喝完就问:"我为什么选这两只碗来问?"

纪慎语答:"龙纹碗侈口外撇,角度小难把握,非常容易出破绽;双龙赶珠纹线条复杂,暗刻不明显所以瑕疵率高;粉彩那只外壁和碗心均有绘画,绘画稍有不同就废了。"

这两只碗代表难度很高的两类,一类有纹,一类有画。梁鹤乘没考住纪慎语,搁下碗又打一套太极拳,许是心花怒放,拳头都有劲儿了。

纪慎语眼巴巴等学艺,来之前就列出一二三四,要逐个请教。梁鹤乘却一点不急,要见识见识玉石雕刻的精工过程。

纪慎语反做起老师:"这是鸡血石,我要刻一枚印章。"

梁鹤乘问:"相比起来,造古董和雕刻你更喜欢哪个?"

纪慎语想想:"造古董工序繁多,比雕刻有趣儿,但只是单纯仿制,不像雕刻得自己构思,平分秋色吧。"答完瞄准某个花瓶,"师父,你做得最成功的一件是什么?"

查出癌症后,梁鹤乘就没怎么做过了,在家干躺半个月,浑浑噩噩。这点本事后继无人,自己住院治病又备感孤苦,于是越发浑浑噩噩。后来他想着反正也没几年活头,怎么也得留一两件得意之作,因此攒力做出那件百寿纹瓶。

他没钱花就从屋里拿一件倒腾出去,不诓买主,只按仿器的价格卖。没承想遇见纪慎语,缘分到了,也可能是老天爷怜悯他,他便把百寿纹瓶送了出去。

纪慎语听完问:"你之前说'瞎眼张'也未必看出真假,谁是'瞎眼张'?"

梁鹤乘压低嗓子:"他是你师父我的死对头,他瞎眼,我六指儿——"

纪慎语听乐了:"你把他弄残的?"

这对新认没多久的师徒不干正事,对着脸喝着汤,没完没了地侃大山,笑声不断。但有人欢喜有人忧,丁汉白准备去找张斯年,结果临走时被张寅派去出差。

邻市挖出一个小墓,叫他去跟当地文物局开会,只去一两天。

丁汉白回家收拾衣服,一进前院闻见香气,是姜漱柳在厨房做饭。大上午怎么回来做饭?他跟着姜漱柳朝卧室走,他妈进入姜采薇的房间,他也进去,把那姐俩吓一跳。

姜采薇面色苍白,嘴角还破着,硬生生挤出笑。

丁汉白问:"倒休?不舒服?"

姜漱柳替妹妹答:"嗯,你回来干吗?"

"我收拾东西离家出走,过两天回来。"丁汉白说着往外走,他妈竟然没理他说了什么。姜漱柳坐床边喂姜采薇吃饭,喂两口停下,给姜采薇擦眼泪。

"别怕了。"姜漱柳自己也哭起来,"我哄着你,其实我心里也后怕……"

姜采薇扑进姜漱柳怀里:"姐,我身上伤口疼……"

"咣当"一声,丁汉白在门外听够冲进来,冲到床边半蹲看着姜采薇:"小姨,你昨夜下班晚,是不是出什么事儿了?"

姜采薇不肯说,他急道:"你只跟我妈说有什么用?你俩抱着哭能解决问题?告诉我,谁欺负你我去找,你这伤是怎么回事儿?!"

姜采薇昨天下班晚,她又惦记陪纪慎语去烧纸,就从小巷走,结果遇上流氓。反抗的时候被打伤,万幸的是呼救被另一同事经过听见,才脱险。她昨晚在同事家睡了一夜,上午回来只跟姜漱柳说了。

丁汉白霍然起身,动了大气,见姜采薇哭得厉害又强硬止住,安慰道:"小姨,你先好好休息,等你情况稳定,也等我回来,再把当时的具体情况告诉我,这事儿没完。"

姜漱柳问:"别胡来,你想干什么?"

丁汉白坦荡荡:"那儿挨着报社和学校,保不齐以前就有人遇到过,不管,以后没准儿还有姑娘遭殃。不知道就算了,既然知道了,就不能装聋作哑。"

他说完去收拾衣服,姜采薇没拦住,让姜漱柳拦着,她不是怕被人知道,是昨晚被打怕了,担心丁汉白会出事。

姜漱柳没动,重新端起饭:"随他去吧,一个不行,把尔和、可愈也叫上,还有廷恩和慎语,家里这么多大小伙子,还治不了一个臭流氓?"

纪慎语当天回来时丁汉白已经走了，还留字条让他打扫机器房，他可算逮住机会，捏着钥匙立刻进去，放心大胆地观摩。

满柜子好料，分门别类，还有一些出坯的物件儿，都是丁汉白平时没做完的。纪慎语打开一只木盒，里面整整齐齐码着八枚青玉牌，多层剔刻，内容是人物故事，八枚正好讲完。故事落在五厘米大的玉牌上，极其复杂，贩夫走卒、亭台楼阁都描绘得十分详细，线条如发，他自己就算有这番耐心，也达不到这个水平。

最后擦机器，纪慎语一丝不苟地完成清洁，锁门时听见一声巨响，前阵子被丁汉白踹翻的富贵竹又被姜廷恩碰飞了。

"纪珍珠！"

纪慎语已对这称呼免疫，好整以暇地看着对方。

姜廷恩蹿来："我找小姑检查作业，她居然睡了，还不让我进屋，后来大姑把我骂一顿，让我这两天都不许打扰小姑。"

纪慎语一听担心道："小姨是不是病了？"

姜廷恩说："病了才需要人照顾啊，她平时病了都是使唤我。"说着停下，"我觉得吧，她也适龄了，会不会谈恋爱未婚先孕了？虽然没听过她恋爱……"

纪慎语大骂："你有病吧？整天像个傻子似的！"

姜廷恩就是株墙头草，平时唯丁汉白马首是瞻，丁汉白不在，谁忽悠两句就跟人家走，好不容易自己分析点儿东西，还被教训一通。

第二天纪慎语起个大早，在前院等候整整两个钟头，姜采薇终于露面了。他心一揪，本来以为姜采薇只是不舒服，怎么脸上还有伤口？

"慎语？"姜采薇面露尴尬之色，"这么早，有事儿吗？"

纪慎语说："我有块鸡血石，想给你做件东西，你喜欢手镯还是手链？"

姜采薇随口说"手镯"，说完又回房间了。纪慎语不好跟着，但发觉姜采薇走路都一瘸一拐的，更不放心离开，冲上去："小姨，你到底怎么了？"

姜廷恩也从旁屋冲出来，光着膀子："小姑，你想急死我啊！"

姜采薇没有真的被流氓侵犯，觉得抓人也无法严惩，可现在一个两个都装了雷达似的，急吼吼问她。她也懒得再瞒，索性将那晚的事儿说了。

屋里丁零当啷，被姜廷恩暴走撞翻好几样，纪慎语则戳在床边，愧疚地说："对不起，都怪我让你带我烧纸，不然——"

姜采薇打断："这样寻根溯源傻不傻？谁也没错，要怪就怪那流氓。"

很快，全家都知道了，姜廷恩家里也知道了，他爸姜寻竹来看小妹，长辈们全挤在卧室。四个小辈都坐在小院石桌旁，远看像打麻将。

丁尔和最大，说："小巷黑，肯定看不清流氓的长相。"

姜廷恩问："那怎么抓？怎么知道谁是流氓？"

丁可愈说："流氓也看不清咱们啊。"

纪慎语安静听，明白丁可愈的意思是先引流氓出来，貌似荒谬，又似乎没更好的办法。如果引出当天拦截姜采薇的流氓正好，就算引出别的也不冤枉。

可问题是，谁来引、怎么引？

纪慎语盯着桌面思考，恍觉周围寂静，一抬头发现另外仨人都看着自己。老二、老三跟他不熟，于是他先问姜廷恩："你看我干什么？"

姜廷恩支吾："他俩都看你，我也看看……"

纪慎语直接对上丁可愈的视线，意味不言自明，丁可愈也挺敞亮，明说道："我是这么想的，找女孩子做饵不安全，况且家里除去小姨也没女孩子了，所以应该男孩儿装成女孩儿。师弟，我觉得你特别合适。"

纪慎语说:"我看你白白净净的,对市里地形又熟悉,比我合适。"他在桌下踢姜廷恩一脚,姜廷恩立即点头附和。

"我哪有你白净?而且我这么高,流氓不敢上。"丁可愈瞪姜廷恩,姜廷恩脖子拧发条,顺势点个没完。这时丁尔和说:"慎语,小姨是为了赶回来陪你去烧纸才出事的,如果你稍作牺牲收拾了流氓——"

纪慎语一下没了反驳的话,他本来就自责,又怕姜采薇嘴上不说,其实心里怪他,那丁尔和这两句直戳要害,他不敢再拒绝。

这四人各自准备,家里的雕刻工具个个都能当凶器使,姜廷恩还揣了一大块田黄石,比板砖都沉。他们计划天黑后让纪慎语在巷子里转悠,其他人潜伏着,争取把流氓一举拿下。

纪慎语晃悠到前院,等人都离开才去看姜采薇。他见姜采薇卧床织手套,转移注意力也好,睡不着也好,都是给他织的,他恨不得立刻打死那流氓。

他没多待,主要问问那流氓的外貌特征、身高音色,有没有带工具什么的,可惜姜采薇当时太恐惧,没注意多少。他问完离开,一字没说晚上的计划。

四个人吃过晚饭就出了门,丁尔和开车,丁可愈和姜廷恩把纪慎语挤在后排中间,忍不住哧哧乐。就算平时不太对付,但他们也才十八九岁而已,说忘就忘。

纪慎语穿着丁可愈从影楼借的长裙,裙子里套着短裤,上身穿着衬衣,还戴着一顶假发。丁可愈揽住他:"师弟,你胸这么平,流氓看得上吗?"

纪慎语戴着假发直冒汗:"黑漆漆的,他能看出我平不平?"

车停在路边,天完全黑透后纪慎语独自走进巷子里,开始来回转悠。这是件需要耐心的事儿,如果臭流氓今晚没出现,他们明晚还来。

其余三人在车上等，时不时下去一个进巷中观望，没动静便返回，不能离太近。等到十一点，姜廷恩打起哈欠，靠着车门打盹儿。

又过半小时，丁可愈也困了，肚子都咕噜叫。他们仨不再干等，下车准备去附近吃点夜宵，顺便给纪慎语带回来一份。

家里准备熄灯了，丁延寿把影壁上的射灯关掉，一转身听见门响。铁门动静大，出差回来的丁汉白动静更大，跨过门槛就喊叫："你大晚上站那儿干吗？吓死人了！"

丁延寿问："你这出的什么差，一天一夜近郊游？"

丁汉白不理自己老子。他根本沉不下心，总惦记着姜采薇好没好，又隐隐觉得会发生什么，干脆跑路回家。他先去前院看姜采薇，在对方睡之前问了许多当晚的情况。

姜采薇难得笑出来："今天慎语也问我这些，一模一样。"

丁汉白问："他们都知道了？"

小院黑着灯，丁汉白发现纪慎语不在，去东院，发现老二、老三也不在。既然打听情况，应该是要收拾流氓，他立即打车去巷口，总觉得那几个人相当不靠谱。

纪慎语已经来回转悠几个钟头，腿都酸了，靠着墙边站一会儿，每当有人经过都打起十二分的精神。又走到巷尾，出去是另一条街，拐弯是一处死角，他往巷口走，奇怪那三人怎么好久没过来。

风吹动裙摆，他差点顺拐，调整姿势让自己看上去像个女的，说时迟那时快，旁边的窄巷里伸出一双手抱住他，直接勒紧他的胸口，将他往里面拖。

一只潮湿的手掌捂紧他的嘴，腰部也被抱住，他才惊觉竟然有两个人。

纪慎语拼尽全力挣扎，狠命踢到一个，可马上被揪住头发扇了耳光。假发甩得乱七八糟，长裙被撕扯着捞起，他偷偷从裤兜掏出藏匿的小刻刀。

"这是个男的？！"

勒着纪慎语胸口的流氓松开手，压着嗓子喊，另一个急于确认，放下捂嘴的手，朝下去摸纪慎语的腿间。

纪慎语惊喘呼救："师哥——师哥——"

"砰"的一声，出租车门被碰上，丁汉白看见家里的车，车上却没人。他往巷子里冲，远远听见衣物摩擦和两个男人的辱骂。

"男的穿着裙子晃悠什么？！真恶心！"

纪慎语遭受着拳脚，惊慌挣扎，攥紧刻刀用力一挥。

"纪珍珠！"

他听见什么了，那么近，那么熟悉。

丁汉白青筋暴起，这时巷中同时荡起两声惨叫。

07

纪慎语坠倒在地，疼得汗如雨下。

他的双眼迅速模糊一片，连人影闪进来都没看到，当拳脚声在身边响起，那两个流氓求饶哀号才使他明白，终于有人来帮他了。

"师哥……"他发出的动静微弱无比。

丁汉白只摁着一个流氓揍，因为另一个已经躺地上哀号许久。他听见纪慎语那句后再无暇顾及其他，冲过去抓住纪慎语的肩膀扶起他。

纪慎语疼得哀鸣一声，身体一歪又倒下了。丁汉白半蹲，焦急地问："伤哪儿了？！是不是流血了？！"

他托住纪慎语的后腰发力，让整个人好歹站起来，而纪慎语即使站立也弓着身体，摇摇晃晃眼看又要栽倒。

丁汉白背过身："上来，我背你。"

纪慎语疼得咬着牙："不行……腿……"

丁汉白立刻去摸腿："腿骨折了？"他摸到纪慎语两腿紧并着，不住战栗，逐步向上，发觉纪慎语紧捂着腿根之间。

"靠……"他这下慌了，也顾不得那俩流氓缓过来会跑，直接将纪慎语打横抱起，奋力朝巷口冲去。

吃夜宵的三人并排走回来，姜廷恩还给纪慎语打包一份鸡汤菜饭，没走到巷口就见丁汉白抱着个长发飘飘的人奔出来。

丁汉白扭脸看见他们："老二开车！老三、老四去逮那俩人！"

这吼声加上丁汉白骇人的神色，把那仨人都吓得发蒙，丁尔和反应过来即刻去开车门，丁可愈和姜廷恩马上往巷中跑去。

丁汉白抱着纪慎语坐进车后座，稍一动弹纪慎语就疼得憋着嗓子叫，于是他不敢动，只好把人抱在自己腿上。纪慎语颤抖不止，像煮熟的虾子那样蜷缩在他怀里，头和脸上的冷汗沾湿了他的衬衫，而后颈边一热，他惊觉纪慎语咬着嘴哭了。

纪慎语给纪芳许烧纸时都没哭，此刻得疼成了什么样！

丁汉白又急又气，冲丁尔和骂："谁出的馊主意？！"

丁尔和手心出汗："我们商量的。"握方向盘都打滑，回答的瞬间被一辆车超过。丁汉白恨不得一脚踹驾驶座上："你到底会不会开车？"

他胸膛震动，一低头才看清纪慎语的穿戴，裙子被撕扯烂了，假发也乱糟糟的，衬衫崩掉好几个扣子……这都是什么玩意儿！

火还没发，纪慎语贴着他哭："我会不会废了……我害怕……"

丁汉白气极："你害怕？你装成妞儿色诱流氓怎么不害怕？幸亏那俩流氓不是男女不忌，否则你后边和前面一样疼！"

他骂完催促丁尔和加速，然后将纪慎语的破裙子和假发摘下来，脱掉自己的外套给纪慎语裹上，小声说："马上到医院了，大夫看看就不疼了，擦擦眼泪。"

纪慎语没动，许是他声音太小。但没办法，骂人可以高声，哄人哪好意思。

丁汉白只得抬手给纪慎语擦眼泪，越擦越多，似乎自己都对那"男人最痛"感同身受。终于到医院，他抱着纪慎语去看急诊，大夫问因由，他难得磕巴起来。

"遇、遇见变态了。"他说，说完闪出去，差遣丁尔和去取钱，以防手术或者住院。

帘子拉着，只能看见大夫立在床边，拉链声很短，纪慎语被脱掉裤子，紧接着大夫倒抽一口气，让纪慎语别忍，使劲儿哭。

丁汉白听墙脚似的，忍不住喊："大夫，没……废了吧？"

大夫没说话，只听纪慎语哭得更凶。丁汉白心烦意乱，充分发挥长兄情意和人道主义精神，又喊："大夫，他还不到十七，你一定治好，钱不是问题。"

哭声渐止，鼻子一抽一抽的，丁汉白想，古代小太监进宫净身，大概就是这么个场景吧。没等他想完，大夫撩起帘子出来，隔着镜片瞪他一眼。

"大夫，你说吧，我承受得住。"

"没伤你那儿，你有什么承受不住！"

丁汉白接过方子，努力辨认写的什么，见到需住院观察加用药，大喜过望："没有大碍？！"大夫说没伤到根本，只不过那儿本就脆弱，所以格外疼，而且这孩子貌似相当耐不住疼。

丁汉白绕到帘后，没想到纪慎语还没穿好裤子，曲着腿，腿间那处被掐成了深红色。他上前帮忙，不让纪慎语动作太大，穿好又等护士把其他伤口处理完才走。

已经凌晨两点多,走廊没什么人,丁汉白横抱着纪慎语慢慢走,也不训斥了,也不安慰了,就静静走。

纪慎语疼得口齿不清:"你累吗?"

丁汉白雕刻十几个钟头都不用休息,双臂抱一会儿人而已,没觉得累,但说:"能不累?等哪天我病了,你抱着我来。"

纪慎语不吭声,抽着气闭上眼,而后又睁开:"我不住院。"太丢人了,他受不了。

丁汉白倒没坚持,抱着他离开。一路回家,家里影壁旁的射灯又亮了,仿佛给他们留的,丁汉白把纪慎语抱回小院,妥当搁床上,喂下止疼片。

纪慎语冷汗沾湿衣裤,也顾不上换,等疼意缓解昏昏睡去。

现在正是夜半时分,丁汉白知道这一家人都没睡,只不过都想让别人睡个好觉,所以没人出来问。他绕回前院,去客房揪出姜廷恩,要问问前因后果。

姜廷恩向来不打自招,把今晚的事儿交代个透彻。

"那俩流氓呢?你和老四逮住没有?"

"跑了一个,留下的那个流好多血,被纪慎语用刻刀从胸口划到肚脐眼儿,一气呵成,又深又长……"

丁汉白想起那两声惨叫,流氓那声急促短暂,可伤口那么长,纪慎语的手法真利索。他问完看着姜廷恩,姜廷恩叫他看得害怕,止不住求饶保证。

"行了,窝囊废。"他说,"纪慎语受伤了,你将功补过伺候他吧,不会伺候就陪着解闷儿。"

姜廷恩点头如捣蒜:"大哥,那老二、老三呢?他们也伺候?"

丁汉白没搭理,走了,把走廊的灯都关掉,走到哪儿黑到哪儿,一直走到东院。丁厚康听见动静披着衣服出来,不撵人,可能替儿子心虚。

丁汉白说:"二叔,你回屋睡吧。"

他直奔丁可愈的卧室,踹开门,把对方从被窝里薅出来,掼倒在地踹上几脚。丁可愈的号叫声把丁尔和引来,那正好,丁汉白连着丁尔和一起收拾。

三兄弟倒下去俩,丁厚康在院子里急得团团转,喊:"汉白,这才是你亲堂弟。"

言外之意,姓纪的只是个外人。

丁汉白没换过衣服,奔波这么久满身尘土,和黑夜很是相衬。他停在门当间,嗓子有点沙哑:"二叔,错就是错了,没什么亲不亲的。这是小错,教训一顿就翻篇儿,要是哪天犯了大错,且没完呢。"

他回去睡觉,乏得很,沾枕头就栽入梦里。

不消停的一夜,天蒙蒙亮时,纪慎语疼醒了。汗珠啪嗒啪嗒往下掉,额头两鬓都湿着,他仰躺不敢动弹,绷着力气疼,放松身体也疼,那要命的地方像坏了,牵连着四肢百骸,疼得他嘴唇和脸颊一并煞白。

挨到天光大亮,姜采薇来敲门,问他怎么样。

纪慎语谎称没事儿,生怕姜采薇进来,那他还不如割脉自杀好了。姜采薇离开,姜廷恩又来,端着盆、拎着壶,要伺候他洗漱。

俩人锁着门,擦洗一通换好衣服,姜廷恩老实得很:"你知道吗?昨晚大哥把老二、老三揍了一顿,没揍我。"

纪慎语问:"为什么没揍你?"

姜廷恩急道:"我是从犯!再说,我这不是来伺候你了嘛,你别恨我。"

其实纪慎语觉得计划没什么问题,只不过在执行中出现意外,但那意外也确实说明大家不怎么在乎他。他很能理解,一个半道而来的外人，凭什么让人家在乎呢？

他套上件短袖，又咽下止疼片："你能不能帮我洗洗头发？"

姜廷恩虽然干活儿质量次，但还算任劳任怨，他让纪慎语头枕着床边，他支着盆给纪慎语洗头发。床单湿掉一大片，洗到一半，壶里没水了，他赶紧拎起壶去装热水。

姜廷恩遇见姜漱柳，姜漱柳问他纪慎语的情况，他回答着跟进大客厅。再一看早饭做好了，他又放下壶，给纪慎语端早饭，端完想起来头发还没洗完。

纪慎语头滴着水苦等，脚步声渐近，却沉稳得不像姜廷恩。

丁汉白刚起床："这一大摊水，以为你疼得尿炕了。"

丁汉白说着走近，弯腰托住纪慎语的后脑勺，挤上洗发水搓出泡沫，坐在床边暂替了姜廷恩的工作。纪慎语倒着仰视他，问："师哥，你昨晚打二哥、三哥了？"

丁汉白"嗯"了一声，往纪慎语脸上抹泡沫："为抓流氓没错，顺便欺负欺负你也是真的，打他们不单是给你出气，也是……"

纪慎语问："也是什么？"

丁汉白想了想："正正家风。"

泡沫越搓越多，姜廷恩终于把热水拎来了，洗完头发，纪慎语缓缓坐起，在洇湿一片的床单上手足无措。丁汉白俯身抱他出去，留姜廷恩换床单、擦地板。

他们立在廊下，眼看一只喜鹊落上石桌，啄去一口早饭。

丁汉白说："本人活二十年，还没抱过自己老婆，先没完没了抱着你了。"

怀里没动静，纪慎语竟然靠着他的肩头睡了，大概一夜没有睡好，止疼后便犯了困。后来他把人安置好，陪姜采薇去派出所做笔录，把那流氓的事儿处理完才回来。

吃饱肚子的喜鹊很喜欢这儿,抓着枝头啼叫起来,招来麻雀和灰鸽子,在树上合奏。

就这么叫唤一天,傍晚时分又加入一位,丁汉白从机器房出来,听着三鸟一人的动静直头疼。踱到北屋窗外,他问床上的纪慎语:"有事儿就喊,哼哼什么?"

纪慎语脸颊通红:"我肚子疼。"

止疼药的药效早就过去,伤处连着小腹一起疼,揪着、拧着,他绷紧两腿克制许久,疼得厉害发出无意识的低吟。丁汉白进来,大手罩在他腹部一揉,他险些叫出声来。

"今天尿尿没有?"丁汉白问。

纪慎语摇头,别说尿尿,他连床都下不来,而且那儿红肿着,怎么尿……丁汉白抱起他去洗手间,满院子嚷嚷:"没疼死先憋死,昨晚加今天一天,你也不怕憋崩了水漫金山。"

纪慎语的脸仍红着,羞臊混在痛苦里,丁汉白把他放在马桶前,不走,后退两步等着他解决。太疼了,放松小腹淅沥尿出来,疼得他站不住,眼前白茫茫一片,几乎昏过去。

夜里,丁汉白在窗户上挂了个铜铃,细绳延伸到枕头边,纪慎语有事儿拽一拽就行。

前半夜无风也无事,丁汉白酣睡正香,等四点多铃声乍起,惊飞一树鸟雀。他翻个身,静躺片刻才想起铃声的意思,光着上身钻出被窝,赶到隔壁眼都还没睁开。

纪慎语又憋足一夜,到达极限,被抱去解决返回,丁汉白栽在他床上:"老子不走了,反正天亮还得去洗脸刷牙,我再睡会儿……"

纪慎语给他盖被子,实在觉得抱歉。

同床共枕到天亮,丁汉白睡不安稳,早早醒了,他见纪慎语蹙眉睁着眼,估计是疼得根本没睡。"还尿尿吗?"纪慎语摇头,他笑,"折腾死我了,擦药?"

纪慎语又摇头:"擦完得晾着,不能穿裤子。"

丁汉白觉得莫名其妙:"那就晾着啊。"说完反应过来,无比嫌弃,"你怕我看啊?难道我没有吗?稀罕你那儿红艳艳的啊。"

纪慎语叫他说得恨不能遁地,转过脸小心脱掉裤子,这时丁汉白下床拿热毛巾和药膏给他。纪慎语在被子下擦完、敷完,因为难为情而忘记一点痛意。

丁汉白重新躺下,一个枕头不够,霸道地往自己那儿拽,触手摸到又硬又凉的东西,拿出来一看,居然是把小号刻刀。他惊道:"枕头底下藏着刀,你这是防谁呢?"

纪慎语还没解释,他又说:"那晚你把流氓从胸口划到肚脐眼儿,在正中间。"

纪慎语觉得太好笑了:"我想让他轴对称来着……"

丁汉白把刻刀递到纪慎语眼前,凑近:"那这个呢,也想给我来一刀对称的?"

丁汉白光着膀子,纪慎语光着两腿,在一条被子下各有千秋。两人目光对上,伴着窗外叽叽喳喳的鸟叫,明明都没睡好,却都不困了。

纪慎语从枕边拿出鸡血石,血红与乳白交杂,四四方方,顶上是一丛热烈的红白玫瑰。

他疼得睡不着,熬了一宿,雕了一宿。

鸡血石没抛光已经靡艳至极,一旁丁汉白呆看着,纪慎语问:"你喜欢红玫瑰还是白玫瑰?"

丁汉白抢过握紧:"我喜欢丁香。"

纪慎语没说话,只觉得似有什么落了空。

08

伤筋动骨一百天，伤在要害只能慢慢养，养着养着，暑假过完了。

开学前一天，纪慎语去找丁延寿向老师请假，从卧室走到前院书房花费半小时，步子比裹脚老太太迈得还小。他虽然已经没那么疼，但下床走动仍然受限。

书房杂乱不堪，玉石书籍、笔墨颜料，全都毫无章法地摆着。丁延寿坐在书桌后，只露头顶，其余部分被一面玉料挡住。

"师父？"纪慎语喊，"你忙呢？"

丁延寿说："再忙也得听听徒弟有什么事儿啊，况且也不那么忙。"

纪慎语暂忘痛苦，脸上高高兴兴，又花半晌工夫走到丁延寿身边。他这才看清那块料，暗绿色的碧玉，规矩的方形，山与松柏刚完成三分之一。

他问："师父，做插屏？"

丁延寿点头："这两天感觉怎么样？要不和我一块儿做，省得你闷着无聊。"

纪慎语立刻挽袖子，擦净手挑笔，静静记样图。抬笔要画时才想起目的，他说："师父，我是来找你向老师请假的。"

丁延寿放下笔拿起电话："我就说你要害受伤，先请一礼拜？"

纪慎语急道："不行！谁好端端的那儿会受伤？老师瞎想怎么办……"

丁延寿看他："师父的师父从小就教育师父，不能撒谎。"

这句绕口令把纪慎语绕蒙了，反应过来时丁延寿已经拨号，他赶紧夺过电话挂掉，讷讷地说："我还是找别人请吧，丁家这么多人，我看也就您不撒谎。"

丁延寿叫他噎住，接着画时一声不吭，简直是怄气的老顽童。他立在旁边画远山闲云，画高枝儿上的松针，细细密密一片。丁延寿抬头瞧，又忍不住出声："画得好，学了芳许十成十。"

纪慎语谦虚："师哥能画得更细，我这点不如他。"

丁延寿鼻孔出气："甭提他，这行美术要求高，我早早让他学，还把他送出国深造，谁知道他在外面糟蹋钱就算了，还阳奉阴违报别的专业。"

纪慎语这才知道丁汉白留过学，问："师哥学的什么？"

"那叫什么……工商管理！"丁延寿气得用笔杆子敲笔洗，"就那三家'玉销记'值当学工商管理，他以为开玉石百货呢！"

丁汉白在文物局频频打喷嚏，猜测又有人背后骂他。他没在意，从包锦小盒里取出玫瑰印章，蘸上红泥，落在白纸上形成瘦金体的"丁汉白印"。

于是他这一天非常来劲，噼里啪啦完成编制文物审核报告，盖章；撰写某批文物进出境的许可申请，盖章；完善文化遗产申报的开会稿，盖章；建议单位食堂红烧肉少放鹌鹑蛋的实名信，盖章。

朱砂红的印子一连盖下好几份，盖好还要欣赏一番，送入主任办公室之后一身轻松，美滋滋等着批准签名。等了一天，丁汉白心中暗骂张寅效率低下，估计又要搁几天才能处理。

直到下班前五分钟，张寅终于露头："丁汉白，给我进来。"

丁汉白在求学时经常被老师叫到办公室，没想到上班也一样，他进去关好门，问："张主任，找我有事儿？"

桌上是那几份文件，张寅说："你盖的是什么章？你当自己是文物局局长？拿回去重新打印，老老实实签名。"

丁汉白不死心："那你觉得这章好看吗？"

张寅觉得莫名其妙："不就是瘦金体？难不成宋徽宗活过来给你

写的？耽误我下班。"

这点事儿没影响丁汉白的好心情，他拎包回家，骑着自行车慢悠悠地晃。马上九月，夏去秋来，忍受几天秋老虎就凉快了。

他到家先洗澡，经过隔壁时见门开着，屋里却没人。

纪慎语与丁延寿合力完成那面碧玉插屏，功德圆满，可是伤处又疼起来。他回房间后锁好门，拧条湿毛巾准备擦洗一下，脱鞋上床，撩起上衣，解开裤子褪去些许，动作轻之又轻。

丁汉白洗完澡回来，刚上台阶一愣，门怎么锁上了？他蹑步到窗外，只伸食指推开一条小缝，想看一眼有没有人。

其实多荒唐啊，没人能锁门吗？

可等他反应过来已经晚了，里面光影错乱，少年侧卧，低着一截白玉后颈，柔软的衬衫纵在腰间。

食指收回，缝隙逐渐闭合，丁汉白站在窗外吞吞口水，又热出一层汗。

他就那样立着，立着立着，纳闷起来，有什么可非礼勿视的？关心病号难道不是天经地义？他偏要看个清楚。

"吱呀"一声，窗户被丁汉白彻底拉开，纪慎语靠坐着床头望出来，已经穿好衣服。丁汉白按着窗台跳进屋，关好窗，绕到床边居高临下地问："锁着门干吗？"

纪慎语老实答："看看要紧地方。"

丁汉白干脆坐下，打量对方，卧床休息这些天，痛苦得吃不下、睡不着，不胖反瘦。看着看着，丁汉白抬起手，握住纪慎语的肩头捏一把，确定看不见的地方也没什么肉。

纪慎语叫丁汉白瞧得浑身不自在，直起身，一臂的距离缩成半臂，能看清丁汉白未干的发梢。他问："师哥，明天就开学了，能帮我向老师请假吗?"

丁汉白说:"都能下地走了,还不能上学?"

纪慎语解释:"走得太慢,也走不久,而且同学知道怎么办?"

丁汉白点点头:"那我看看。"

门窗关紧,没风透进来,纪慎语的思路也跟着空气停止流动。看看?他觉得丁汉白有毛病,看什么看?可丁汉白神情严肃,又不像闹着玩儿,难不成真要看看?

"不了解真实情况,我请几天假?怎么跟老师编?"

"有道理……"

丁汉白眼看纪慎语伸出手,捏住自己的上衣拽拽,示意他靠近。

纪慎语撩起衬衫,先露出一块小腹,再解开扣儿褪裤子,只褪一点。丁汉白扬言要看,此时却觉得自己比流氓还变态,飞快瞄一眼,移开目光装起君子。

二人都不说话了,屋里比医院太平间还静,纪慎语垂下头,抠抠指尖上的金墨。丁汉白终于扭脸看他,问沾的什么东西。

他答:"和师父雕碧玉插屏,填金刻。"答完想起来,"你快给老师打电话啊。"

丁汉白从床头拿起电话,刚拨出去纪慎语就凑上来,生怕他乱说话。接通后,他直截了当地说:"杜老师您好,我是纪慎语的大哥,他这两天出水痘了,明天恐怕不能去学校,先请一周假。"

电话打完,纪慎语很满意:"谢谢师哥。"

打完、谢完,又静成太平间。

丁汉白守在旁边枯坐半晌,回神懊恼,这是干什么呢?浪费时间。他二话没说起身离开,离开这间卧室还不够,干脆去前院看碧玉插屏。

纪慎语独自留在屋里,躺下拽着铃铛玩儿起来。

家里终于太平一阵，其实也就一周，不过周末一早丁延寿就大动肝火。没别的事儿，只是他珍藏的茅台酒又少去两瓶。

大家都在，就丁汉白不在，凶手都不必调查。

众人散去，只剩一家三口，姜漱柳安慰道："可能又给领导送礼了吧，不是要当组长嘛。"

丁延寿捏得遥控器嘎嘣响："他要一直当不上，我那几瓶是不是全得拱手送人？"

纪慎语靠着扶手不说话，电视里播喜剧电影，他憋笑很痛苦。姜漱柳沉默片刻，忽然换条思路："会不会是谈恋爱，拿酒孝敬老丈人去了？"

丁延寿立刻雨过天晴："那他倒是不傻，回头我问问老商。"

也许是憋得太久，彻底把笑意憋了回去，也许是电影此刻不好笑，纪慎语无心再看电视，问："师父师母，师哥有女朋友？"

丁延寿说："说不准，他又不告诉我，不过尔和、可愈他们都有，没准儿廷恩也在学校谈着。你呢，你在学校有没有喜欢的女同学？"

这话锋转得太快，纪慎语措手不及，卡壳看着二老说不出话。

他们在背后议论得欢，丁汉白拎着茅台已经到张斯年家门口。早就打算来，一直耽误，也不知道那老头儿生不生气，会不会刁难自己。

丁汉白进院："张大爷？"

张斯年撩开门帘："你喊我什么？"

丁汉白斟酌："张叔叔？"

张斯年瞪人："我瞅你是个傻子！"

丁汉白脾气差点上来，难不成喊大哥？好歹先焗个油吧。一口气生生咽下，丁汉白上前递过茅台，谁知张斯年接过用力一摔，酒浆四溅，那味儿飘了满院。

"我稀罕这两瓶破酒？！"

丁汉白有印象，张斯年吃饭的时候喝酒，那说明喜欢酒，这破房子、收废品，却看不上地道的茅台。他直视对方，直视着一暗一明的眼睛，问："你想喝什么？我去弄。"

张斯年道："我又不是你爹。"

丁汉白说："看你也不像有儿子，你要是我爹，我不让你活成这样。"

他语速不快，深究对方的表情变化，这人太怪了，倒腾物件儿时又熟又油，加上一屋子真假参半的古玩，显然是个行家。可这不是读书学习就能会的，鉴定真假首先要接触过真的，一件不够，要多多益善。

所以张斯年不会只是个收废品的，或者说，他过去不会一直是收废品的。

静了好久，张斯年问："你想让我活成哪样？顿顿喝茅台？"

丁汉白说："喝什么无所谓，重点是无聊的时候有人陪着喝。"他上前一步，"你第一次招我来，是因为我认出青瓷瓶是假、百寿纹瓶是假、哥釉小香炉是假，没错吧？"

见老头儿默认，他继续："你让我挑一件，是还想试试我，也没错吧？"

这次不待张斯年反应，他追问："要是我挑出真的，你打算怎么着？"

张斯年答非所问："你这年纪，认出青瓷瓶和小香炉能解释为天分高、有经验，但认出百寿纹瓶不可能，你是不是有师父？"

丁汉白坦诚道："我师父就是我爸，教的是玉石雕刻，我几岁就会认玉石木材，古玩是我自己偷偷喜欢。认出百寿纹瓶是假，是因为真的在我家，不骗你。"

屋里没开灯，黑洞洞的，张斯年让他进去挑，什么都没说。丁汉白终于能仔细看那一屋子物件儿了，真的、假的、以假乱真的、真假难分的……眼花缭乱，挪不动步子。

丁汉白出来，拿一件白玉螭龙纹笔搁，不大，但他觉得沉。

他还是问，真的就怎么样，假的又怎么样。

张斯年说："真的说明我没看错，你是块料，拜我为师我就教你。假的，可你愿意陪我喝酒，我感动了，拜我为师我也教你。"

他并不肯定丁汉白乐意拜师，不愿意就算了，说明没那缘分，反正不是自己的损失。

地上洒着酒，丁汉白却有些醉，他这辈子得对"玉销记"负责，没选择的余地，所以他一直悄悄地喜欢。可老天爷干吗给他这机会？弄得他进退两难。

那笔搁被他由凉焐到热，他心里烫着壶酒，也慢慢烧开了，一点点沸腾。

人生不能白活一场，就算不干什么惊天动地的事儿，也不能老去后悔。他踩着酒瓶碴子，接住这点因缘际会下的赏赐，郑重道："师父，以后我陪你喝酒。"

离开崇水区，丁汉白到家时还发蒙，等见到丁延寿不蒙了，开始心虚。

丁延寿虎着脸："偷茅台的回来了，日防夜防家贼难防，你把酒送谁了？当我不知道？"

丁汉白一惊，他爸知道？暴露了？

"是不是给敏汝他爸了？"丁延寿说，"之前还说不喜欢人家，我看你脸皮从小就厚，这会儿知道害羞瞒着我们了。"

什么跟什么……丁汉白晕晕乎乎地点头，反正不知道他在外面有别的师父就行。回到小院，纪慎语和姜廷恩居然在打扑克，两人手边各放一袋子水晶做筹码。

纪慎语看见救星："师哥，我这一袋快输完了！"

丁汉白没兴趣:"关我什么事儿?小小鸟不疼了?"

输光一袋水晶,纪慎语走到书房窗外,丁汉白靠着椅背浑身放松,正擦拭玫瑰印章。他伏在窗台上,问:"师哥,那次在博物馆见的姐姐是你女朋友?"

丁汉白"哼"一声,不知道算承认还是否认,擦干净才说:"从小认识,两家人也认识,都说到适婚年龄没合适的就搭伙过,玩笑说多了父母们就上心了。"

纪慎语问:"你们不互相喜欢?"

丁汉白说:"本人还没遇见喜欢的,谁知道那人什么时候出现?但总不能一直不出现,我就等到三四十吧,爱来不来,我懒得等。"

感情观对纪慎语来说很朦胧,他是个私生子,纪芳许就没开好头,现在听丁汉白的话一浇灌,更厘不清。他干脆不想了,问别的:"印章好用吗?"

丁汉白拿起桌上的宣纸走到窗边:"好用,我最近盖好多东西。"

宣纸上写着两行行草,居然是泰戈尔的诗,书法配洋诗,纪慎语觉得有点好笑。宣纸就铺展在窗台上,丁汉白落下玫瑰印章,印出自己的名字。

一切都好好的,不过意外向来是在一切都好时发生。

那丛热烈的红白玫瑰簇在一起,数不清多少朵交叠勾连,红的、白的,盛开的或待放的。旁枝逸出,比纪慎语画的松针还细小,就在丁汉白握紧时拗断一枝。

剩的半截小枝儿变成了玫瑰刺。

这意外来得太快,丁汉白发愣,纪慎语倒先于他反应,一把将印章夺回。他空有那张白宣,问:"你干吗?"

纪慎语说:"我收回,不送了。"

丁汉白大惊:"还带这样的?!"

断裂的一小朵躺在纸上，花朵还不如筷子尖粗，纪慎语捡起，琢磨怎么修好。太细了，粘都粘不上，顶多用细线缠起来，无论如何都会变成瑕疵品。

丁汉白的大手伸来，扬言要自己修，让他归还。

他很失望地说："你本来就不喜欢，修不好扎手，修好有瑕疵，只会越来越不喜欢，不如算了。"

丁汉白猛然想起，他说他喜欢丁香。

这空当，纪慎语攥着玫瑰印章走了。

这算什么？他简直是搬起丁香砸自己的脚！

09

丁汉白很少惦记什么，惦记的话就直接获取，不外乎花点钱。可这次不一样，收礼又被夺回，去索要就得承认自己喜欢，等于当初是胡说的。

他觉得从纪慎语来这里以后，自己流年不利。转念又怪纪慎语没眼力见儿，他都说好用了，都说最近盖好多东西了，难道不明白他很喜欢吗？

丁汉白就这么立在窗前瞎想，想完，把宣纸一撤，揉巴揉巴扔了。扔完又捡回来，毕竟是最后一幅印着自己名字的大作，怪可惜的。他感觉自己窝囊，而他生平又最烦窝囊废，于是硬生生压住念想，大不了自己刻个更好的。

纪慎语自然不知道丁汉白丰富的心理活动，他把坏掉的印章放入抽屉，暂时没想好怎么修补。其实就算修补好也没意义，那上面刻着丁汉白的名字，他又不能使。

几天后病假结束，纪慎语的伤处也没大碍了。一早去上学，临走时姜漱柳叮嘱他许多，连课间去厕所别被同学挤到都说了，让他十分不好意思。

丁汉白在一旁听得发笑，没想到话头突然转来，姜漱柳说："你乐什么？这周末我叫敏汝来吃饭，你什么应酬都别接。"

丁汉白无语，他爸妈这是真误会他谈恋爱了？再一琢磨，姜采薇和商敏汝是好朋友，从小就经常去对方家里蹭饭。那等商敏汝来了，对方解释一句，比他解释十句都管用。

一同出门，路口分手，纪慎语等公交车，丁汉白骑自行车消失于街头，等纪慎语上车后，没多久又追上了丁汉白。

他拉开车窗喊："比你快！"

丁汉白挺配合，立即拼命猛骑，和公交车齐头并进。此时路上人和车都不少，他捏着车把在车流中穿梭赶超，灵活得像条鱼。

纪慎语很快后悔："危险，别追了。"

丁汉白从善如流，留下一串铃铛响："在学校不舒服就回家。"

丁汉白的身影逐渐落下，远得一点儿都看不见了，纪慎语准时到校，在同学们的询问中恢复学习。而丁汉白踩着点到办公室，之前发疯把一个多礼拜的文件全做完，于是游手好闲地过了一天。

周末，秋高气爽。

商敏汝来家里吃饭，拎着两瓶茅台酒。

丁延寿一愣，这是礼尚往来，还是完璧归赵？姜漱柳这才隐隐觉得会错意，忙问博物馆工作忙不忙，又问老商身体好不好，扯了些无关话题。

日上三竿，丁汉白刚醒，翻个身又是一梦。细微的嗡隆声传进耳朵，他合着眼分辨，振动频率有点熟悉……是打磨机的动静！

丁汉白似被拧上发条，蹿下床破门而出，奔向南屋看是谁偷进他的机器房。那气势、那神情，路过的以为他去捉奸。

可机器房的门好好锁着，贴耳一听，里面安安静静，难道他刚才做梦或者幻听？洗漱完回来，他经过纪慎语房间外时停住，再次听见那种响声。

丁汉白敲门："纪珍珠，干吗呢？"

响声戛然而止，纪慎语把旧的小打磨机关掉，回："睡觉呢，磨牙。"

丁汉白哪里会信，正要抬手推门时有人喊他，回头一看是商敏汝立在富贵竹旁边。他喊一声"姐"，走下台阶打招呼。

商敏汝直白："伯母说你让我来吃饭的，你有事儿求我？"

丁汉白服了他妈："我又不缺魂儿，要是有事儿求你肯定下馆子。"

商敏汝笑："那伯父伯母的意思我懂了。"

"你不用管他们。"丁汉白说，"你就和小姨聊聊天，等会儿吃一顿，下午想出去玩儿的话我开车送你们，反正你好久没来，小姨这阵心情也不好。"

他和商敏汝闲聊几句，从家事到公事，后又向对方讨要博物馆的秋季纪念册，渐渐走出小院，屋里一点儿动静都听不到了。

屋内的确安静，纪慎语默默修补那枚印章，既无法粘又不想缠线，干脆把留下的半截小枝儿全部折断，将破口打磨光滑。幸亏花朵密集，估计修补好不会留下什么瑕疵，如果丁汉白能接受就凑合用吧。

小院中说话的声音没了，纪慎语打开机器继续修，临近中午终于修好。丁汉白不在，他洗个手也赶去前院吃午饭，客厅里热热闹闹，姜廷恩来了，正围着商敏汝热聊。

丁汉白瞧见纪慎语，没反应。

其实有反应，跷着的二郎腿放下了。

纪慎语去厨房端菜，自觉将本身搁在徒弟的位置，摆碗筷、盛汤、备水果,一切琐事忙完,放慢速度等着最后一个落座。

丁延寿和姜漱柳张罗着,让商敏汝坐在丁汉白左边。

纪慎语默默想,那他去挨着姜采薇坐,赚了。没等他美,姜廷恩挨着姜采薇坐下,他只好独自坐在半圈外,守着盘炒木耳吃了一碗饭。

吃着吃着,商敏汝的汤洒了。姜漱柳让丁汉白赶紧给对方再盛一碗。

商敏汝说:"他吃饭不老实,胳膊肘老杵我,夹起的菜被杵掉好几回。"

丁汉白欺负纪慎语习惯了,换个人一时也改不过来。他扭脸瞄了眼纪慎语,果然,那小南蛮子嚼着木耳幸灾乐祸,估计盼望着商敏汝多训自己两句。

一顿饭吃得诙谐中透出尴尬,丁汉白的爸妈负责诙谐,商敏汝负责尴尬,尤其是丁延寿提到男大当婚女大当嫁,商敏汝差点又把汤洒出来。

丁汉白说:"我才二十,法律都不允许当婚,你们想让我违法?"

姜漱柳白他一眼:"这都秋天了,明年过完生日不就二十一了?懂什么叫白驹过隙吗?"

丁汉白朝左偏头打眼色,意图让商敏汝帮腔,可余光不禁又瞥到纪慎语。不知道谁夹给纪慎语一条鲽鱼尾,那家伙猫儿似的,叼着鱼尾巴边吃边看热闹,眼睛一眯一眯的很高兴。

饭后,纪慎语拽着姜廷恩打扑克,他本来不爱这活动,但想赢回先前输掉的水晶。他俩面对面坐在廊下,洗一把牌,摸到大王时暗喜。

姜廷恩忽然问:"你觉得小姑和小敏姐谁漂亮?"

纪慎语回答:"小姨。"其实差不多,只不过他和商敏汝不熟,情感上就给姜采薇加了分,"师哥和人家互不喜欢,师父师母难道看不出来?"

姜廷恩吃惊道:"小敏姐喜欢大哥啊,谁说不喜欢了?"

纪慎语也跟着吃惊,从哪儿看出来喜欢的?他眼神不行吗?姜廷恩只比他大半岁,但分析得头头是道:"师父师母的意思那么明显,小敏姐能不清楚?既然清楚还过来,那就说明是对大哥有意思的,不然图咱们家饭好吃吗?"

纪慎语恍惚间输掉一把,洗牌时又听姜廷恩说:"但大哥好像不太中意小敏姐,可能嫌小敏姐比他大,不喜欢被管着吧。不过从小到大,大哥讨厌的人数不清,没见他喜欢过谁。"

纪慎语试探:"那小敏姐不嫌师哥比她小?是不是女孩子不太在乎这个?"

姜廷恩说:"女人都比较感性,何况喜欢起来哪顾得上其他?小敏姐还说我成熟许多呢,没准儿哪天踹了大哥喜欢我。"他极能扯,扯完又害羞,"其实我也不在乎对方比我大,你在乎吗?"

纪慎语猛地摇头,摇完有点不好意思:"我觉得大一点好。"

原先那袋水晶没赢回来,纪慎语又输掉七八块原石,倒没有伤心,反而和姜廷恩勾肩搭背亲近一些。等他们玩儿得无聊后,正好丁汉白从客厅出来,钩着车钥匙,看样子要出门。

姜采薇和商敏汝紧随其后,姜廷恩嘟囔,说小姑当电灯泡。

姜采薇本来没觉得自己是电灯泡,因为他们经常同去吃饭逛街,但今天丁汉白提议去花市,那肯定少不了买花送花,她还真成电灯泡了。

秋天的午后阳光大好,哪个年轻人愿意在家待着?纪慎语攥着扑克牌愣神,心思跟着一同出了门。越愣越深,丁汉白忽然折返,立在影壁后问:"输光了还玩什么?看花去?"

姜廷恩立刻蹿起来，丁汉白又说："你今天来干吗的？"他是来找丁延寿交功课的，交完还要接受辅导，只能乖乖在家。

他看纪慎语："你陪我精进珠雕吧……"

纪慎语翻脸无情："珠雕我不用再精进了，我想和师哥去看花。"他说完搁下牌，飞奔到丁汉白面前，喘着，高兴着："我也当电灯泡去。"

丁汉白白他一眼，转身时无语地笑了。

秋天花市热闹，里面还在举办秋菊展，人头攒动。丁汉白想问问扬州那儿的花草怎么样，一回头发觉纪慎语和姜采薇离得很远。

他和商敏汝在前面逛，对方什么花都要停下看，他便手揣兜等着付钱。不过商敏汝什么都没买，似乎挑花了眼。

另外两人渐渐偏到绿植那一片，纪慎语早想给梁鹤乘的破院子买几盆摆上，这会儿正看得认真。而姜采薇是个体贴的，就算觉得无聊也会耐心陪伴。

他俩细细地逛，询问种植常识，了解生长周期，纪慎语买下几盆小的，拎了满手。这时秋菊展的赠花环节到了，大家都朝展区涌去，周围一下子退了潮，变得宽敞。

纪慎语环顾一圈，看见丁汉白和商敏汝也在挑花。

他们在挑玫瑰……这季节玫瑰的花期已经结束，即使在室内还没衰败，可也不够好看了。但对于男女交往来说，玫瑰仍然是首选。

情人之间表达爱意的花……

纪慎语恍然明白，怪不得丁汉白不喜欢玫瑰印章，原来是他送错了。

或许，换个人送，丁汉白就喜欢了。

他与姜采薇走近，姜采薇戴着他送的鸡血石串珠细手镯，和玫瑰颜色一样。丁汉白挑得认真，没注意到他们，问老板："有没有花朵再大点的？"

老板摇头："季节不好，这种小的回去能多开几天呢。"

丁汉白腿都蹲麻了，掏钱包："那我要一百株。"

纪慎语本来面无表情，一听非常震惊，和梦里丁汉白花三万元买马一样震惊。一百株，电影里演的九百九十九朵就一大捧了，一株还不止一朵，一百株得多少朵啊。

丁汉白很满意，起身终于看见他，问："你买盆栽搁哪儿？"

盆栽是送给梁鹤乘的，纪慎语编道："我送给杜老师，我想当副班长。"

丁汉白嗤之以鼻："什么风气！上个学就行贿，以后你要是当官，迟早上演铁窗泪。"

纪慎语反唇相讥："你不是还给领导送茅台吗？"

他们抬着杠走了，谁也没记得还有女伴，逛完回来取玫瑰，塞了整整一后备厢，路上先送商敏汝回家，送完掉头回刹儿街。

姜采薇觉得哪儿不对，但没想起来。

纪慎语也觉得哪儿不对，也没想起来。

等汽车到家门口一熄火，丁汉白说："叫人出来帮忙搬花。"

那俩人终于想起哪儿不对了，玫瑰花没送给商敏汝，居然全部拉回了家。姜采薇问："外甥，你那么些红玫瑰不是送给敏汝的？"

丁汉白理所当然："不是啊，为什么送人家？什么都不干还让你姐和姐夫误会透呢，送玫瑰估计明天得代我上门提亲。"

姜采薇更不解："那你买那么多干吗？"

丁汉白说："我有钱还不能买点破花儿了？我自己养不行啊？"

他懒得再聊，下车自己去叫人。很快，一百株玫瑰尽数搬进小院，红的，风头一下子就盖过那几盆丁香。

纪慎语未发一言，却彻底迷茫，丁汉白到底喜欢什么？

思虑未果，他回房间写作业，不再想了。

搬进来且没完，丁汉白叉腰立在院中央，琢磨怎么移盆栽种。挽着袖子，把不要紧的花草从花圃里挖出来，舍不得扔就栽墙角草坪上，舍得扔就直接扔。

他将玫瑰一株株移植进花圃，深了浅了，歪了拧了，玫瑰刺不长眼，幸亏他茧子厚。就那样没休息，一株接着一株，花圃盛不下一百株，于是蔓延到四周，殷红如血的一片，迎来了夕阳。

丁汉白腰酸腿疼，栽完站直，站得笔直笔直的。

还要高声，喊得洪洪亮亮："纪慎语，出来！"

喊大名了，纪慎语立刻放下书，开门闻见花香掺着泥土气味儿。他怔住，眼睛被大片的红玫瑰刺激，目光移到立在一旁的人身上，好像又镇定了。

丁汉白满手的泥土，小臂也沾着，衬衫也沾着，抓痒时脸颊也沾一点，可是衬着黄昏的光，不妨碍他英俊偶侻。

光花钱买不来尊严，何况人有嘴有心，他终于说："我比较喜欢玫瑰了，能不能把印章还给我？"

纪慎语怔得更厉害，原来弄这么多，就是为了要玫瑰印章吗？

他取出修补好的印章走出去，来到丁汉白面前，朝底部哈一口气，然后把字印在丁汉白的手背上。红色的字，青色的血管，像红玫瑰和它的茎。

丁汉白得偿所愿，放松道："累死我了，就为你这枚东西。"

纪慎语忽然觉得，再刻一枚送他也行。

第四章

正人间昼长

"茶蘼送香,枇杷映黄。
园池偷换春光,正人间昼长。"

01

丁汉白上班路上偶遇高中同学,闲聊几句别过,令他回忆起学习生涯。转眼到文物局门口,相比较他还是更喜欢工作生涯。

上学嘛,任老师摆布,逃课被告知家长,回家少不了痛骂唠叨。上班就不一样了,旷工也不会被父母知道,身心愉悦又自由。

停好车,他从办公楼侧门走,仰着头看枫藤,发现小部分叶子已经泛黄。局长的红旗轿车挡着门,绕到车尾,见张寅在门口跟一个老头儿说话。

丁汉白仔细看看,那老头儿不就是张斯年吗?

"你到这儿干什么?"张寅声音很低,"怎么糊弄门卫让你进来的?找我就打电话,我抽空去你那儿,拎着编织袋跑来像什么话!"

张斯年说:"别自作多情,我收废品。"他从裤兜掏出一张皱巴巴的纸,展开几次递过去,是丁汉白当初写的申请单,还有张寅自己的签名。

张寅吃瘪,指桑骂槐:"这个丁汉白是不是故意的?我就不信能这么巧!"

张斯年压低帽檐:"有废品就拿出来,没有就赶紧进楼,你当我愿意跟你浪费口舌?"他扭身往台阶上一坐,整理从门卫室收的旧报纸。

丁汉白藏在车后,等张寅离开才露面,他没听清那俩人刚刚说什么，但张寅出了名地势利，估计是瞧不上人便嘴碎几句。

"张大哥？"他笑闹，等张斯年抬头又改口，"原来是我师父啊，几天没见显年轻了。"

张斯年不疾不徐地眨巴着眼，干裂的嘴唇张合，却什么都没说。丁汉白以为老头儿不高兴，也对，被小几十岁的人教训谁能高兴？他二话没说就走，去食堂端回来一杯热豆浆，不再闹，穿着干净的裤子也坐在台阶上。

张斯年润了润唇："你不赶紧上班？"

丁汉白说："不着急，怎么也得陪师父待会儿。"

侧门来往的人不多，主要是打扫卫生的阿姨和食堂做饭的帮厨经过，这一老一少坐在台阶上休息，不管旁人，神情相当自在。

丁汉白瞄见旧报纸："一屋子杯碟瓶碗，随便卖个什么不行，尤其是那个百寿纹瓶，以后就装腌豆腐使了？"

张斯年笑说："做百寿纹瓶的人叫梁鹤乘，听过矛和盾的故事没有？我和他，一个是矛，一个是盾。"

如果市场上有张斯年鉴定错的东西，那就是梁鹤乘造的；如果梁鹤乘造的物件儿被判定作伪，那绝对是没逃过张斯年的法眼。

丁汉白记住这个名字，起身上班去了。

一进办公室对上张寅，难免因迟到被嘟囔几句，而这几句不疼不痒的话让他冥思一上午。他肩负传承"玉销记"的责任，又拜师琢磨古玩，哪还有精力上班呢？

换句话说，上班多耽误时间啊。

同样正冥思的还有一位，此时端坐在教室里听课。纪慎语望着满黑板知识点，支着下巴想，他既要挤时间雕东西，又要找梁师父学本事，哪还有精力学习呢？

下课铃一响，别的同学纷纷起立，他蔫蔫来一句："上学可真耽误时间。"

老师吹胡子瞪眼,要不是看他考第一名,估计要拉他谈话。

纪慎语厌学一整天,放学回家在刹儿街碰上丁可愈,有点冤家路窄。他一想丁汉白之前揍了丁可愈,那丁可愈会更烦他,还是有点怕他?

丁可愈问:"前院晚上做什么饭?"

语气平淡,听不出感情,纪慎语回答:"应该喝粥吧。"

丁可愈又问:"伤都好利索了?"

纪慎语点点头,和丁可愈并肩朝回走,剩下一截路很安静,直到背后乍然响起刺耳的铃声。他们同时回头,是厌工一整天的丁汉白。

丁可愈乖乖地笑:"大哥,下班啦。"

这态度区别太鲜明,纪慎语认命了,他可能和二叔一家八字不合。三人一起回家,晚饭时得知丁延寿要出门几天,去西安选料,而且姜漱柳同去。

纪慎语笑言:"师父师母,你们好恩爱啊。"

丁汉白嫌他拍马屁:"纪师父和你妈不恩爱?"

桌上突然安静,丁延寿和姜漱柳同时觑丁汉白,要不是圆桌太离得远,姜采薇还要在桌下踢丁汉白一脚。丁汉白自己也很后悔,他刚才真忘了,纪慎语是纪芳许的私生子,成分复杂。

瓷勺碰在碗沿上,清脆一响,没那么静了。

大家加快速度吃,心照不宣地想尽快结束这顿饭。丁汉白夹一片鲜蘑赔礼道歉,侧身放入纪慎语碗里,正巧对上人家的眼睛。

纪慎语端碗看着他,用勺子接住那片鲜蘑。

丁汉白居然笑起来,干坏事儿没受罚,扬扬得意又讨厌:"还吃什么?我直接把盘子给你拽过来。"

纪慎语却回答:"恩爱,不然怎么会有我?"

远在他乡,日日看着别人家父母举案齐眉,丁汉白恍然懂个透透彻彻，纪慎语哪是拍马屁，是羡慕得忍不住说出口。而纪慎语刚才那句回答，与其说是回答给他，不如说是骗着自己。

他觉得索然无味，撂下筷子，离席回房间，一股脑儿嚼了六七颗八宝糖。

丁汉白甜得嗓子疼，就在这股甜滋味儿里感受出纪慎语心里的苦滋味儿。他大手抓一把糖，一把不够，干脆端起整盒。隔壁没人，他去大客厅找，经过走廊看见纪慎语和姜采薇并坐着聊天。

姜采薇给纪慎语吃巧克力，纪慎语看上去很高兴。

丁汉白端着糖站立片刻，放下心回去了，路途一半身后刮来阵轻风。他急转身，和跑到面前的纪慎语奋力一撞，八宝糖盒子彻底打翻。

两个人蹲下捡糖，纪慎语翻开手掌："小姨给的巧克力，我给你带的。"

丁汉白没接："你喜欢吃的话都吃了吧。"

纪慎语问："你端着一盒子糖干什么？"

丁汉白没答，捡完往回走，其实他想问问纪慎语是否生气，转念觉得问也没有意义。如果不生气，自己心安？只怕以后讲话更肆无忌惮；如果生气，他也拉不下脸去哄，没准儿问来问去更添尴尬。

他乐观地想，估计睡一觉就好了。

院里的灯泡那么亮，两间卧室齐齐黑掉，纪慎语下意识摸索枕头旁的位置，寻找系着铃铛的细绳。倏地想起，他伤好了，铃铛已经摘下。

纪慎语的手轻握成拳，埋进被子里睡着了。

一家之主外出，丁汉白迅速篡位，光明正大地不上班，美其名曰看管"玉销记"。纪慎语好生羡慕，等到中午彻底按捺不住，谎称胃疼向老师请假。

他溜回家收拾盆栽,一并带去找梁鹤乘。

仍是那方小院,纪慎语把绿植摆好,培土浇水,忙完拿一根毛笔蘸上白漆,把锈迹斑斑的门牌号重描一遍。屋内飘出白烟袅袅,梁鹤乘煮了一锅嫩玉米,招呼他趁热吃。

关着门,师徒凑在一处,玉米烫手又烫嘴,叫他俩吃得很热闹。"师父,我什么时候做东西?"纪慎语问,"我每天都要抽空雕东西,生怕退步甚至荒废,这边也一样。"

梁鹤乘说:"你瞧瞧这屋里,再想想古玩市场上,什么物件儿最多?"

最多的就是瓷器,中国还以瓷器闻名,纪慎语立即明白,各式器型、颜色、款识,等等,基础是瓷器本身。瓷不烧不得,要有瓷,一定要先有窑。

梁鹤乘既然是干这个的,必定有了解的瓷窑。一根煮玉米吃完,他拿笔在本子上写起来,刚写完一行,第六根小指被纪慎语捏住。

纪慎语轻轻的:"师父,有感觉吗?"

梁鹤乘回答:"有啊,这又不是废的。"

纪慎语一点点笑起来,随后笑出声,他看那根小指翘着,虽然畸形但又有趣,忍不住想摸一摸。刺啦,梁鹤乘写完撕下纸,那上面是两行地址。

很远,离市区还有几十公里,是个村子中的小瓷窑,老板叫佟沛帆,是梁鹤乘的朋友。纪慎语问:"师父,我自己去?"

他是外地人,时至今日只认得几条路,怎么找那么远的地方? 可是梁鹤乘以身体原因推辞,丝毫没有帮助他的意思。

纪慎语看破不说破,出难题也好,磨炼人也罢,过来人办事儿肯定自有道理。

他消磨完一个午后,背上书包要回家,梁鹤乘佝偻着身躯目送,

173

朝着巷口,最后一米时梁鹤乘又喊他。

"别自己去,叫个人陪着。"

说到底还是不放心,纪慎语冲回去:"那你为什么不带我去?"

梁鹤乘说:"我都风烛残年了,能带你多长时间?这活儿是个孤独的活儿,门一锁,悄没声地干,恨不得没人知道自己。"

纪慎语忽觉酸得慌,七窍都发酸。

他想问,那为什么还让他找个人陪着?万一被知道呢?

梁鹤乘拍他的肩:"我怕你和我一样,捂得太严,最后只剩自己,我有幸遇见你这么个孩子,可你未必有幸再遇见另一个。找个信得过的人,哪怕瞒着,就当去郊外玩儿一趟。"

纪慎语走了,再不走怕让老头儿瞧见他失态。

他边走边回想,梁鹤乘总说缘分,他只觉得老年人迷信罢了。可万事以缘分开头,他们成为师徒,那三四盆花草,那一锅香甜的玉米,他轻轻捏住老头儿的小指,此刻老头儿在他身后默默地目送……悄悄地,缘分成了情分。

也许梁鹤乘把纪慎语当成依傍,纪慎语也只把梁鹤乘当作纪芳许的投射,但谁也说不准以后。真心一点点渗透,最初的私心终将磨光。

走出巷口天高路阔,却仿佛没巷子里暖和。

纪慎语开始思考新的问题,他该求谁陪他走一趟?

池王府站下车时他没有想好,走完刹儿街时他仍未想好,迈入大门绕过影壁时越发迷茫。拱门四周清扫得干干净净,只躺着一颗八宝糖,昨晚天黑遗落的。纪慎语捡起来,剥开丢嘴里,甜丝丝,最外层的糖霜化开,脑海的画面也变得清晰。

他想到丁汉白,他一早就想到丁汉白。可丁汉白最不好惹,如果他这点秘密不小心曝光,不知道得掀多大风浪。

但这颗糖太甜了,能融化那层防备。

纪慎语乱跑,喊叫:"师哥!在哪儿?!"

丁汉白从"玉销记"带回一块桃红色碧玺,此刻正在机器房架着刀浮雕,被这脆脆响响的一嗓子点名,险些削一道口子。

他听着那开心劲儿,猜测,又考第一了?

不应该啊,还没到期中考试,他又猜,姜采薇的手套织好了?

丁汉白还没猜到原因,纪慎语已经跑进来,推开门,一边脸颊鼓个圆球,明显在吃糖。他继续刻,表面装得一派平静,等着听因由。

纪慎语激动完露怯:"师哥,我想约你。"

丁汉白吞咽一口空气:"约我干吗?"

纪慎语只说想出去玩儿,还说同学家在市区外的潼村,那儿风景漂亮,他想看看。说着,他走到操作台旁边,俯身,小臂支撑台面,距丁汉白近得像要讲悄悄话。

桃红色碧玺,他问:"不是嫌'花开富贵'俗吗?"

丁汉白说:"客人喜欢。"

纪慎语安静一会儿,轻轻地:"那,去不去啊?"拐回原来的话题,小心翼翼地看着丁汉白,预想遭拒要怎么办,答应要怎么谢。

这时北屋里的电话突然响起,丁汉白放下刀跑去接。纪慎语还没听见答案,跟着一起跑过去。

"喂?"丁汉白接听皱眉,"胃疼?"

撂下电话,丁汉白的神情好比严父发威,一步步走到门边,吓得树上小鸟都噤声。纪慎语背靠门框无路可走,终于反应过来电话是杜老师打的。

果然……若要人不知,除非己莫为。

可是丁汉白自己都旷工,应该不会怪他逃学吧……

纪慎语想想还是先服软,然而认错的话还未出声,丁汉白忽然问:"八宝糖好吃还是巧克力好吃?"

他清了嗓子,撇了目光,那语气中,甚至有一点难以察觉的不好意思。

纪慎语审时度势:"你的糖好吃。"

丁汉白得意道:"盒子里还有,吃多了治胃疼。"他大步流星回南屋,既说着荒唐的话,又没追究逃学的事儿,却好像一身凛然正气。

这人好生奇怪,纪慎语喊:"师哥,那你愿意带我去潼村吗?!"

丁汉白难得扭捏,半晌丢出一句"我愿意"。

好家伙,树上小鸟臊白人似的,竟吱哇了个惊天动地。

02

约定好去潼村之后,纪慎语每天翘首以待,态度也转风车似的,"师哥"长、"师哥"短,把丁汉白捧得浑身舒坦。他自己都觉得和其他人同化了,有变成丁汉白狗腿子的趋势。

总算到前一晚,丁汉白拎着工具箱进机器房,摆列出螺丝改锥要修那座西洋钟。刚坐下,门外脚步声迫近,不用细听也知道是纪慎语。

丁汉白都有点烦了,这家伙近些天太黏他,长在他眼皮子底下,光爱笑,也不知道那荒郊野村有什么好东西,能让纪慎语美得迷失自我。

推门动作很轻,纪慎语端杯温水进来,不出声,安静坐在操作台一角。说他无所事事吧,可他擦机器、擦料石又没闲着。

丁汉白搬出西洋钟,电视机那么高,木制镏金的钟身。拿湿布擦拭,余光瞥见纪慎语往这儿看,倾着身子很努力,他便说:"你近视?"

纪慎语不近视,只是想尽力看清,实在没忍住,转移到丁汉白的身旁。他帮丁汉白一起擦,眼里都是稀罕,问:"师哥,我知道上面这个小孩儿是丘比特,那下面这个老头儿是谁?"

丁汉白回答:"时间之父。"

老头儿躺着,丘比特拿着武器,纪慎语又问:"时间之父是被丘比特打败了吗?"

丁汉白"嗯"了一声,拆下钟表最外面的罩子,里面的结构极其复杂,他皱起眉,用表情让纪慎语别再出声。纪慎语彻底安静,准备好工具递给对方,就像那次在博物馆修汉画像石。

他知道丁汉白平时脾气不好,经常让人不痛快,但如果丁汉白是在做事时脾气不好,那他可以格外地忍耐。

钟顶上的大铃铛已经修好,机芯和内置的小铃铛才是难题,丁汉白的眉头越锁越深,犹豫要不要叫学机械的丁尔和来看看。

之后丁尔和过来,纪慎语就去书房写作业了,他和对方相处得不太自在。作业不多,他埋头苦写,写完想到明天的出行,又抽出一张信纸。

纪慎语想,如果找到瓷窑见到佟沛帆,当着丁汉白的面也无法表明身份,不如给对方写封信,等认路以后自己再去就方便了。

他洋洋洒洒写满一篇,句号画上时传来清脆的钟声,西洋钟终于修好。

丁汉白双手尽是油污,去洗一趟回来,丁尔和回东院了,纪慎语却又进来。他哭笑不得,兀自安装零件,完工后用药水擦去锈迹,焕然一新。

纪慎语出神:"丘比特为什么打败时间之父?"

丘比特是爱神,丁汉白说:"爱可以打败时间,这座钟的原版设计寓意为真爱永恒。"他留学时在大英博物馆见过更精美的复刻版,归国时买了这个。

纪慎语觉得寓意太美，喃喃地说："我很喜欢听你讲我不了解的东西。"

丁汉白被这一句话哄住，简直想撬开纪慎语的脑壳看看里面有什么，好知道他讲什么能唬住人。转念又想到纪慎语这几天的殷勤，热劲儿冷却，丁汉白说："我倒想了解了解，那潼村有什么能让你整天期待？"

纪慎语支吾，只说同学家在那儿，风景好。

什么同学的话如此上心，丁汉白追问："女同学说的？"

纪慎语立刻明白此中意思，顺着答："嗯，是女同学……"

第二天一早，整理妥当后他们出发，殊不知前脚刚出刹儿街，后脚姜采薇就接到丁延寿的电话，通知傍晚到家。

市区路上川流不息，随着公里数增加，人渐渐变少。驶出市区后丁汉白加速，兜风一般驰骋个痛快。纪慎语则始终盯着路，他一向博闻强记，默默记下经过的路标。

"师哥，坐公交车能到吗？"他问。

"不行，出市区了。"丁汉白说，"得坐长途汽车，不过属于市区周边郊区，以后发展起来囊括到市区里，肯定会通公交车。"

到达时日头正好，郊区路旁种什么的都有，竟然还有成片的向日葵。汽车开入潼村，绕来绕去并无特别，最后停在一家包子铺前。

羊肉包子，丁汉白熄火打牙祭，纪慎语跟着填肚子。

这儿不能跟市区相比，但老板的手艺十分好，他们吃包子的工夫生意没停，总有人来买。不过可口的包子不足以安抚丁汉白，他烦道："这儿有什么好的？风景也就那样。"

纪慎语理亏噤声，老板插话："村后面风景好，有河有树林，连着护城河呢。"

丁汉白与老板闲聊:"连着护城河,那以后的发展错不了,村民们一般都忙什么?我看路上人不太多。"

老板说:"现在没人种地,原来村里有个瓷窑,把整个村都能养活,后来瓷窑被停了,大家只能自己想招儿。"

树挪死人挪活,丁汉白没觉得可惜,一抬头却发现纪慎语愣着,不光愣,双目中透出极大的失落与不安,好事落空抑或美梦破碎,就这个模样。

纪慎语当然失落,瓷窑停了,那他来这趟有什么意义?更为关键的是,以后要去哪儿找新的、信得过的瓷窑,那个佟沛帆又会在哪儿?

包子好吃,他却无心再吃,接下来走到村后面,找到了废弃许久的瓷窑。铁门敞着,有几个小孩儿在里面奔跑追逐,这里俨然成为孩子们撒欢的一隅。

他还没进,丁汉白反倒兴趣浓厚,手臂搭着外套阔步而入,把嬉闹的小孩儿吓着,全部匆匆逃离。纪慎语跟上,将里外的窑室火膛、蒙尘的陶瓷碎片、久废无人的办公室细看一遍,猜测至少废置一年了。

丁汉白捡起一片,吹灰拂尘,那瓷片烧得比他想象中要好。

转眼中午已过,从瓷窑离开见到村后的河。车停在河边,这一片小坡上的草还未黄尽,后面树林中的树已经红的红、金的金。

丁汉白靠着车头吹秋风,目光追随河面的潋滟波光,捏一把石子,掷水里"咚"一声,荡起好看的涟漪。再好看的景致也有看厌的时候,他转去看沿河慢走的纪慎语,纳闷儿这孩子在消沉什么?

来也来了,还有什么不满意的?

难不成暗自约了女同学,人家放他鸽子?

丁汉白幻想许多,又抛出一粒石子,很有准头地砸在纪慎语屁股上。小时候都这么玩儿，他骗姜廷恩砸眼睛，吓得姜廷恩捂眼，结果屁股中招。

可是石头子落下，纪慎语还没回神。

丁汉白又扔一粒，刚才砸左边那瓣，这回砸右边那瓣，秋光把纪慎语整个人照亮，他却想起那次在窗外偷看，看见隐在暗处的纪慎语。

画面越想越清晰，丁汉白想得手上失去准头。

纪慎语膝弯一痛，向前一大步踩进水里，为避免摔倒连扑几步才稳住平衡。河水很凉，他瞬间回神，惊觉自己魂不附体那么半天。回头看丁汉白笑得前仰后合，在那片笑声里忽然想开了。

窑厂没了，又不是天塌了。

师父说过，困难都有用，就是师父太多，记不清是哪个师父说的了。想到这儿，纪慎语也乐起来，蹚着水回到坡上，把湿透的白球鞋放车头晾着，自己坐上去，卷着裤脚乱甩。

丁汉白被那白净的、湿淋淋的双脚甩到水，想伸手去捉又怕把手也沾湿，干脆脱下外套展开一包。纪慎语老实了，安生坐着，丁汉白用外套把他的脚擦干，擦完任外套掉在地上。

"师哥，你不要了？"

"都给你擦脚了，不要了。"

"我脚又不臭……"

纪慎语踩上球鞋，脚等于白擦，他捡起外套拍净叠好放进车里，准备回家把衣服洗洗。放好衣服，他注意到车钥匙圈挂着个指肚大的玉猫，目光又从插着的车钥匙移到方向盘，忍不住伸手摸一摸，按按喇叭。

纪芳许答应过让他学车，他想学。

丁汉白回身把纪慎语看穿，反正这地界宽敞，闭着眼也不会撞到人,要不教教他?开门上车,他让纪慎语认真记,怎么挂挡变速,离合什么时候踩、什么时候松,手刹怎么用……教学方式不变,讲完气儿都不喘,直接:"重复。"

纪慎语重复,一条没错,丁延寿整天夸他聪明,他姑且担得起。

调换位置,丁汉白坐上副驾驶座,俨然教练姿态。而纪慎语第一次坐驾驶位,握住方向盘既兴奋又紧张,打着火,犹豫道:"你不系安全带吗?"

丁汉白说:"不用。"

纪慎语不好意思道:"你那么信任我?"

丁汉白白他一眼:"万一你开河里,系安全带耽误我逃生。"

纪慎语再没话问,按照现学的做,但车身一启动他猛然踩下刹车。"啪"的一声,丁汉白的大手拍在仪表台上:"你是开车还是蹾车?"

刚才完全是条件反射,也因为第一次所以格外慌张,纪慎语有了分寸,再次启动,紧紧攥着方向盘驾驶起来。

可他不敢拐弯,只一味前进,丁汉白伸过手包裹住纪慎语的手,才右拐成功。他绷着神经开,逐渐敢自己拐弯了,只是拐得太狠,身体都倾斜靠住车门。

连续拐了几次,眼看离树林越来越近。"师哥,我是不是开得不直?"他发现整个车在隐隐斜着靠近树林,慌了,"师哥?师哥,你过来……"

丁汉白愁道:"我怎么过去?要不你先停?"

于是纪慎语用力一踩,汽车全速飞驰起来,丁汉白在他耳边大吼:"你们姓纪的管踩油门叫停啊!"

纪慎语已经慌不择路,早不记得姓甚名谁,明明手脚冰凉,可额头又一层细汗。什么都晚了,两只脚乱踩一气,完全配合不上,"扑通"一颠,开着车轧过一排草丛。

"师哥!"他大喊。

丁汉白扑过来拽紧手刹,在车头撞向大树的那一刻松开,抱住纪慎语往副驾倾斜。那动静算不上石破天惊,但也叫人胆战心惊了,一声闷哼,纪慎语却没觉出痛,反觉出温暖。

良久,他从丁汉白怀里抬头,对方拧着身体,后背撞在仪表盘上,挡住了所有惯性与冲击。他两眼一黑,在他这儿,丁汉白是个冷不得热不得的主儿,狠命一撞挡下灾……岂不是欠下天大的人情?

他不敢看丁汉白的眼睛,复又垂下头,想默默爬走。

"谢谢都不说?"

纪慎语情绪复杂:"谢谢……对不起。"

丁汉白呼一口气,后背肿着,火辣辣地疼,还泰然自若端详纪慎语这模样。一句对不起怎么够?他得加码:"以后我爸再说你聪明,你要站起来说——我是笨蛋。"

纪慎语点点头,估计丁汉白说什么他都应。

车没报废,保险杠撞掉了而已,丁汉白带着伤痛开车回家,路上才发觉严重性,动不动就熄火,还隐隐冒烟。他瞥一眼副驾驶座,纪慎语垂眸抱着他的外套,一副犯错后大气不敢出的德行。

他细细一捋:没见到心仪的女同学、踩河水里、撞车受惊……太可怜了,可怜得他好想放声大笑。

颠簸地回到市区,等到家熄火时车轰隆一声,闹脾气。他俩进院见大客厅亮着,凝神一听,丁延寿和姜漱柳已经回来了!

"师哥,车、车怎么办?"

"我怎么知道——"丁汉白还没说完,姜漱柳看见他们,大呼一声像看见鬼。不怪他妈一惊一乍,撞车后折腾半天,他俩衣脏手油,格外狼狈。

这时姜采薇从外面回来:"姐夫,车被撞坏了!"

182

眼看根本瞒不住，纪慎语垂着脑袋上前一步，要主动坦白，蓦地肩上一沉，丁汉白将他扒拉回去。"爸，"丁汉白说，"我开车出去玩儿，不小心撞了。"

纪慎语急急看向对方，丁汉白又说："明天我就去修，能不能先吃饭啊？饿死了。"

丁延寿开始训人，丁汉白充耳不闻，进屋，擦擦手就坐下吃饭。纪慎语心情错杂，洗手端菜，等落座时丁延寿仍然在骂丁汉白。

他鼓起勇气说："师父，别训师哥了。"

不料丁延寿反冲丁汉白说："你还带着慎语？二十了还一点谱儿都没有，你自己伤着当教训，万一今天事故严重，慎语受伤，我怎么跟芳许交代？！"

丁汉白大口吃饭："下次注意，放心吧，我又不傻。"

丁延寿最烦他这浑不在意的态度："你就是仗着自己不傻才胡来！"话锋一转，另寻靠谱苗子，"等慎语岁数合适就马上学车。聪明？光聪明不够！得慎语这样聪明又稳当才行，你真气死我！"

铿锵有力，掷地有声。

桌上静了，训斥完了。

这时纪慎语站起来，红着脸说："我是笨蛋。"

03

丁汉白险些把饭喷一圆桌，而硬生生憋住的后果就是呛进嗓子，他咳起来，从一小声变成一大声，逐渐剧烈，快要咳出肺管子。

其他人顾不上思考纪慎语什么情况，姜漱柳倒水，姜采薇拍背，丁延寿吓得停止训斥，全将注意力凝聚在丁汉白身上。

而丁汉白咳得地动天摇，目光却稳如泰山地留在纪慎语那里，含着幸灾乐祸的笑意，又掺着难以言喻的稀罕。这小南蛮子太有意思，居然当真了，并且还照着做，他慢慢平复，擦擦嘴又灌一口热茶，吐出俩字："笨蛋。"

纪慎语重新坐下，一脑袋栽碗里，将蜜瓜小枣饭吃得粒米不剩。饿得太久了，还想再来一碗，可是师父师母的表情那么严肃，他便忍住。

姜采薇小腿一疼，扭脸看丁汉白。

丁汉白朝纪慎语努嘴，并用眼神示意。

姜采薇了然，二话没说将自己的碗递过去，故意道："慎语，再盛一碗去吧，顺便帮我也盛点。"

纪慎语见姜采薇向他挤眼睛，立即明白，又盛一碗回来，胸中阵阵发热，饭也吃着更甜。织手套那次是，这次也是，姜采薇赐予他的体贴就像雪中送炭，他感激到……乃至觉得受之有愧。

羹汤皆空，几口人陆续搁下筷子。

两位长辈外出一周，虽然算不上风尘仆仆，但也气力有限，没再继续教训小辈。而丁汉白逛荡一天累得够呛，才不管犯没犯错，撂下筷子就回去睡觉。

纪慎语紧随其后，回到居住的一方小院才彻底放松。他踩着丁汉白的影子，上台阶，丁汉白的影子消失了，丁汉白本人也毫无停顿地走开。

他还抱着对方那件外套，打算洗干净再还。

纪慎语没有关门，坐在桌前听动静。听丁汉白跑去洗澡，又听丁汉白洗完跑回来，他掐着时间出去，挡住对方的去路。

丁汉白浑身冒着热乎气，既潮湿又清新。想起纪慎语晃脚丫子甩他一身水，于是凑近模仿姜廷恩家的老黄，来回甩着头，水珠四溅。

甩完了头晕，他皱眉问："挡着路干吗？"

184

纪慎语说:"师哥,你为什么替我背黑锅?是我想学车才……"

丁汉白打断:"那也得我让你学啊,左右都会骂我,少骂一个是一个。"

纪慎语看着丁汉白,他想,丁汉白对他属于"少骂一个是一个"?难道不是"不能只骂我一个"?

丁汉白被这人盯得冒汗:"你还有没有事儿?困了。"

他连回答都等不及,绕过纪慎语就回房间,走得太急甚至撞到纪慎语的肩膀。倘若思绪凝成一团,那轻轻一撞,加上到卧室的几步距离,就散了。

丁汉白已经躺上床,散开的思绪七零八落,四处飘散,很难拼合。

丁汉白闭眼,伸手关灯,却触碰着灯罩边缘的流苏没有离开,那穗子弄得他指尖发痒,带电流似的,一直蹿,一直蹿,从指尖蹿到心尖。

他霍然而起,估计自己得了什么病,含一片花旗参才沉沉睡去。

纪慎语洗完澡回来望向隔壁,早已透黑无光。他今天情绪起伏颇大,此刻疲倦至极,但仍吊着精神拎起铝皮壶灌水,要浇一浇开始打蔫儿的玫瑰。

吃水不忘挖井人,浇花自然要想起栽花人,于是又忍不住朝卧室望。

那么黑,丁汉白在做什么梦?他想。

一夜清静,丁汉白根本没做梦,天亮后才断断续续梦见一点影像,朦胧的,说不清道不明,西洋钟报时也没能将他叫醒。

他一贯能睡,太阳高照才起是常事。

只是西洋钟不够激烈,五分钟后来了大活人。丁汉白卷被沉浸于庄生晓梦之中,蓦然左耳一痛,结着厚茧的大手揪着他、拧着他,痛得他双眼大睁。

"爸？"

丁延寿说："还敢睡懒觉，滚起来去给我修车！"

丁汉白扒着床沿嗟叹，半合住眼负隅顽抗，折腾一番还是屈服于丁延寿的铁拳之下。他只好换衣服出门，早饭都不给吃，启动破车时肚子跟着一起叫。

车扔进修理厂，丁汉白绝不多待，那里面汽油味儿、柴油味儿难闻，机器零件又脏污，他向来是付完钱就撤。但他不准备回家，回去要被姜漱柳唠叨，也不去"玉销记"，碰见丁延寿的话等于撞在枪口上。

他打了辆车，直奔世贸百货。

损失一件外套，他得再买件新的。

而家里，纪慎语已经醒来，睡饱后懒在床上不想动，回味昨天滑稽抑或惊险的种种，慢慢露出笑脸。脸一侧，他忽见椅背上搭的外套，不懒了，利索地一骨碌爬起来。

就一件不值当用洗衣机，纪慎语坐在水盆前搓洗，洗干净挂起来，等晾好后完璧归赵。

可惜完璧的主人已经穿上新衣服，试穿时将薄外套向后一披，伸胳膊牵动到后背肌肉，那痛意绵密悠长。他反手摸，摸到一片肿起的肌肤。

昨天撞那一下有些厉害，背上没什么肉都肿了，丁汉白好心疼自己，掏钱包又买了件衬衫。

他独自快活，从世贸百货离开又去和平广场附近的文化街。说是文化街，其实是另一处古玩市场，因为规模最大，外来游客最多，被文物局联合市政府规划一番，美其名曰文化街。

古玩这种东西，有时未必市场越大越好，可能赝品反而更多。丁汉白闲逛，每家店都进去看看，有什么不错的文房玩意儿，不问价格便买下来。

深入一点，有了零散的摊位，他顿住，盯着戴墨镜的老头儿看。

张斯年左右观望，扭头也看见他，然后若无其事地扭回去。丁汉白缓步走近，隔着一个摊位停下，瞥见张斯年手里的东西。

粉彩葫芦瓶，釉面上百蝶振翅，之前就搁在里间窗台。

一个男人停下看，摩挲着几处显示他懂行，低声与张斯年交流，几句之后搁下瓶子走了。没谈拢，没多少是一次谈拢的，互相都要吊一吊。

丁汉白经过张斯年，转悠到街尾才折回，刚才的男人在他一米之前，果然又停在张斯年那儿。同时停下的，还有一个大爷，两客一主，成了卖方市场。

张斯年说："这物件儿应该是一对，现在只有一个了。"

凑不成一对必然打折扣，可他看出顾客懂行，因此主动透露，反添真诚。男人看了又看，凑近一闻急忙躲开："这是什么味儿？"

张斯年打马虎眼："老物件儿都不好闻。"

丁汉白在隔壁摊"扑哧"一乐，百寿纹瓶装腌豆腐，那葫芦瓶指不定装过什么不明液体。他余光看人太累，干脆也过去凑热闹，直接问："大爷，这什么年头的？"

张斯年答："民国。"

他瞎看一通："款识是乾隆年制，民国那时候仿制的啊。"

张斯年干笑，擎等着应付他，无视那二位的存在。既然要脱手，当然是为了钱嘛，丁汉白这副人傻钱多的模样多招人喜欢，是个卖家都宝贝。

丁汉白扭头问另一位大爷："大爷，你觉着这东西靠谱吗？"

大爷反问："你自己不懂？"

他摇头："我年纪轻轻哪儿懂这个？看着好看就想买。"又转去问男人："大哥，你觉得怎么样？"

男人说:"本来是一对,你买回去一只没什么用,升值空间也不大。"

看完又折返,懂行认出真东西,并且不建议自己买,丁汉白知道这大哥动心了。他仍拿着,怪舍不得一般,问价钱。

他与张斯年一唱一和,最终买卖没谈成,搁下离开,绕一圈,甚至去和平广场喂了会儿和平鸽,再回去,张斯年已经两手空空。

"大爷,葫芦瓶卖了?"

"卖了,四万元。"

"一对也才四五万元,那哥们儿居然乐意?"

"他家里有一只,凑一对能可劲儿升值,他当然乐意。"

如果表明家里有一只,那心思必然被卖方揣摩清楚,反不利于压价,所以男人肯定没有告诉张斯年。丁汉白问张斯年怎么知道,只见老头儿轻轻一笑,还踹他一脚。

"徒弟。"老头儿说,"咱们不光要看物件儿,也要看人,千千万万的物件儿记在脑中,形形色色的人也不能见过就忘。"

两年前,张斯年卖出其中一只葫芦瓶,买主就是刚刚那个男人。

他揽住丁汉白朝外走:"当托儿辛苦了,走,咱爷俩去淘个腌糖蒜的罐子。"

丁汉白玩儿到天黑才回家,买了衣服,下了馆子,绕过影壁贴边潜行,争取不惊动大客厅内的爸妈。潜回小院,富贵竹生机勃勃,那片玫瑰苟延残喘,他凉薄地瞧一眼,并无其他想法。

反正印章已经要回来了,他毫不在意。

上台阶,虚掩的门倏地打开,纪慎语又掐着时间截他。"师哥,你回来了。"纪慎语将晾干的外套叠好奉上,"我洗过了,给你。"

丁汉白说:"我不要了。"

纪慎语确认:"洗干净也不要吗?"

丁汉白回答："擦脚布洗干净也还是擦脚布，我都买新的了。"

丁汉白说完回屋，纪慎语只好又把外套拿回去。尺寸不合适，他没法穿，可是崭新的，扔了肯定被骂败家子。他静默片刻后收入衣柜，先留着再说吧。

柜门关上，房门打开。

丁汉白拿着药酒进来，一副大爷样儿："来，报个恩。"

他反坐在椅子上，不紧不慢将衣扣解开，从上往下，胸膛先见了光，脱掉衬衫，两臂交叠搭在椅背上，下巴搁在小臂上，等待纪慎语伺候。

纪慎语只记得昨天那一撞动静响亮，却没想到红肿瘀青这么严重，药酒倒入手心搓热，轻轻敷上去，蜷曲手指，用手心将药酒一点点揉开。

他问："师哥，疼不疼？"

丁汉白舒服得眯眼："还行。"

温暖的掌心在后背游走，力道轻重有别，痛爽参半。纪慎语又倒一些，揉着对方的肩胛骨下面，再移一些，揉到肋边。

不料丁汉白猛然站起："让你揉瘀青，你揉我痒痒肉干吗？"

纪慎语小声说："我怎么知道你痒痒肉长在那儿。"

更让他始料未及的是，丁汉白竟然扑来抓他，手肘被拂开，直取肋下。他双手湿淋淋，支棱着无法反抗，跟跄后退至床边倒下。

"你躲什么？难道你的痒痒肉也长在那儿？"丁汉白欺压起兴，弄得纪慎语蜷缩身体，扭动着，头发都乱了，"见天跟我顶嘴，老实不老实？"

纪慎语连连点头，折磨停止，他手心朝上分别摊在脑袋两边。仰躺着看丁汉白，丁汉白半跪在床上，同样打量他。

那目光平静无波，看不出任何情绪。

丁汉白问："脸红什么？"

纪慎语反问:"脸红也不许?"

丁汉白不是头一回吃瘪,视线移到那双手上,想起刚刚被揉肩搓背的滋味儿。他忘记疼,一心探究:"你似乎说过不能长茧子,为什么?"

这让纪慎语再次始料未及,竭力寻思一个像样的理由,就算不够像样,能把话题岔开也好。然而这琢磨的工夫令丁汉白好奇增加。

纪慎语胡编:"长茧子弄得就不舒服了。"

丁汉白问:"弄什么?"

纪慎语豁出去:"你说弄什么?"

静得可怕,说出去的话泼出去的水,他改口还来得及吗?可没等他纠结出结果,丁汉白长着厚茧的大手伸来,轻轻拍了拍他的头。

丁汉白笑着说:"长茧子弄得才舒服,还真是笨蛋。"

纪慎语脑袋没偏,只仰着面。丁汉白离开时未置一词,只留下那半瓶沁着苦味儿的药酒。

片刻之后,窗外晃来一个人影,纪慎语翻身坐起,直愣愣地盯着。开一道缝儿,丁汉白扔进一盒东西,仗义地说:"小小年纪别伤了底子,弄完含一片花旗参。"

……合着是给他补肾壮阳?

……难不成误会他沉迷自渎?

瘦西湖的水都洗不净这点冤,纪慎语羞恼不堪,恨不能以头抢地,哀号一声呜呼悲哉!

04

纪慎语一夜没睡安稳,侧躺着,脸颊在枕套上蹭来蹭去,频频睁眼,又被窗外的浓黑夜色逼得合上。逐渐睡着,一感应到天亮立即醒来，干脆晨起念书。

他坐在廊下呼吸新鲜空气，捧一本语文书低声诵读，读完一章，树杈上喜鹊高声啼叫，像附和他。他读开心了，亮起嗓子大声念，诗词朗诵，一篇接着一篇。

他又翻一页，身后传来惊天动地的一声。

卧室门被踹开，丁汉白面如修罗般立在门当间，戾气环绕，要是拿着剑绝对会劈人。他忍下哈欠，冲吓蒙的纪慎语骂道："接着念啊，我听听你能念出什么花儿来，大清早扰人清梦！"

纪慎语唯恐再待着遭殃，丢下句"抱歉"便奔逃去前院。

白天上课时报应不爽，他打扰丁汉白睡觉，此刻轮到他困得睁不开眼，书上留下的笔迹都有些歪拧。昏昏沉沉度过这天，放学后他一路飞奔去了淼安巷子。

纪慎语是来告诉梁鹤乘瓷窑情况的，他怕回家太晚，因此打算见面加紧说完，可真见到梁鹤乘，便支吾起来。

梁鹤乘靠着床头，笑着："怎么这副模样？学校有同学欺负你？"

纪慎语回答"没有"，他想，梁鹤乘生病后消沉许久，好不容易遇见他，打起仅剩的精神传手艺，要是得知瓷窑已经废弃，故友也了无踪影，会不会又受一场打击？

也许他的确不擅长伪装，眼角、眉梢都把心事暴露个透，梁鹤乘还是笑着："去潼村没有啊，找到地方了吗？"

纪慎语不敢撒谎："找到了。"

梁鹤乘敲他脑门儿："自己说，别让我挤牙膏。"

纪慎语道："师父，那家瓷窑已经废弃了……听村里人说有一年多了，我也没见到你的朋友佟沛帆。"

梁鹤乘愣怔片刻，笑容凝滞又恢复。他歇了很长一段日子，与外界几乎毫无联系，没想到已发生变故。他心中无声感慨，再一抬眼看

191

纪慎语低着头,像是比自己还失落。

屋内静悄悄的,破旧的半导体偶尔发出一点杂音,这一老一少各自沉默,惨兮兮的。天隐隐发黑,梁鹤乘终于出声:"别愣神了,我看快要下雨,赶紧回家吧。"

纪慎语问:"师父,那咱们……"

梁鹤乘安慰:"都再想想,没那么严重。"

不多时果然下起雨,纪慎语下车后撒腿狂奔,但刹儿街那一段路足以淋湿。他跑上台阶,立在屋檐下,遥遥看见从路口骑车过来一人。

阵雨凶猛,行人全都逃命一般,偏偏那人慢悠悠地骑着车子,一手扶把,一手撑伞,浑身也就胸口往上没被打湿。

车轮渐近,伞檐儿微微一抬,正是丁汉白。

丁汉白下车把伞扔给纪慎语,单手握着横梁拎车进门。从大门到前院,他又夺过伞为两人撑着,一起滴着水进入大客厅。

纪慎语暂忘烦恼,好笑地问:"师哥,那么大的雨,你怎么怡然自得的?"

丁汉白说:"北方秋天不爱下雨,冬天更干巴巴的,所以遇到雨天得会享受。"他没说实话,之所以淋雨,是因为最近内里燥热。

至于为什么燥热,貌似是因为花旗参嚼多了。

这场雨一下就是三天,断断续续,把整座城市浸透。雨声烦扰,纪慎语却思考许多,思考关于没有瓷窑,他和梁鹤乘该何去何从。

清晨天冷,格外阴,小院中玫瑰破败,冷风飕飕。

可南屋相当热闹,五个师兄弟凑齐了,还有师父丁延寿。七八个纸箱整齐摆着,里面都是从西安带回来的料石,之前搁在"玉销记",鉴别记档后刚搬回家。

丁延寿坐着:"一人挑一块,下月初交功课。"

箱子打开，普价料和高价料、玉和石全都囊括其中。老二到老四按兵不动，要等着丁汉白先挑，倒不是多长幼有序，主要是为了掂量难度。

丁汉白要是选大件的，他们就不能拿太小的。

丁汉白要是选普价的，他们就不好拿高价的。

不过丁汉白向来不选普价料，甚至看都不看，径直踱步到白玉前，俯身端详着问："爸，三店接的那单要什么来着？"

丁延寿说："玉雕花插，一个是明式，一个是清式。"

丁汉白伸手点点小臂长的一块白玉："就这个，那单子我接了。"他定下起身就走，对别人选什么漠不关心，冷冰冰的，准备回屋再眯一觉。

丁尔和下一个，丁可愈和姜廷恩也陆续选完，最后轮到纪慎语。纪慎语很少拖泥带水，似乎一早已经想好，说："师父，我选那块青玉。"

其他三人投来目光，各含情绪。

这批料中品相最好也最昂贵的就是那两块青玉，丁汉白没选，是因为顾客要求用白玉。那丁汉白都没选，所以谁能想到纪慎语居然敢选。

选完离开时，姜廷恩拽住纪慎语，问："你打算雕什么？"

纪慎语老实说："还没决定。"

姜廷恩替他着急："那你就选青玉？大哥都没选！"

纪慎语反问："师哥不选我就不能选？难道不该是他不选我才可以选？放心吧，我竭尽心力去完成，绝对不辜负那块料。"

而在他拿到青玉的当天，粗裁好尺寸切下三分之一，妥当包裹好小的那块放进背包，再次奔了森安巷子。

师徒两个又见面了，这几天两人都在琢磨，此时此刻再见同时乐

193

起来。梁鹤乘招呼乖徒弟坐下,毫不拖沓,开门见山:"慎语,你记不记得我知道你师父是丁老板时说什么?"

纪慎语当然记得,梁鹤乘当时又惊又喜,还说之所以一屋子都没玉雕件儿,是因为隔行如隔山,就算能雕也逃不过丁延寿的法眼。

梁鹤乘说:"你是丁老板的徒弟,最擅长的就是雕刻,又遇见我,这不是天注定要咱们合力吗?"他苦思多日,终于茅塞顿开,原来冥冥之中的缘分不只是让他教纪慎语,也是让纪慎语弥补他涉足不了的缺口。

如果是玉质古玩作伪,那没有瓷窑也无妨。

这回轮到纪慎语怔愣,木着眼睛打开包,剥下层层包裹露出青玉原貌。他机灵地笑起来,越笑越深:"师父,我和你想的一样。"

梁鹤乘快意拍桌:"你既然带的是青玉,是不是想好做什么了?"

纪慎语回答:"宋代玉童子,持莲骑鹿攀花枝。"

师徒二人关进里间小屋,那方破桌就是工作台。纪慎语研墨,他还没见过梁鹤乘作画,期待之中掺杂一点不服气,毕竟哪个徒弟没做过"青出于蓝而胜于蓝"的春秋大梦?

纸不大,梁鹤乘翘着第六根小指落笔,没花费太久便画好一个持莲行走的童子,教道:"每个朝代的玉童子都不一样,你要做宋代的,姿态持莲骑鹿行走攀枝,发型要短发,衣裳要斜方格或者水字纹,面部表情细微到眉形耳郭都要讲究。"

这不是随着心雕刻,每一线条必须不苟地规划,稍有差池,就会被鉴出是作伪。

这一小块青玉足够做一枚规矩的玉童子,纪慎语决定就做持莲行走姿势。梁鹤乘盯着他画,精之又精,细之又细。"师父。"他忍不住问,"你那脑子里藏着多少东西啊?"

梁鹤乘说:"恰好能唬住你而已。"

纪慎语心中自有计较，古玩市场的赝品率高达九成，多少技艺高超的大牛隐匿其中闷声发财，可技艺高超大多是擅长某项，比如瓷器，比如字画，瓷器中又分许多种，字画中又分许多类，可梁鹤乘不同，似乎全都懂。

他猛然想起"瞎眼张"，问："师父，你这么厉害，那个'瞎眼张'还能看出来？"

梁鹤乘说："那人从小是在宝贝堆儿里泡大的，再加上天分，三言两语说不清。"本来点到为止，可又八卦一句，"特殊时期他家被收拾惨了，眼睛也是那时候瞎的，估计看透不少，也被折磨得没了好胜心。"

纪慎语想，这对冤家一个遭殃，一个得绝症，应该成知己啊。

他实在是想多了，不仅想多，简直是想反了。

一场秋雨一场寒，又两天，丁汉白以天气降温为由，请假在家……他总是这样，变着法子挑战张寅的底线，对方也乐意忍，等着攒够名头端他的饭碗。

机器房太冷，他抱着那块白玉去书房，净手静心，要着手雕玉兰花插。先铺一层厚毡布，妥当搁好白玉，拿捏准尺寸就能画形了。

丁汉白耳聪目明，蘸墨两撇注意到外面的脚步声，轻悄悄的，不知道是谁家小贼。

门稍开一道缝儿，可那琥珀颜色的眼睛太好认，小贼自己却蒙然不知已经暴露，后退又要离开。丁汉白低头看玉，声却拔高："来都来了，还走什么走？"

纪慎语脚步顿住，只好硬着头皮进去。

他之所以不愿与别人共处一室，主要是怕暴露自己做什么。做什么？他拿着几盒颜料，要找宣纸调色，玉年头久了受沁发黄、发褐，他调好是为了做玉童子用。

走到桌旁,他讷讷开口:"师哥,勾线呢?"

丁汉白不抬眼,闻见颜料味儿问:"画画?"

纪慎语"嗯"了一声,动静和脚步一样轻,绕到桌后,搬椅子坐在旁边,铺纸调色,勾一点明黄,勾一点棕褐,仔细摸索比例。

形已画好,丁汉白问:"听说你选了青玉,准备刻什么?"

纪慎语回答:"玉熏炉,三足,双蝶耳活环。"

丁汉白终于抬眼瞧他:"难度可不小。"

纪慎语点点头,他当然晓得,先抛开那块青玉珍贵不说,他切下一小块去做玉童子,等于削减价值,所以必须雕刻难度高的,日后卖价高才能弥补。

他调试半晌也没兑出满意的色来,把笔一搁欣赏起旁人。这块白玉也被切成两半,他记得一个要做明式,一个要做清式,讨教问:"师哥,明和清的玉雕花插区别大吗?"

丁汉白寥寥几字:"发于明代。"

四个字而已,但纪慎语立即懂了。发于明代,那刚有时必然较简洁粗犷,经过一代发展后就会稍稍复杂多样,而明至清又不算太过久远,因此器型方面不会发生较大改变。

他欣赏够了,继续调色。

这回轮到丁汉白侧目,看着那一纸黄褐色斑点直犯恶心:"你这瞎搞什么?"

纪慎语心虚道:"我调色画……画枇杷树。"

丁汉白叹口气,恨铁不成钢地夺下笔洗净,笔尖点进颜料盒,三黄一褐,涂匀后显出饱满的枇杷色。"画吧。"他说,"倒是还没见过你单纯画画。"

纪慎语把自己逼上梁山,只好认真画。

他扭脸看敞开的窗，四方之间露着院里的树，灵感乍现，随意勾出轮廓结构。停不住了，一笔接连一笔，树苍、叶茂、果黄，渲染出萧瑟的天，他伏在桌上，渐渐完成一幅设色分明的枇杷树。

丁汉白停刀注目，看画，看纪慎语抿紧的唇，看一撇一捺写下的字——

　　茶蘼送香

　　枇杷映黄

　　园池偷换春光

　　鸠鸣在桑

　　莺啼近窗

　　行人远去他乡

　　正离愁断肠

小院、浅池、鸟叫，从扬州来到这儿是远去他乡，倒全部贴切符合，可丁汉白不高兴，什么叫离愁断肠？他向来不高兴就要寻衅滋事儿，就要教训，问："好吃好喝的，还有我疼你，你断哪门子肠？"

纪慎语并无他意，却小声："你哪儿疼我了？"

丁汉白憋了半天，请吃炸酱面、带着逛街、受伤抱来抱去……他懒得一一列举，冷冷丢下句难听话："白眼狼，打今儿起让你知道知道什么是姥姥不疼，舅舅不爱。"

纪慎语明晃晃地笑："姥姥和舅舅关你什么事儿？你不是大哥吗？"他装傻到位，凑过去服软，帮丁汉白清理掉下的玉屑。

丁汉白冷眼看他，他再巴巴地夸一句，这白玉未经雕琢就觉得好看。不知道是夸玉还是夸人，但他看出了丁汉白的冷眼一热。

外面一阵秋风，街上甚至有落叶了，市博物馆周围的绿化一向到位，枝叶仍然坚挺。梁鹤乘去理了发，很精神地排队入场，要看看官方纳新。

小步转悠，见一描金六棱水盂，东西不稀罕，展柜前戴墨镜的人才稀罕。

为了保护文物，博物馆的光线不能太亮，那还戴墨镜，多有病啊。梁鹤乘过去，自言自语："松石绿釉底，颜色有点俗气。"

旁人头也不扭，叫板："矾红彩内壁，粉彩外壁，红配绿狗臭屁，适合你。"

两个老头儿转脸对上，皮笑肉不笑，看不顺眼却不分开，黏着继续逛，一路抬杠一路戗，惹得工作人员都看他们。

又入一馆，张斯年说："听说你病了，干不动了吧？"

梁鹤乘答："干不动，这不成天闲逛嘛。"

张斯年讥笑："早说你这行当没前途，遇上灾病就只能打住。不像我，但凡一只眼能看见就不妨碍，要不你拜我为师，改行得了。"

梁鹤乘感觉打嘴仗没劲，还是宣战有意思，说："我收了个徒弟。"见张斯年惊讶，他补充，"我倒下，你就以为自己成老大了？我那徒弟天赋异禀，聪明非常，重点是他才十七岁，熬死你。"

张斯年还是笑："熬死我？我先熬死你。"并肩步出博物馆大门，宽敞亮堂，"你个六指儿的怪物都能收徒弟，我不能？我那徒弟才是天资非凡，你徒弟做的东西别想逃出他的法眼。"

梁鹤乘高声："好！那就试试！"

这俩老梆子立下约定，他们是一矛一盾，分不出谁强谁弱，左右也老了，那就让徒弟顶上。看看是你的手厉害，还是我的眼明亮。

丁汉白和纪慎语全然不知，还正凑一处赏画。丁汉白不要脸，人家的画、人家的字，他掏出印章就盖，惹得纪慎语骂他，骂完不再搭理，继续调黄黄褐褐的斑点。

"哎，你们扬州人写诗怎么吞句子？"

丁汉白一早发现，此时才提，等纪慎语偏头看来，他拿笔补在"园池偷换春光"后头——"正人间昼长"。

两人相视一笑，全都忘了如今是秋天。

05

纪慎语得知梁鹤乘与张斯年的约定后备感压力，这种行当，难免想与人争个高低，况且他本来就三两骨头二两傲气。但他有个优点——不轻敌，听闻张斯年的种种事迹后，更不敢小觑对方的徒弟。

最重要的是，这事儿关乎梁鹤乘的脸面，他怕老头儿输了难堪。

一块青玉衍生出两件作品，玉童子不只要雕刻，还要进行数十道工序的做旧，玉熏炉体积大，难度更是前所未有。纪慎语一时间焦头烂额，恨不得生出三头六臂。

晚饭桌上，丁尔和姗姗来迟，解释二店傍晚来一个老主顾，为个摆件磨蹭到现在。丁延寿忙说辛苦，丁尔和又趁势说到自己那块玉料，与丁延寿交流半晌。

人齐开饭，丁汉白今天也在店里忙，还日夜赶工那两件玉兰花插，因此坦荡荡地吃着。余下两位徒弟就没那么自在了，尤其是纪慎语，白天上学，晚上拼死拼活赶工，根本没空去店里帮忙。

这倒也不要紧，可是他还得分出精力做玉童子，阵阵心虚。

丁汉白习惯成自然，又用胳膊肘杵旁边的人，这回没反应，扭头见纪慎语埋碗里光吃。他随便夹一片姜，不怀好意："吃啊，想什么呢？"

纪慎语怔着接过，咀嚼出滋味儿来脸一皱，吐掉猛喝汤。余光瞥见丁汉白幸灾乐祸，他没发脾气，反而小声问："师哥，你白天去店里，不用上班吗？"

丁汉白理直气壮："你第一回见我旷班？"

这话叫人哑然，纪慎语直到夜里上床都噤声。他平躺思考，凡事分轻重缓急，眼下出活儿最重要，那学习这个副业理应放一放。

他蔫巴巴的，倒是很有主见，第二天上完语数后就逃课了。

玉童子个头儿小，雕刻对纪慎语来说也不算难，他放弃跟纪芳许学的方法，遵循传统技艺粗雕出坯，再细化抛光，完成后才开始进行繁复的做旧工序。

就这样，他日日逃课去梁鹤乘那儿，直到玉童子完成。

梁鹤乘比徒弟还激动，他这一双手造了数不清的物件儿，原本以为玉雕件儿会成为这辈子的遗憾，却没想到有生之年好梦成真了。

"徒弟！"他叫。

纪慎语没动静，手都顾不得洗，趴在桌上睡着了，晚上还要假装放学去"玉销记"帮忙。

又一日，梁鹤乘背着旧包骑着三轮车，穿过浓浓晨雾，晃悠到古玩市场摆摊儿。他这回来得早，有幸占了一处好位置，坐在小凳上揣着手，遮起小指，等着太阳。

不多时天大晴，一切古董珍玩都无所遁形，漂亮的更加明晃晃，有瑕疵的却也藏不住。人渐渐多了，梁鹤乘不刻意寻找，反正那老东西总戴着墨镜，显眼得很。

摊儿前来一位大姐，问："师傅，这个透绿的盆子怪好看，四四方方，干什么使的？"

梁鹤乘说："绿釉四方水仙盆，透绿才衬水仙花的颜色。"

女人爱花，大姐拿着来回看，看到款识："呦，雍正年制。"

梁鹤乘坦诚:"民国仿件儿。"这行哪有坦诚的,东西再假都不敌一张嘴骗人。这水仙盆他是拿来凑数而已,好几年前做的,当时是为了种蒜苗,吃蒜苗炒肉。

最后盆子卖了,大姐前脚离开,墨镜爱好者后脚就到。梁鹤乘钞票点到一半,收起来重新揣好手,敛目养神,不稀得招呼张斯年。

凡是平时在古玩市场扎根的,互相之间都眼熟,张斯年自然也被人眼熟。可他不乐意被瞧见,眼坏丑陋,他讨厌被打量。

隔着镜片,老头儿边看边说:"瓶子、罐子、臂搁、水洗,不就看看你徒弟的手艺吗?带这么多件,你不累啊?"

当然不可能只带玉童子,那等于告诉对方这是我徒弟做的,是赝品。这些物件儿掺和着,分辨去吧。梁鹤乘回:"骑三轮,不累,比手推车拉废品清闲多了。"

又开始盘,张斯年从一个荷叶水洗开始看,挨个儿看,玉童子夹杂其中。他看一圈,最后拿起玉童子,先问:"你徒弟是单独作案,还是你陪同作案?"

梁鹤乘抬脚踹他,可惜绵软无力:"我没上手。"

张斯年继续看,看完全都搁下,咳一声。"梅纹笔筒,真。"说着挑出来,音极低,"竹制臂搁,真。荷叶水洗,仿。端石随形砚板,仿。和田玉素环佩,仿。"

真品挑完轮到赝品,张斯年的墨镜滑落至下鼻梁,露出一明一暗的眼睛来。挑到最后,只剩那个宋代玉童子,他忽然一笑。

他知道梁鹤乘不会雕刻,那按理梁鹤乘的徒弟应该也不会。可这东西他看出是赝品,且作伪痕迹在其他赝品之下,等同于在梁鹤乘的手艺之下,那就有趣儿了。

如果不是徒弟做的,梁鹤乘收来图什么?所以张斯年笑,笑梁鹤乘竟然收到个会雕刻的徒弟。他问:"我说,你那徒弟多大了?"

梁鹤乘随便答:"十七岁。"

张斯年心想:前途无量。他转念再一想又觉得未必,青出于蓝又如何,看看自己,看看对方此刻,不也是吃饱饭闲逛,日日消磨吗?

他拣了笔筒和水洗,又拿上玉童子,掏钱走人,临走时扔下一句:"你那高徒可没过我这关,等着瞧瞧能不能过我高徒那关。"

梁鹤乘淡淡地笑,他是行家,纪慎语做的这件玉童子几斤几两他清楚,搁在这市场能唬几成的人他也知道。张斯年是最高那道坎,把他亲自做的几件仿品都鉴定出来,自然觉得玉童子更伪一些。

可张斯年也说了——高徒。

他俩都认可那是高徒,所以他喜形于色。

同样,要是张斯年的徒弟能辨认出玉童子的真伪,他也承认对方是高徒。

张斯年揣着东西回家,一进胡同口就闻见香味儿,到家门口时香味儿更浓,是追凤楼的好菜。棉门帘掀开,丁汉白挽着袖子倚靠门框,指尖通红一片。

"好几天不露面,今儿有空了?"老头儿问。

"没空能来吗?"丁汉白向来不懂尊师重道,转身准备吃饭。他忙活那两件花插几近爆肝,上午亲自交给顾客,总算能安生喘口气。

爷儿俩吃菜喝酒,丁汉白不住地瞄背包,干脆撂下筷子先看东西,一打开,"笔筒不赖,就是我不喜欢梅花。"粗扫一遍,都不赖,他接着细看,表情微变。

"这玉童子……"丁汉白定睛,窄袖对襟衣,额头鸡心状短发,大头短颈,两手握拳,他将手中之物从头到脚细观数遍,一锤定音,"特征都是宋代的。"

他瞟一眼张斯年,压着点疑惑。

张斯年大口吃菜,含混道:"觉得怎么样?"

丁汉白说:"圆雕,发丝和五官都是极细的阴刻线,刀刀见锋,衣褶繁多细致,但完全没有重叠的线条。"他一顿,磨红的指腹点在几道刻痕上,"玉的一大品质就是润,划痕不深的话经久而浅淡,能看出来,但可能摸着很光滑。"

张斯年颔首,等下文。

"这个能清晰地触摸到,而且不止一条,说明是后来划的。可能颠簸数个朝代,难免磕碰,但分布在最长这道周围,就有点巧了。"丁汉白搁下东西,"而最长的那道恰恰在受沁发黄的部位边缘,所以他这是雕完敲碎一块,受沁的状态做在截面处,黏合后形成内里沁出的效果,划痕是障眼法而已。"

张斯年端着酒盅摇头,边摇边笑,摇头是遗憾梁鹤乘的徒弟输了,笑是得意自己的徒弟牛气。丁汉白看穿,难得谦虚:"如果时间富余,做东西的师傅再细致地处理两遍,我大概就看不出来了。"

张斯年说:"别师傅了,才十七岁。"

丁汉白惊得站起来,重拿起玉童子端详。他之所以注意到这物件儿,是因为第一眼就被精湛的雕刻技艺吸引,无论真假,在他这雕刻领域都是上等。万万没想到的是,雕刻加上一系列的其他工艺,竟然出自年轻人之手。

他心里佩服,不自觉地朝张斯年打听,可惜张斯年也只知道年龄,而年龄还是不准确的。

东西陆续脱手换得一身轻,梁鹤乘带着钱坐车到六中门口,等纪慎语中午放学一起吃饭。

纪慎语惦记着事儿,得知被"瞎眼张"鉴出真假后信心大减,顿时没了胃口。分别时梁鹤乘塞给他一包钱,那青玉是"玉销记"的,如果需要就把账补上,不需要就给他自己花。

纪慎语收下,把补账的钱挪出来,余下的给梁鹤乘买药用。也许是最近太累，又惦记玉童子不能瞒过对方的法眼，以至于下午上课频频走神。

等铃声一响，他破天荒地被叫去办公室，上课不专心还是次要的，主要是近些天的逃课问题，新仇旧账，老师让他明天叫家长来一趟。

虚岁十七，纪慎语由里到外都发虚，活这么大第一次被叫家长。

他要怎么开口？跟谁开口？

首先排除丁延寿，纪慎语哪敢叫丁延寿知道，他也没脸让丁延寿知道。姜漱柳也不行，师母知道等于师父知道，他放学后惶惑一路，心思转到姜采薇那儿。

不行，姜采薇对他那么好，他怕姜采薇失望。

纪慎语失魂落魄回到家，和那凋零的玫瑰一样颓丧，抬眼望见隔壁掩着的门，心里涌出"救星"二字。其实他早早想到丁汉白，可是丁汉白必定痛骂他，他又有点怕。

屋里，丁汉白睁眼已经黄昏，坐起来醒盹儿，瞥见门缝有人影投下，好不吓人。他抱臂擎等着，眼瞧那门缝渐渐拓宽，纪慎语一歪脑袋望进来。

他轻咳："贼就是你这样的。"

纪慎语关门却不靠近："师哥，你明天有空吗？"

丁汉白说："有空未必陪你玩儿，没空未必不陪你玩儿。"他拍拍床边，等纪慎语过来坐好，"玉熏炉出完坯就在机器房搁着，你等着我给你雕？"

纪慎语急忙否认，盯着灯罩上的流苏，备感紧张。"师哥，明天能陪我去学校吗？"神情讷讷，语气弱弱，"老师……老师让家长去一趟。"

丁汉白倏地坐直，叫家长？他只见过差生叫家长，从没见过考第一的也被叫家长。再看纪慎语那模样，似要欲语泪先流，显然是犯了错误。

"你不会是,"他犹豫,"不会是招逗女同学,过火了吧?"

纪慎语吃惊道:"我没有,是因为没认真听讲,还有、还有逃学太多……"

丁汉白更惊讶:"你逃学?你人生地不熟的逃学干吗?"

纪慎语支吾:"就是因为人生地不熟,才新鲜,可玩儿的地方才多……"他对上丁汉白的目光,将其中的无语读尽,除了躲开无任何招架之力。

其实逃学在丁汉白这儿本没什么,可有了对比,就不满意了。

丁汉白杵纪慎语的脑门儿:"装着一副乖样儿,逃学?你已经快十七岁了,有的人十七岁都能……"他卡住,生生咽下,"人比人,气死我自己!"

纪慎语追问:"有的人是什么人?"

丁汉白回:"是你比不上的人,同样十七岁,人家不知道多厉害,你还好意思刨根究底?作业写完了?玉熏炉什么时候雕?"

屋外太阳已落,黑沉沉的,纪慎语被骂得扭着脸,脸颊愧成红色。骂声停止,他要想安生就该一言不发,可怎么忍都忍不住,压着舌根问:"你是不是烦我?"

他有些颤抖:"因为我没好好上学所以烦我,我会改正。如果因为遇见了不起的人,对比之后烦我,我应该怎么办?"

丁汉白静心,气息也稳住,心脑却悄然混乱,答不出一字一句。

纪慎语起立,竟惶然地在床边踱步几遭,而后才走向门口,像极了一只找不到窝巢的小鸟。丁汉白看在眼中,咬紧齿冠没出动静,训完就哄,那还有什么作用?

脚步声远去,屋外就此安静。

丁汉白躺到八点半,走出卧室看南屋亮着灯,纪慎语在里面干活儿。他去前院客厅看电影，一个多钟头看一部武打片，谁打死谁却没注意。

十点返回小院，他看到南屋灯还亮着。

丁汉白洗完澡在走廊来回散步，累了就靠着栏杆百无聊赖，消磨到凌晨，南屋灯仍亮着。他回屋睡觉，翻覆蹬被，将枕头拽来拽去，迟迟见不了周公。

折腾到两点多，他起夜，半路怔在南屋的灯光里。

机器房内器械已关，纪慎语凝神忙到半小时前，衣不解带地趴下睡了。

丁汉白终于想起，纪慎语这些天日日挑灯雕那块青玉，玉熏炉太复杂，出坯都精之又精。门推开，他失笑，过去将对方手里的刀抽出。"醒醒。"他拍人家脸，又扒肩膀，"起来回卧室睡，纪珍珠？"

纪慎语被摆弄醒，趴久了酸麻得坐不住，身子一歪靠在丁汉白腰腹间。温暖又舒服，他迷糊着，重新合住眼。

丁汉白误会道："懒猫儿，想让我抱你？"

他弯腰一把将纪慎语抱起，拉灯关门，蹚过一院月光，经过零落玫瑰。从南屋到北屋，明明有十几步，却快得好像瞬息之间。

纪慎语的呼吸那样轻："你再骂我试试？"

丁汉白说："不服气？"

纪慎语的语气又那样可怜："你别讨厌我。"

江南的水米怎么养出这样的人？专破人心防，软人心肠，丁汉白将纪慎语送进屋，还骂什么骂，只会无言盖被。

三点了，他回房开始挑选见老师的衣服，仔细得像要见丈母娘。

06

汽车修好后还没人开过,尤其是丁汉白,只要一靠近就被丁延寿错事重提,那训斥声绕梁不绝,还不如步行来得痛快。

好在"玉销记"近日忙,丁延寿早出晚归,丁汉白终于不受辖制。

他早起穿衣,衬衫夹克毛料裤,瑞士表,纯牛皮的包,一套行头顶别人俩月工资。这"别人"还不能是干苦力的,得是文物局张主任那样的。

丁汉白就这么打扮妥当,步入隔壁卧室,自认为令其蓬荜生辉。朝床边走,他屏气,一心听人家的呼吸,走近立定,轻拍枕头上毛茸茸的发顶。

纪慎语压下被子,露出惺忪却明亮的眼睛。

"被子又不薄,裹得像褓褓婴儿。"丁汉白说,"起床,洗澡换衣服,求我陪你去学校还得我叫你。"

挑刺儿的话如星星,多。但如果当成流星,划过即忘,倒也不厌烦。

纪慎语一骨碌下床,收拾衣物去洗澡,衬衫拿出来,扭头打量打量丁汉白,这人怎么穿得那么精神?于是又搁下,如此反复。丁汉白叫他磨蹭出火气:"挑什么挑?就那么几件,难不成你还想折腾出一件金缕衣?"

纪慎语自然没有金缕衣,扭身靠住柜门。"师哥,谢谢你陪我去学校。"刚睡醒的一把嗓子,软乎沙哑,"老师如果训我,你就左耳进右耳出行吗?"

丁汉白坐在床尾,询问"为什么",再加一句"凭什么"。

纪慎语答:"我怕你对我有成见,觉得我学坏了。"沙哑的嗓音逐渐清晰，可也低下去，人转回去拿衣服，背影原来那么单薄，"期中考试我不会退步的，你也别对我有看法，不是挺好吗？"

丁汉白"嗯"了一声，听上去极其敷衍，可实际上他莫名觉得难以应对。

总算出门，刹儿街的树都黄了，叶子发脆，不知名的花很是娇艳。也许就因为这点凡尘风景好看，二人从出发便毫无交流，一直沉默到六中门口。

校门大敞，学生赶集似的，丁汉白熄火下车，如同一片柳树中蹿起株白杨。他陪纪慎语进校，意料之中地被看门大爷拦下。

大爷问："怎么又是你？你进去干吗？"

丁汉白说："那老师不请我，我能拨冗光临这破地方？"

大爷一听："破地方？这可是你的母校！"恨不能替天行道。

丁汉白回："那我来母校你问什么问？你回家看看老妈还有人管？"

他推着纪慎语往里走，把大爷和值勤学生顶得辩无可辩。纪慎语毫不惊讶，早已对丁汉白的张狂跋扈习以为常，只是距教学楼越近，他越难安。

他想，丁汉白这么骄纵的性格，等会儿要被老师教训，最不济也要听老师指责家长监督不力，该有多憋屈？

"行了，去教室吧。"丁汉白推他，"我找你们老师去。"

丁汉白不疾不徐地在走廊漫步，到办公室外敲门，得到首肯后阔步而入。他环视一周，先看见岁数最大的一位老师，琢磨，欢呼："周老师，你怎么还没退休？！"

他跟人家寒暄，险些忆一忆当年。

聊完想起此行目的，挪到靠窗的桌前，扯把椅子坐，坐之前还要拍拍椅面，生怕弄脏他的裤子。"杜老师好。"他打量对方，中年男人，胖乎乎的,有点像丁厚康。

杜老师也瞧他:"你是纪慎语的家长?"

丁汉白应:"算是吧。"

杜老师不满意:"什么叫算是?难道随便找个哥们儿来糊弄我?"

这老师挺厉害,丁汉白想。"是这样,我们家收养了纪慎语,他家乡在扬州,没亲人了,身世浮沉雨打萍。"见对方脸色稍缓,"这孩子吧,寄人篱下没什么人管,零丁洋里叹零丁。"

周老师在角落"扑哧"一笑,暗骂他臭德行。

丁汉白倚着靠背,一派闲闲,三番五次想跷起二郎腿,两句话将纪慎语描摹得惨兮兮,企图惹起老师的一点同情。可他哪知道自己气质超然,举着放大镜都难以挑出怜悯情绪,杜老师看着他,只觉得他在糊弄人。

于是杜老师态度未变:"纪慎语这几天上课注意力不集中,效率很低。"

丁汉白说:"也许老师讲得不对他口味儿,他自己琢磨呢。"

杜老师火气升腾,也靠住椅背抱起肘来:"这是学校,以为老师讲课是饭店点菜?"强忍住声色俱厉,"他就算是第一名也不能由着性子来,何况马上期中考试,按照这个状态,他很有可能会退步。"

丁汉白未雨绸缪,要是退步,不会还要叫家长吧?他提前想好了,到时候让姜采薇来,他小姨肯定能把老师哄得高高兴兴。

思及此,丁汉白脸色一沉。

纪慎语平时那么喜欢姜采薇,怎么今天不叫姜采薇来?

丁汉白越想越烦,把老师晾在一边。杜老师敲桌,说:"还有更严重的,他这些天频频逃学,如果不是家里有要紧的事儿,我想听听解释。"

丁汉白回神:"他从扬州来,人生路不熟,应该不是干什么坏事儿。"

杜老师难以置信："你作为他的家长也不了解？就放任不管？"

这话给丁汉白提了醒，他还真不了解，纪慎语喜欢什么、讨厌什么、有什么小秘密，他一概不知。思路稍变，他对丁尔和与丁可愈也不甚了解，他从来如此，对别人的事儿漠不关心。

这工夫，老师絮絮叨叨教训许多，丁汉白静心聆听，好的、坏的、无关痛痒的，学生形象的纪慎语在他脑海逐渐清晰。他垂下眼帘，直待老师说完。

丁汉白重回走廊，慢慢走，纪慎语立在栏杆旁念书，纪慎语贴边行走避开同学打闹，纪慎语借作业给别人抄违反纪律……他想起这些。

纪慎语谨小慎微的校园生活很有意思，叫丁汉白觉得稀罕。走着走着，想着想着，丁汉白在拥出的学生中立定，两米远处，纪慎语踩着铃声跑出来，神情像寻找丢失的宝贝。

他把自己想得很要紧，不知是否自作多情。

纪慎语跑来，喘着，喊着"师哥"，抓着丁汉白的手臂，想问"老师欺负你没有"，想问许多，但在来往同学的窥探中，一切浓缩成一句"抱歉"。

丁汉白说："我跟老师谈好了，你不许再乱跑，乖乖上课。"他也是从十几岁过来的，怕纪慎语阳奉阴违，临走时又补充，"不定时来接你，抽查。"

纪慎语扒着栏杆目送丁汉白离开，背影看不见了，栏杆也被他焐热。

不多时，车在崇水区靠边停下，丁汉白暂时走出对纪慎语的惦记，来讨要他魂牵梦萦的玉童子。破门锁着，他挺拔地立着等，揣兜，皱眉，盯着檐上的破灯笼出神。

一时三刻，破灯笼被风吹得摇晃千儿八百下。

张斯年总算露头，拿着干瘪的包。丁汉白分析，包里没钱说明没脱手什么东西，刚放下心，张斯年毁他："从玳瑁出来，直接上银行办了折子。"

丁汉白问："那玉童子没卖吧？"

张斯年答："连着荷叶水洗一起卖了。"

"咣当"一声，丁汉白反身将门踹开，好大的气性。"白等半天！"他有气就撒，才不管是师父还是爸爸，"这才几天，你怎么就那么急不可耐？！缺钱跟我说，要多少我孝敬你多少！一声不吭卖东西，你这让我上哪儿找去？！"

张斯年哼着戏洗手，不理这浑不吝，他那天就瞧了个清楚，丁汉白哪是喜欢玉童子，是想找做玉童子的人。

他挑明："我跟梁鹤乘斗法半辈子，你想亲近他徒弟，再进一步是不是还想拉拢他？"

丁汉白噤声，在这方小院来回转悠，有失去玉童子的焦躁，更有被戳中心事的烦乱。从他认张斯年为师，等于下一个决心，决心在他喜欢的古玩行干点什么。

"这不是你们那个年代了，不是需要骑个破三轮去挨家转悠，收个件儿要用收破烂儿打掩护。"他说，"师父，我喜欢这行当，喜欢这些物件儿，但我不可能像你一样只泡在古玩市场里捡漏、脱手。"

张斯年目光冷了："你想干什么？"

丁汉白说："我贪心。"他言之切切，"我特别贪心，我倒腾来倒腾去是因为喜欢，也是为了钱，钱越多，我能倒腾到手的宝贝也就越多。可无论钱有多少、宝贝有多少，都只是市场之中的一个单位，还不够，我喜欢做主，总有一天我要干预、控制。"

张斯年一声干咳，无声地点一支旱烟。

丁汉白立在灰白烟雾里:"以前没有古玩市场,人多就有了,再以后呢?"他蹲下,按着张斯年嶙峋的膝盖,"老头儿,'玉销记'做翘楚好几代了,降格就是要命。我靠天分和努力争到上游,做不了魁首也要我的命。"

安静,静得连烟灰扑簌都能分辨。

烟头落下,张斯年的手一并落下,盖住丁汉白的手背。

"他好找,是个六指儿。"老头儿说。语气无波,可就这么无波地妥协了。

丁汉白笑了:"你俩为什么不对付?难道是他毁了你的眼?"

引擎和着秋风,像年轻人发出的动静,师徒间剖白笑骂,有些敞开说了,有些暂且留着。张斯年听那动静远去,独自坐在院子里发呆,半晌哼一阕戏词,余音袅袅,飘不散,倒勾出他年少的一段念想。

而丁汉白,他语文学得还不错,诗也会那么几百首,今天却真正懂了"直抒胸臆"是何等痛快。理想与念头搁置许久,一经撬开就无法收回,就像这车,铆足劲儿往前开才算走正道。

他回家,寻思着改天找到梁鹤乘后的开场白。

落日熔金,大客厅这时候最热闹。

空着两位,纪慎语忙于雕刻玉熏炉,没来。

姜采薇问:"怎么汉白也不来吃饭?"

姜漱柳说:"肯定在外面馆子吃饱才回来,他最不用惦记。"

丁汉白着实冤枉,他什么都没吃,不过是去机器房找一块料而已,就被冤家缠住。那玉熏炉划分仔细,盖子炉板器身三足,各处花纹图案不一,刻法也不尽相同。纪慎语握着刀,问完东又问西,相当谨慎。

丁汉白干脆坐下:"盖子上那颗火焰珠是活动的,第一处镂空。"

纪慎语指尖划过:"这儿也是镂空,云纹,四个装饰火焰珠要阴刻小字。"手顺着往下,"炉板还没雕……"

丁汉白提醒:"整体圆雕,炉板浮雕。"

纪慎语牢记住:"下面阴刻结绳纹,两边双蝶耳……衔活圆环。"他念叨着,身子一歪去摸三足,挨住丁汉白的肩膀。

丁汉白抬手接,将纪慎语揽住,嘱咐了一句,"别摔了"。而纪慎语许是太累,竟然肩头一塌放松,他结结实实地扶着,会摔才见鬼。

"师哥。"纪慎语说,"镂空那么麻烦,你能教教我吗?"

丁汉白未置可否,只想起纪慎语来这里那天,他正在镂字。

几个月了,一时戏弄的"纪珍珠"竟然喊了几个月。

丁汉白夺下刀,捡一块削去的玉料,勾着纪慎语的肩。"看仔细。"他发号施令,施刀走刀,玉屑落在纪慎语的腿上,放在腿上的双手慢慢握拳。

"看清没有?"

"……没有。"

丁汉白继续雕,又问:"看清没有?"

纪慎语还说"没有",像是胆怯,也像是勇敢。

丁汉白无语。

"我看清了。"纪慎语忽然说。

丁汉白将纪慎语一把推开:"十几岁的大孩子还往人家怀里坐,你害不害臊?!"

纪慎语闻言窘涩,但嘴硬:"……我不是很害臊。"

丁汉白噎得摔刀而去,格外惦念梁师父的高徒。相同年纪,对方面都不露端庄持重,家中这个内里轻佻专爱顶嘴,对比出真知,他竟荒唐地想起一句粗俗话——

家花不如野花香!

丁汉白暗下心思,一定要拨云散雾,看看那朵野花的庐山真面目。

纪慎语莫名一凛,霎时攥紧了手里的刀!

第五章

合璧连环

———
师哥，玫瑰印章和合璧连环，
你更喜欢哪一个？
———

01

机器房锁着,里面却像遭了贼。

纪慎语和姜廷恩开门后大惊失色,被一屋翻乱的料石吓蒙。翡翠、玛瑙、水晶、松石,一盒小件料儿撒在地上,中等大的玉石也脱离原位,乱成一片。

姜廷恩喊:"我去告诉姑父!"

纪慎语拉住对方,他想,锁没坏,小偷没有撬开怎么进去?况且小偷只翻乱东西,却不偷走吗?这场景乍一看像遭遇入室盗窃,细看像小偷翻一遍却什么都没瞧上。

姜廷恩吃惊道:"意思是没被偷?那这是谁干的?!"

纪慎语说:"有钥匙,并且敢造成这样不收拾的,你说有谁?"

还能有谁?只有丁汉白。

的确是丁汉白。他昨晚进机器房找料,却没干正事儿,只好大清早又来。料太多,索性全折腾出来挑选,最后仍没找到合意的,更懒得收拾。

丁汉白此刻已经在"玉销记"了,后堂库房凉飕飕的,他钻里面又一通翻找。

库房玉料多样,他中意一块碧玉,招呼不打就拿走。驱车到玳瑁古玩市场,周末来往人多,他不看物件儿光看人,看人不看脸面,光看手。

丁汉白在寻找梁鹤乘,六指儿,他只知道这点。奈何人太多,分秒之中都有离开的,又有刚到的,他觉得这样不中用,没头苍蝇似的。

他就如此晃悠着,抻拉耐心,盯得眼睛干涩。渐渐脚步慢下,累、烦,瞥见犄角旮旯处有个老头儿吸烟。那老头儿只叼着,不点燃,右手戴一只棉手套。

秋高气爽,戴什么棉手套啊。

丁汉白赌一把,边走边解表扣,到老头儿跟前时正好将瑞士表摘下。"大爷,我捡了块儿表。"他搭讪,递上,"是不是您掉的?"

老头儿古怪地看他:"不是。"

丁汉白问别的:"哎,我瞧着您挺眼熟,您是那个姜大爷吧?"

老头儿烦道:"你认错了。"

丁汉白就不走:"不可能,你不姓姜姓什么?"

老头儿说:"我姓贺。"

梁鹤乘,姓贺,丁汉白笑道:"站在树底下乘凉,不会就叫贺乘凉吧?"他态度陡变,慢悠悠戴上表,语速不紧不慢,"您是来摆摊儿还是捡漏?摆摊儿的话,有没有宋代玉童子?"

梁鹤乘定睛打量,问:"'瞎眼张'是你什么人?"

丁汉白答:"我师父。"

梁鹤乘笑起来:"怪不得不正常,你找我干什么?"

丁汉白赔着笑,掏出一包纸巾,拽下人家的手套,主动又强势地给梁鹤乘擦手汗。"还真是六指儿。"他自说自话,抬眼瞥梁鹤乘,"我有事相求,求您的高徒。"

周遭哄闹,丁汉白邀梁鹤乘上车,门一关,开门见山。鉴定玉童子的种种理由,哪怕辨出作伪也喜欢,越过东西想窥探背后之人的好奇……他全说了。

"梁师父，我略懂一点雕刻，所以很钦佩您徒弟的本事，不光会雕，还会造。"他鲜少如此恳切，"我师父和您不对付，但我乐意孝敬您，更想与您好好交往。"

丁汉白亮出那块碧玉："请求您徒弟做一对清代合璧连环，我珍藏，多少钱都可以。"玉童子还是简单了些，他需要更深地掂量对方。

梁鹤乘问："你想谋合作？"

丁汉白坦荡承认："合不来，交个志趣相投的朋友也好。"

梁鹤乘六指合拢，攥紧那块碧玉，收下等于答应，什么都无须多说。而他答应的理由很简单，丁汉白能准确说中玉童子的不足，所以这场比试他们输了，那赢家谦虚有礼地铺设台阶求和，他干吗不顺势走一走呢？

有才的人都惜才，他不敢自称多有才，但不妨碍他惜才。

丁汉白竭力扮君子，尊称、赞美不要钱似的，待谈完梁鹤乘要走，他非常知分寸地没说相送。真实姓名都不愿透露，家庭住址更要藏着，他让梁鹤乘觉得相处舒服。

梁鹤乘放心大胆地走了，揣着碧玉搭公交车回家，消失于淼安巷子其中一户。

巷口无风，丁汉白落下车窗观望，一路跟踪，把人家住哪儿摸个底儿掉。他绝不是君子，装一会儿君子能把他累死，这下妥当，他迟早要见见那位"高人"。

兜兜转转，两天后，那块碧玉落入纪慎语手中。

房门关紧，纪慎语躺床上生气，他日日雕刻玉熏炉，还要应对期中考试，本就忙得恨不能两腿一蹬。这倒好，又来一清代合璧连环，师命难违，他只能暗骂张斯年的徒弟。

况且，玉童子那事儿，他输给了对方。

输得干干净净也好，从他遇见丁汉白，就明白这世上天外有天，可对方又纠缠来，赢家折腾输家，叫人憋屈。

纪慎语猛然坐起，他这回一定要争口气。

廊下，红酸枝托盘里搁着数把刀和一把尺，旁边放一瓶浓稠的酸奶，十六七岁的男孩子盘腿坐着，左肩倚靠栏杆，掌心托一块碧玉。

合璧连环，图案为蚩尤头，浅浮雕，这都不难。难的是尺寸必须非常精准，双环咬合或分开不能有毫厘之差。纪慎语心无杂念，披着秋日的阳光雕刻，忽然刀尖一顿，明白了什么。

这合璧连环比玉童子要难，但难在雕刻上，所以对方在试探他的雕刻手艺？

如果对方不懂行，怎么会更在意这个？

他暂且没想透，先不管，好好露一手再说。

丁汉白难得上班，兢兢业业一天，回来吃五喝六地要喝小吊梨汤。厨房赶紧炖上一盅，他回小院，停在富贵竹旁，不干什么，看景儿。

晚霞映栏杆，少年斜倚，不似中国画，更像是油画。

纪慎语没听见丁点动静，但暴露的一截后颈莫名发烫，回头，对上丁汉白不太遥远的目光，脸也跟着烫。

彼此发怔，丁汉白先开口："雕什么呢？"

纪慎语一激灵还魂，他无法解释料的来历，只得手指一推将碧玉藏进袖口。"没雕什么，擦擦刻刀。"他最擅长转移注意力，"这个托盘是红酸枝的，还有你房间的衣柜，都是好木头。"

丁汉白只顾着看人，根本没看清东西，走近问："你那玉熏炉要配木雕小座，给你选块好木头？"

纪慎语忙点头："谢谢师哥。"

丁汉白去机器房挑选木料，科檀、血檀、黄花梨，瞥一眼玉熏炉的颜色,选了最相衬的。等他选好出来,廊下的东西已经收拾干净,纪慎语端着酸奶立在当间,殷勤地给他喝。

他没接:"等会儿喝小吊梨汤,润肺。"

纪慎语问:"你看见玉熏炉了吗?我快雕完了。"

丁汉白反问:"今晚还雕不雕?"他只等着对方点头,语气平淡,掩饰着什么,"那晚上还用不用我陪你?"

纪慎语忙摇头,喃喃一句,"不用"。

丁汉白竟发出一声嗤笑:"你说不用就不用?茶水、椅子给我备好,我还监工。"

他绕过纪慎语回屋换衣服,说一不二地要了横,厚着脸皮继续纠缠,屋门开合,他忍不住叹息。丁汉白啊丁汉白,他心中疑惑,不知道自己生了什么没出息的病症。

一连几天,丁汉白白天正经上班,晚上不算正经地监工。

人性之复杂,纪慎语领悟透彻,他既觉得面对丁汉白不自在,可又难以停止地向对方讨教。丁汉白懂得太多了,一个活环能教给他数种技法,一处叫他头疼的难点,丁汉白手把手帮他攻克。

他向来不笨,好东西全记住,偷偷雕合璧连环时都精进许多。而且上次玉器做旧经验不足,这回再改良,完工后甚至有点舍不得交付。

待到周五,梁鹤乘去六中找纪慎语,顺便将合璧连环取走。纪慎语猜测,那人不满意的话大概和他们师徒再无联系,如果满意,会做什么?

"师父,你这样跟他说……"他托梁鹤乘传话。

丁汉白好生上了几天班,不到四点就按捺不住,然后拎包早退。到达玳瑁古玩市场外,他在对面的小饭馆与梁鹤乘见面。饭馆里双双对对吃饭的人其实并不熟,不过是为谈拢物件儿的价钱凑一起,谁劣势谁请客。

丁汉白点几道炒菜,亮出诚意:"梁师父,对面就是银行,我可准备好了。"

梁鹤乘说:"没准儿你不满意呢?"喝口小酒,没醉,但透着酒醉的得意,"不满意也无所谓,我徒弟的手艺不愁没人欣赏。"

旧手帕打开,两只碧玉蚩尤合璧连环静静躺着,交合为环形,拆开分为两环。先不看雕工,那尺寸咬合的精密劲儿就惹人佩服。雕工也没的说,还有做旧痕迹,拿对面古玩市场绝对没人能看出问题。

丁汉白爱不释手,堵着一腔好话要说。

梁鹤乘先发制人:"我徒弟说了,这物件儿比玉童子难度高,说明你既懂玉雕,也有意试探他的玉雕水平。"

丁汉白遭人看穿,心一沉:"他介意吗?"

梁鹤乘说:"他是好意,他说了,你要喜欢玉雕件儿不用这么辗转周折,市里三家'玉销记',只要你有钱,找一个叫丁汉白的,雕什么都可以。"

丁汉白胸中一热,他不是没被人捧过,可这见不着、摸不着,只言语入耳的称赞让他莫名心跳加速。那人技法精湛,还会工序繁复的做旧,年方十七却对同行有这样的胸襟,他钦佩……甚至仰慕。

"梁师父,我不图东西,我要人。"他太直白,"我会看,他会做,市场上不是真东西太少,是许多真的都是残器,还不如假的。我收,他修——"

梁鹤乘打断:"你想用这招发财?可我徒弟还小,他还瞒着家里呢。"

丁汉白说:"这招发的财不算什么。"他指饭馆大门,透过门是街,穿过街是古玩市场,"一道影壁不停翻修,那也遮不住破旧,城市发展得很快,这儿以后会拆,那儿以后也会拆,这些零散的人何去何从?"

　　他在梁鹤乘的注视下倒酒:"梁师父,也许三年之后,也许五年之后,你不用进热了在树下乘凉,进门就有空调,累了还有座位。"酒干掉,火辣串通心肺,"到时候应该叫古玩城,老板就姓丁。"

　　梁鹤乘滞住,又转惊诧:"你是?"

　　他答:"我叫丁汉白。"

　　话已至此,梁鹤乘如意料中惊愕毕现,菜凉了,酒依旧那么辣,他们这桌再无动静,只剩对峙。丁汉白早做好等待的准备,等一个答复,被拒绝就再上诉,他不仅执着,简直顽固。

　　大路朝天,从饭馆出来后二人各走一边。丁汉白巴结完人家师父内心有愧,打算去崇水旧区再哄哄自己的师父。

　　他明白,张斯年和梁鹤乘半辈子不对付,妥协像要命。

　　他这半道认的师父,还真为他要了一回命。

　　丁汉白好酒好菜带去,捏着鼻子帮张斯年收拾好刚收的废品,等关门落座,他对上张斯年半瞎的眼睛。"师父,伟大的师父。"端起酒盅,他卖乖,"碰一个,一笑泯恩仇。"

　　张斯年与他碰杯,同时笑骂:"谁跟你有仇?吃菜!"

　　丁汉白将对梁鹤乘的那番话照搬,一字不差地传达给张斯年,把自己深藏许久的想法暴露在这一间破屋。茅台酒醇香,他说得越多,喝得越多,像打捞海洋出水文物,那些在他看来珍贵的、压抑许久的东西得见天日了。

　　终于得见天日,居然得见天日。

　　丁汉白笑声肆意,有酩酊大醉的势头,一不留神摔了筷子。他弯腰去捡,指尖摸到筷子尖,沾上油花,他想起某个夜晚因筷子滚落把某人吓着。这时院门碰撞,"咚"的一声,脚步声迫近,有人来了。"在不在家?"来人撩开棉门帘,"给我看看这件——"

丁汉白闻声还魂，直起身，竟对上了张寅？！

张寅更是震惊："你怎么在这儿？别跟我说是卖废品！"

丁汉白难得舌头打结："……总不能是卖身。"

02

丁汉白捧冷水洗了把脸，洗完回神，张寅已经霸占他的椅子。不是冤家不聚头，可打死他也想不到会在这儿和张寅聚头。

他理直气壮："你谁啊？"

张寅气势如虹："我是他儿子！"

丁汉白骂了一声，纯纯粹粹的难听话，他爱教训人，但鲜少迸脏字儿，此时此刻此景把他逼急了。他琢磨，张斯年怎么还有儿子，居然还是张寅？

张寅更始料未及："你怎么认识他？"瞪着张斯年，忽而思及收废品的申请单，"他帮你申请，就认识了？认识了还不算，别告诉我你们还成了忘年交。"

他清楚丁汉白对古玩感兴趣，所以对方和张斯年一拍即合不算意外，可这一拍即合的前提是——张斯年必先透露自己的本事。

张寅不忿，凭什么？搁着亲儿子不帮，却和给点小恩小惠的人喝酒吃肉。

他转念以己度人，张斯年会不会是在钓鱼？丁汉白有钱，是条大鱼。

这片刻，丁汉白醉眼半睁，静悄悄、轻飘飘地盯着张寅。他大概能猜出对方脑中的腌臜，既觉得可笑，又有点无奈。"我说，张主任。"他开口，"我和老爷子真不是忘年交。"

张斯年默默喝酒，瞎眼熏得灼痛。

丁汉白说:"这是我师父,我拜他为师了。"

张寅登时站起,包都摔在地上,两片嘴唇开合欲骂,却先将枪口掉转至张斯年。"你认他当徒弟?!"张寅难以置信,火气滔天,"你是老糊涂了!他在我手底下,成天和我作对,你偏偏收他当徒弟!"

张斯年淡然:"他有天分,能吃这行的饭。"

张寅掀了桌子:"就只有我不能是不是?!"

丁汉白暂退一步,躲开一地杯盘狼藉。他在这骂声中明白什么,明白这对父子间的主要矛盾。但他不明白张斯年为什么不指点亲儿子,只知道张斯年为什么青睐自己。

于是他解释:"老爷子看上我,是因为我看出几件东西的真假,其中就包括你那哥釉小香炉。"

张寅目眦欲裂:"哥釉小香炉是假的?"他踩着盘碗残骸踉跄至张斯年面前,俯身扣死张斯年的双肩,"你连自己的亲儿子都糊弄?!活该你瞎了眼!"

张斯年说:"假的当然只能换假的,哪有那么多以假换真。"眼皮轻合,他倦了,"汉白,告诉他头一件是什么?"

丁汉白说:"是青瓷瓶。"

张寅站不稳,摇摇欲坠,想起的影像也朦朦胧胧。他自以为捡漏的青瓷瓶,显摆过、得意过,一腔满足登门来换,换心仪许久的哥釉小香炉,宝贝着、喜欢着。时至今日,旁人告诉他青瓷瓶是假的,小香炉也是假的。

"⋯⋯都是假的。"他险些绊倒,捡起包,顾不上拍拍土。

那脚步声散乱,偶尔停顿,偶尔又急促,破胡同那么长,叫人担心会否摔个跟头。丁汉白耳聪目明,许久才彻底听不见动静,他烦张寅,但不至于恨,当下难免动一丝恻隐之情。

他问:"你干吗对自己儿子这样?"

张斯年似已睡着，声儿缥缥缈缈："自己儿子，谁不疼？抱在膝头的时候就教。"天分这东西，不靠自己不靠别人，全看老天爷愿不愿意赏饭。

"没教好。你在他手下工作，了解他的性格。"老头儿又睁眼，瞎眼蒙翳，"我能帮他图财，我死了呢？我用等价的小香炉换他的青瓷瓶，别人给他一坨像样的臭狗屎，他照样看不出来。"

老子帮着儿子上云端，以后再跌下来，不如踏踏实实地活着。

何况这路从来就不平坦，荫翳退去，竟变成浊泪两行。"你知道牛棚有多臭吗？我知道。"老头儿忽然哽咽，哭了，那哭声透着心死，"家里翻出的古董、字画砸的砸，烧的烧，我一拦，那棍子尖扎在我眼上。我怕，抖成筛糠那么怕，现在太平了，我半夜惊醒还是怕出一身冷汗。"

所以他蜗寄于此，这破屋，这一院废品破烂儿，身落残疾，一并销毁的还有壮志雄心。他不敢图富贵，只能偷偷在里间锁起门，守着一点心爱的器物回想。

丁汉白早疑惑过张斯年为何这样活着，终于知道，只觉心如刀绞。

他生息俱灭一般，收拾一片狼藉，锁好院门，将张斯年扶进里间。关窗拉灯，他没走，坐在外屋椅子上，说："我给你守着，不用怕了。"

丁汉白端坐整宿，隔窗看了场日出。

他又洗把脸，还是那身衣裳，只抻抻褶儿，就这么去了文物局。周末休息，办公室仅有一人值班，丁汉白打声招呼坐自己那儿，抿着唇，垂着眼，毫无聊天解闷儿的欲望。

半晌，晨报送来了。

又半晌，清洁工大姐趁人少喷洒消毒水。

周遭气味儿呛鼻，丁汉白定在那儿，像是根本没有喘气。片刻又

226

片刻,分秒嘀嘀嗒嗒,他撕一张纸,洋洋洒洒写了份辞职报告。

他走时什么都没敛,桌上不值钱的托清洁工大姐扔掉,值钱的送给同事们留念。最值钱的属白玉螭龙纹笔搁,是他当初从张斯年那儿挑的,压着辞职报告,一并搁在了张寅的书桌上。

丁汉白一身轻地离开,出大门时回望一眼楼墙上的枫藤。

他不欠谁的,他要奔一条别路,挣一份他更喜欢的前程。

前院大客厅热闹着,姜廷恩拎来几盒月饼,是姜寻竹出差带回来的新鲜口味儿。大家凑着拆封尝鲜,闲聊等着早饭,不过纪慎语不在其中。

昨夜丁汉白夜不归宿,纪慎语早早起床去隔壁瞧,仍没见到人。

他在院中踱步,琢磨什么事情能让人一夜不归。通宵加班?不可能。出交通事故?医院也会联系家里。他最后讷讷,干什么坏事儿去了……

丁汉白还不知有人为他着急上火,到家在影壁前喂鱼,吹着口哨,无视那一屋热热闹闹的亲眷,踱回小院洗澡更衣。

一进拱门,他撞上往外冲的纪慎语,问:"跑什么?"

纪慎语怔着看他:"我去大门口等你。"

丁汉白高兴道:"这不回来了?"

他解着袖口朝卧室走,纪慎语尾随,跟屁虫似的。"师哥,你昨晚去哪儿了?"纪慎语问,不像好奇,反像查岗,"睡觉了吗?"

丁汉白答非所问:"我礼拜一不去上班。"

全家对丁汉白不上班这事儿习以为常,于是纪慎语仍追问:"昨晚你到底……"

丁汉白打断:"以后都不去上班了。"

纪慎语抠着门框,丁汉白突然辞职了,他想,昨晚一定发生了什么。他望着丁汉白立在衣柜前的背影,望着丁汉白转身靠近。"珍珠。"丁汉白这样亲昵地叫他,心情看着不坏,"你最近倒挺乖,没逃学?"

纪慎语着实乖,他一向用功,之前逃学只因分身乏术。那日给梁鹤乘合璧连环时他解释,最近忙于雕玉熏炉和期中考试,其他暂不应酬,也不去淼安巷了。

可怜梁鹤乘心烦,得知"丁汉白就是丁汉白"只能自己消化,再想到纪慎语说过师父是丁延寿,合着一门师兄弟彼此瞒着拜师,还切磋一番。

演变至此,师哥还要"招安"师弟。

梁鹤乘愁得肺疼,同时又惊奇丁汉白与纪慎语的缘分之深。

左右从睡醒就在苦等,也不在乎继续等一会儿,纪慎语坐在廊下读书,嗓子疲累之际丁汉白洗完澡回来。他们一同去前院吃早饭,落座,丁汉白先吞一口馄饨。

纪慎语安安稳稳地端着碗,旁边那人不作弄他,他吃得太平。

无酒过三巡,只有饭进半饱,丁汉白忽然说:"我辞职了。"

霎时静默,瓷勺都不碰碗沿,筷子都不划盘底,丁汉白抬眼环顾一遭,最后定在丁延寿脸上。"爸,我早上去单位递了辞职报告。"他重复,给个说明,"不是人家炒我,不跌面儿。"

丁延寿沉心静气:"有什么打算?"

丁汉白答:"礼拜一去店里,本大少爷坐镇。"

他这边和丁延寿交谈,眼尾余光瞥见丁可愈看着丁尔和,丁尔和没搭理。谈完吃完,收拾的收拾,离开的离开,一屋子兄弟看着拥挤。

丁汉白轻踹一脚丁可愈:"沉不住气,我辞职你有意见?"

丁可愈赔笑:"我可没有,就是觉得可惜。"

丁尔和来打圆场:"你在文物局工作成天各种展览的票一大堆,他可惜的是以后得自己排队买了,不用搭理他。"

丁汉白懒得详究，与其管别人心中所想，不如回屋补觉。可他挑剔，床垫被褥干净舒适，熏炉里的香水宁神清淡，哪儿都挺好，偏偏嗡鸣声入耳，连绵不绝。

翻覆几回，丁汉白夺门而出，直取机器房的作案嫌疑人。踩着拖鞋定在门外，推门的手刚刚顿下，他就这么立着，聆听那点微弱的歌声。

纪慎语终于雕完，正在抛光。这他知道。

纪慎语又在哼扬州清曲，春江潮水，海上明月。他仿佛看见美景。

丁汉白干脆坐在廊下，背靠圆柱，肩倚栏杆，搭着腿闭目小憩。明明离声源更近，可只因掺杂一味清曲歌声，他就心平气顺了。

纪慎语毫不知情，捧着呕心沥血的玉熏炉仔细抛光，火焰珠、结绳纹、镂空的画、浮雕的字。他之所以唱，是因为他在想纪芳许，想让纪芳许瞧瞧这件作品。

他过得很好，在进步，无须担心。

不知几时几分，打磨机停了，一切都停了，丁汉白的好梦反在这突如其来的安静中结束。他迷瞪着看向屋门，下意识地喊："纪珍珠，抛完光了？"

纪慎语没想到外面有人，应："你进来！"

丁汉白推开门，日光倾泻与灯光交杂，纪慎语背对他，脚边一圈亮晶晶的玉屑。他行至对方身后，探头看见玉熏炉，双蝶耳，活环轻晃，透、绿、润、亮。

纪慎语扭脸："师哥，好吗？"

丁汉白揩去他脸颊的粉末："去叫我爸来，把老二、老三他们都叫来。"

纪慎语一愣，随即含着欣喜冲他咧嘴，一溜烟儿跑出去，再回来时扶着丁延寿的手臂，身后跟着老二、老三、老四，还有看热闹的姜采薇。

一行人将屋子占满,围着工作台,数道目光全集中在双蝶耳活环三足玉熏炉上。纪慎语紧张,因为紧张而松开丁延寿,悄悄靠近到丁汉白身边。

他自己都没意识到,直至丁汉白揽住他的肩膀。

"爸,怎么样?"丁汉白问,语气神情表示,他在明知故问。

丁延寿反问:"你们觉得怎么样?"

众人噤声,观望丁汉白的答复,姜采薇见状说道:"我是外行,我只觉得非常漂亮,如果有钱,一定会忍不住买下来珍藏。"

纪慎语不好意思地低头,又偏头,偷看丁汉白,想讨一句夸奖。

丁汉白说:"迎春大道那家店里的'松鹤延年'卖了,我看这件可以顶上。"

丁延寿高声应好:"那明天就拿这件去镇店。"

镇店……一时间大家心思各异,纪慎语兴奋地抓丁汉白袖子,差点与对方拥抱。

其他几个师兄夸奖请教,弄得纪慎语晕头转向。丁汉白陪丁延寿出去,走到敞亮的院中,说话也亮堂。"儿子,这回不意难平了?"丁延寿欣慰,"觉悟提高挺快,孺子可教。"

丁汉白顶撞:"你少阴阳怪气,我本来就以大局为重。"

待人走尽,纪慎语将木雕小座摆好上油,上完开着门窗通风晾干。他忙碌许久总算能放松,安心复习功课去了。

一夜过去,纪慎语睡醒脸都没洗,跑去看木雕小座是否干燥。

他怔在门口,木雕小座旁空空如也,而费尽心力完成的玉熏炉摔在地上,蝶耳活环都碎裂成几瓣……怎么会这样?!

脑中霎时空白,他哪还有心思顾及为什么会摔碎,幸好他会修,可他这修复作伪的本事得藏着,因此只能隐瞒拖延。

刚关好门窗，姜采薇在外面喊他吃早饭。

纪慎语镇静地答应，挂锁，去洗漱换衣服，忙完若无其事地去前院吃饭。他坐定，目光悄悄逡巡，害怕自己心中疑窦冤枉好人。

"师父。"他平静地说，"木雕小座还没完成，这两天做完再一并带去店里行吗？"

丁延寿说："没事儿，你看着办。"

纪慎语暂且放心，埋头吃饭，恨不得咬断筷子、掐断碗底。他不信风能将玉熏炉吹落，如果是谁不小心打碎，他也不会怪罪，可要是故意的，难道以后在家里他还要提防什么？

"慎语，你师哥还没起？"姜漱柳叫他，"慎语？"

纪慎语回神："还没……"

丁汉白已经起了，心想木雕小座应该晾好了，于是迫不及待地想看一看配套的成品。他摘锁开门，震惊地定在原地，碎了？好端端的怎么会摔碎？！

不管是无意还是故意，这呕心沥血的东西都算是毁了！

丁汉白强压下雷霆怒火，眼下玉熏炉已经坏了，追究置后，解决为先。重雕太不现实，最好是修复，他灵机一动，想起梁鹤乘的高徒。

找旧报将东西妥善包裹好，装进纸箱奔出了小院，丁汉白一路驰骋到淼安巷子，他要再次拜托梁鹤乘的徒弟，请求对方将玉熏炉修好。

此时，纪慎语草草吃完闪人，要加紧救他的物件儿。

他奔入机器房，惊愕更甚，只见空空荡荡，哪儿还有玉熏炉的影子？！

毁了不够，还要偷走……纪慎语急火攻心，以为天塌不过如此。

03

　　丁汉白一向对旁人的事儿不上心，如此心急火燎还是第一次。他招呼都没打，驱车直奔森安巷子，刹停在巷口，摇窗等待梁鹤乘冒头。

　　他倒是可以挨家挨户敲门，但梁鹤乘本就有意隐瞒私人信息，他必须站在对方的立场考虑。

　　丁汉白就这么苦等，闻着早点摊子飘来的油味儿，听着街坊为排队迸发的抬杠。忽然，路过一中年人，凑近向他打听路。

　　人家搭讪的同时递来香烟，他接住，告诉完怎么走，对方帮他点着算是道谢。

　　丁汉白本不抽烟，任指尖的烟燃去一段，试着搁嘴里嘬吸一口，无味无感，呼出来才品出尼古丁的一点点香，望着巷子一口接一口，渐渐吸完人生中第一支烟。

　　烟酒能不能消愁实在未知，但让人一时麻痹大意忘记烦恼，还是有点效果的。

　　不知等待多久，丁汉白终于望见一个身影，苍老、毫不稳健，里外都透着风烛残年的意味，是梁鹤乘。梁鹤乘病痛缠身，不似其他老年人早起，他总要浑浑噩噩在床上挣扎许久才动身。

　　丁汉白看清梁鹤乘买豆浆的大碗，白釉敞口，明嘉靖的款，心说真有谱儿。

　　他腹诽着下了车，利落地步至梁鹤乘身边，在梁鹤乘惊讶前先掏钱付账。"梁师父，抱歉上门打扰，我实在是没办法。"他嗓沉音低，"我这儿有一件要紧的东西坏了，想求您徒弟帮忙修一修。"

　　梁鹤乘既已知道丁汉白是纪慎语的师哥，哪儿还顾得上考虑其他,立刻招呼丁汉白去家里。几步路的距离琢磨透,丁汉白找他求助,那就说明仍不知纪慎语的身份。

徒弟苦心瞒着,他这个做师父的不好妄自捅破,只能继续装傻。

丁汉白进屋后目不斜视,拆开包裹露出摔碎的玉熏炉,简明扼要解释来意。梁鹤乘看那精巧雕工,问:"这是你雕的?"

丁汉白说:"是我师弟雕的。"

梁鹤乘心中大动,想起纪慎语说过忙于雕一件玉熏炉。而这沉默的空当,丁汉白以为梁鹤乘在犹豫,急忙说明:"梁师父,不会让你们白帮忙,这物件儿是我师弟废寝忘食忙活出来的,万分重要,以后我欠你们一份人情,将来有什么用得上的,尽管找我。"

梁鹤乘忍不住试探:"你和你师弟感情真好。"

丁汉白忽然薄唇一抿,目光也移开三寸,那情态似是不想承认,又像是有难言之隐。的确难言,他自己都没觉得感情多深,头绪纷乱无法探究。

拜托妥当,丁汉白再三道谢后离开,梁鹤乘忽然叫住他,问:"你怎么知道我住这儿?"

丁汉白坦言:"我小人作为,之前跟了您一路。"

小人坦荡荡,梁鹤乘失笑,不过他询问不是为了追究,而是铺垫:"那礼尚往来,你家住哪儿?我这儿没电话,要是有什么问题,我怎么找你?"

丁汉白立即告知,池王府站刹儿街,最大的那户就是丁家。

他道别后离开,没顾上细看一砖一瓦,只不过步出小院时恍然一瞥,莫名觉得那几盆绿植有些眼熟。

这世间忧愁事儿很多,解决便好,丁汉白打道回府,心中大石洒脱地搁下。家里一应如常,他错过饭点儿,兀自去厨房找东西吃。羹汤可口,他的表情眼神却一分分降温,麻烦暂且解决,他在想制造麻

233

烦的人。

丁汉白就那么沉着面容回小院，甫一迈入拱门，正对上坐在廊下的纪慎语。纪慎语一见到他，眼眸霎时由灰变亮，瘪着嘴，奔下三两级时似要哭号出声。

他已凄凄惨惨戚戚一早，从玉熏炉消失开始，他呆立在南边，又在院中踱步，而后站在北边愣神。东西坏了，他咽下这口气修好就是，可东西长翅膀飞了，他该怎么办？

纪慎语谁都信不过，只敢告诉丁汉白，默默等到现在，丁汉白出现那一刻，他险些控制不住扑到对方身上去。

"师哥。"他紧抓对方的手臂，牙关打战，"我一早起床去南屋……发现我的玉熏炉摔碎了。"

丁汉白惊讶："你已经看见了？"

纪慎语未多想："我没告诉师父，等我吃完饭再回来，玉熏炉不见了！摔碎还没完，是谁偷走了……"

纪慎语的忧惧无从掩饰，说话间透露得淋漓尽致，丁汉白反手扶住纪慎语的双肩，安慰道："别担心，是我拿走的。"他解释，揽着人朝房间走，"我起床发现东西碎了，赶紧包好跑了一趟，等修好就取回来给你。"

他哄道："放宽心，不慌了。"

纪慎语定住看丁汉白："跑了一趟？修好？"他更加惴惴，丁汉白居然把玉熏炉交给别人，那人是谁？谁又能修好？

丁汉白说："之前我说过，有一位厉害的高人，我拜托给人家了。"

纪慎语愁虑未减，心中五味瓶打烂，那一味酸泼洒得到处都是。他挣开丁汉白的臂弯，与之切切对视："你说的人家，就是才十七岁就厉害得很，让你佩服的那个？"

丁汉白答："是啊，放心吧，他肯定能帮你修好。"

纪慎语强忍不住："……你凭什么把我的东西给别人？我用不着！"他鲜少失态，瞪着双目撑气势，"修好是不是还要去道谢？你是为了帮我修玉熏炉，还是借我的玉熏炉去接近那个人？！"

丁汉白震惊地看着纪慎语，他能想到纪慎语乖巧地感激他，想到纪慎语把他当作解决困难的依靠，哪儿能料到纪慎语居然冲他发脾气？！

"奇了怪了！"他烦躁地吼一嗓子，"我慌慌忙忙跑一趟，赔着笑脸跟孙子似的，我为了谁？！"

纪慎语不悔不惧："我没让你去赔笑脸！"他根本无法想象丁汉白对某个人殷勤，丁汉白那么凶，瞧不上这个、看不起那个，"那个人"凭什么要丁汉白赔笑脸？

厉害？莫非还能厉害过丁延寿？！

除非丁汉白有所图，不缺钱、不缺技，又能图什么？

纪慎语恍惚，丁汉白图的是与之交往，先成朋友再成知己，说明什么？说明他们几个师弟仍入不了丁汉白的法眼。他不平、不忿、不甘，其他人不管，为什么他也不行？

那一座"银汉迢递"、那一枚玫瑰印章，他以为自己有所不同。

大吵一架，丁汉白以一句"好心当成驴肝肺"收尾。比邻的两间卧室门关上，生气的生气，伤心的伤心，不久后丝雨连绵，老天都为他们心烦。

一墙之隔，纪慎语埋头写作业，写下的答案前言不搭后语，干脆埋首在臂弯消磨时间。丁汉白也不好过，躺床上翻书，书拿反了也未发觉。

分秒难挨，仿佛谁先开门谁就是输，两个人都倔强地闷在卧室。雨淅沥一天，他们终于在傍晚时分被姜采薇揪了出来。

大客厅张罗出一餐铜火锅，满桌时蔬和羔羊肉，丁汉白大步在前，进屋摆着大少爷架子，什么都不干，坐下搅和自己的麻油碟。

纪慎语挽袖子帮忙，黄釉坛子，捞三五头糖蒜，一瓣瓣剥好。人齐落座，他挨着丁汉白，手臂隔着衣衫蹭到，温度烘起肝火。

乳白的骨汤滚沸，羔羊肉下进去，一大家子人在这片白汽中暖胃。丁汉白的余光向来好使，把旁人萎靡的胃口瞧得一清二楚，说："老三，去厨房切一碟山楂糕，我解腻。"

丁可愈吃得正香："刚吃就腻啦……涮点青菜呀。"

丁汉白不悦道："让你去就去，我还使唤不动你了？"

丁可愈火速去切好一碟，丁汉白随手搁在前面，歪着，冲着左手边。桌上彼此讲话，互相夹菜，纪慎语始终安静，良久伸筷子夹块山楂糕。

酸大于甜，他又夹一块，胃口稍稍好起来。

大约过去一刻钟，铜锅里的肉吃完，丁汉白又端起一盘羊肉。他忽地立起来，够不着似的，腕子一松将盘子摔碎在地上，还夸张地叫一声。

瓷片四溅，这动静惊了满桌人，丁延寿训他不小心，姜漱柳捂着心口缓神。丁汉白坐下，毫无愧色："羊肉既然不能吃了，那就涮萝卜吧，我看萝卜有点等不及了。"

姜漱柳说："什么叫萝卜等不及了？厨房还有，再去端两盘过来。"

丁汉白一脸惊讶："还有羊肉？那端来不得费时间吗？真不涮萝卜？"

丁延寿说："你怎么像喝多了？肉还没吃够，萝卜再等等。"

丁汉白扭脸叫纪慎语去端羊肉，纪慎语望他一眼，起身去了。他撂下筷子，说："火锅嘛，最要紧的当然是羊肉，就算萝卜等不及，把羊肉摔了，那也没用，等也要再等一份！"

他字句铿锵，引得众人全都看他。"这说明什么？说明坏别人的功德，未必就能成全自己，要是真想损人而利己，也得先掂掂斤两。"

鸦雀无声，只有热汤沸腾，丁汉白却没完，夹一片萝卜生嚼下咽："挺好吃，可怀着见不得人的心思，我——呸！"

他这回不是撂筷子，是摔筷子。

纪慎语早端好羊肉，僵立在厨房门内听丁汉白指桑骂槐。丁延寿问丁汉白发什么疯，丁汉白说懂的人自然懂，然后扬长而去。

犯事者懂不懂不知，纪慎语懂了。

他没想到丁汉白会为他这样大动干戈。

一顿火锅吃得惊心动魄，最后草草结束。纪慎语帮忙收拾，躲在厨房又舀一碗骨汤，加云腿青菜煮了碗杂面。他端回小院，把面搁在走廊。

丁汉白半倚床头，眼瞧着虚掩的门启开。纪慎语探进来，学着他往昔的方式："师哥，我给你变个魔术。"

丁汉白烦着呢："不看！"

纪慎语尴尬地抓着门，灵机一动："不看你就闭上眼。"

丁汉白被噎住，将脸扭到一边，纪慎语端进来一碗热面，鲜香扑鼻，放在床头柜诱惑人的感官。"给我煮面干什么？"他不依不饶，"知道谁为你好了？想求和？"

纪慎语没指望求和，只是觉得丁汉白没有吃饱。

沉默也不许，丁汉白将他一把拽至身前："认错就乖乖巧巧地跟我说——师哥，我知道错了，请你原谅我。煮碗面没用，就是煮一锅佛跳墙都没用！"

纪慎语扑在床边，此时发飙的丁汉白和饭桌上发飙的丁汉白渐渐重合，前者是被他气的，后者是为他出气。他乖乖巧巧地说："师哥，我知道错了，请你原谅我。"

攥着小臂的手蓦然一松，丁汉白放开他，别过脸。

纪慎语出去，走之前将窗户推开。

237

丁汉白纳闷儿："谁让你开窗了？"

纪慎语回答："我看你耳朵红了，以为你热。"

丁汉白脸也红了："你管我热不热？出去！"

纪慎语立即离开，原地踏步假装走远，而后立定屏息，听见屋内响起吸溜吸溜吃面声。他乏了、倦了，溜边儿回房间，不知道玉熏炉何时能回来，不知道跟丁汉白算不算和好。

一夜风雨，树折了一枝。

丁汉白不必去文物局上班，开车载丁延寿去"玉销记"。

纪慎语去上学，今天期中考试，放学会很早。等下午考完走出校门，梁鹤乘撑着伞等他。"师父？"他钻进伞底，"下着雨，你怎么来了？"

梁鹤乘直截了当："去我那儿，去了你就知道了。"

纪慎语只好跟着去，其实他没心情做任何东西，玉熏炉一天不归位，他一天不安心。进入巷口，梁鹤乘说："张斯年的徒弟拿来一个破损物件儿，拜托你修好。"

纪慎语愁道："怎么又是他？他当自己是个大爷吗？"

开门，那几盆植物鲜绿，进屋，桌上的旧衣暗淡。梁鹤乘说："那东西是他师弟做的，十分重要，为了他师弟，我答应了。"

纪慎语烦得不得了："他师弟又是谁……今天师弟的东西坏了让我修，明天他老婆的首饰坏了是不是还要找我修……"

梁鹤乘揭开布，桌上是破碎的双蝶耳活环玉熏炉，雨声不绝，纪慎语絮叨一半的话卡在嗓子眼儿，脑中断片，头绪乱成呼啸汪洋。

懂雕刻，张斯年的高徒，玉熏炉……是丁汉白，居然是丁汉白！

梁鹤乘说："他师弟是你，他老婆是谁我就不知道了。"

纪慎语一屁股挨在椅子上，崩溃了个里里外外。

04

  师父知道徒弟心乱，便去里间躲懒，没有多言。

  纪慎语对着玉熏炉发怔，试图一点点捋清。张斯年的徒弟是丁汉白，等于比试玉童子是输给了丁汉白？还有合璧连环，合璧连环最后是落入丁汉白的手里？

  那……纪慎语心中一慌，眼神发直，原来丁汉白口中的"那个人"，竟然是他自己？是他让丁汉白钦佩，是他让丁汉白殷勤地恳求交往，他盯着桌沿，千般难以置信。

  再回想昨日，他甚至酸气呛人地和丁汉白吵架，真是乌龙又荒唐。

  纪慎语枯坐许久，琢磨许多，心一分分静下来，逐渐从惊喜中脱身。他去找梁鹤乘，问："师父，我师哥找了你几次，他是不是有什么想法？"

  梁鹤乘说："终于肯问我了，你们师兄弟真折磨人。"他将丁汉白的想法计划一一告知，"我瞧得出来，你师哥他本事大，野心也不小，家里那三家'玉销记'满足不了他，更拖不住他。"

  纪慎语未接话，丁汉白说过自己姓丁，"玉销记"是与生俱来的责任。他无法判断丁汉白到底有什么打算，但丁汉白瞒着家里拜师、倒腾古玩，说明二者目前是冲突的。

  梁鹤乘问："你打算告诉他吗？"

  纪慎语说："我不知道。"他跟着梁鹤乘学这个全因喜欢，并且不愿荒废纪芳许教他的技艺，只偷偷的，从未企图获取什么，更没远大的雄心壮志。

  时候不早了，纪慎语包裹好玉熏炉带走，一路小心抱着。到家悄悄藏好，便立即去大客厅帮忙，丁延寿问他考得怎么样，说着说着，咳嗽起来。

纪慎语奉一盏茶:"师父,再煮点小吊梨汤吧?"

丁延寿说:"得药片才压得住。"他让纪慎语伴在身边看电视,"暖和天还好,稍微一凉就闹毛病,我该服老了。"

纪慎语忽觉感伤,他惧怕生老病死,因为亲眼见过,所以格外怕。"师父,你根本就不老。"声音渐低,他不想说这个,"师哥呢,他不是去'玉销记'上班吗?"

丁延寿笑道:"他啊,上个班雷厉风行的,把伙计们的毛病整治一通。下班把我送回来,又开着车不知道去哪儿潇洒了。"

丁汉白没去潇洒,送完丁延寿立即去森安巷子,还曾和纪慎语搭乘的公交车擦肩。敲门,等梁鹤乘来开,他不进去,问候完打听玉熏炉如何如何。

梁鹤乘只说,徒弟已经拿回去修了,周末来取。

丁汉白心急:"梁师父,我师弟为这事儿连饭都吃不下,希望能尽快——"

梁鹤乘一笑:"他昨天吃不下,可能今天就吃得下了。"

丁汉白懵懂,但门已经闭合,只好打道回府。亏他横行无忌活到二十岁,如今低声下气求人,风里来雨里去地奔波,为了什么?就为一个不知好歹的小南蛮子。

那小南蛮子还算有良心,撑着伞在丁家大门口等待,不够,又沿着刹儿街踱步,见汽车拐进来,一溜烟儿跑走,假装自己缺心少肝,不懂体贴。

饭桌略微冷清,二叔一家都没来,丁延寿说:"昨天发疯,谁还敢跟你家一起吃饭。"

丁汉白进门听见:"拉倒,人多我还嫌挤呢。"

他泛着湿冷气,面前应景地搁着碗热汤,瓷勺一搅,金针少瑶柱多。"这汤谁盛的？"忙活一天，他看看谁这么心疼自己。

旁边的纪慎语惴惴："我盛的，怎么了……"

丁汉白嘴硬改口："盛这么多瑶柱，别人不用吃吗？"

纪慎语无话可辩，给自己盛时只要清汤。吃了片刻，他扭脸看丁汉白，小声地，忍不住一般："师哥，你昨晚不是跟我和好了吗？"

丁汉白撇开目光："少自作多情。"

纪慎语又问："那你什么时候跟我和好？"

丁汉白说："食不言，寝不语，你还让不让我吃饭了？"他高声，竭力掩饰自己心慌。

这边两人嘀嘀咕咕，那边丁延寿又咳嗽起来，惊天动地。平静后嘱咐丁汉白看店，他要休息几天，咳出的两目泪水在眼眶中打转，险些滴落汤碗。

纪慎语未发一言，夜里在前院照顾丁延寿入睡。他伺候纪芳许时什么活儿都干，纪芳许下不来床，他端屎端尿，徒弟当如此，儿子更当如此。

而丁延寿睡前说，就算以后垂暮枯朽，有丁汉白和他看管"玉销记"，就算一觉不醒也瞑目了。那声音很轻，可这句话有千斤分量。

纪慎语回小院，一步一步地那样沉重。雨停月出，他立在富贵竹旁做了决定。他不要告诉丁汉白"那个人"是谁，"那个人"也不会答应丁汉白的往来请求。

他没资格管别人，可对恩师、养父，必须问心无愧。

就这空当，丁汉白从书房出来了。纪慎语过去，对父亲的问心无愧变成对兄长的于心有愧，他望着丁汉白，一时讲不出话。

丁汉白说："玉熏炉周末修好，该吃吃该喝喝，不用整天惦记。"

纪慎语"嗯"了一声，嘴唇微张，怔愣片刻又合上。"师哥，"仍没忍住，从他遇见丁汉白，忍耐力总在变差，"你说的那个人，手艺真的很好吗？"

丁汉白觑纪慎语，似是掂量如何回答，怕夸奖又惹这醋坛子胡言乱语。"雕刻手艺很好，但又不只雕刻手艺好。"他说，"玉熏炉碎了，他能修，明白了吗？"

纪慎语点点头，心中隐秘的自豪感升腾发酵，望着丁汉白的眼睛也一再明亮。丁汉白奇怪得很："昨天还恨得一蹿一蹿的，怎么现在不嫉妒了？"

哪有自己嫉妒自己的？纪慎语持续走近，直至丁汉白身前，他也不回应，盯着对方细看。丁汉白见到玉童子时是何种表情？丁汉白收到合璧连环时是如何欣喜？丁汉白殷勤求师父帮忙时又是怎样的别扭？

他想这些，想透过此时平静无波的丁汉白窥探一二，却不知自己那专注样子搅得丁汉白有些发慌。"你盯着我干吗？"丁汉白问，强稳着气息。

纪慎语也问："师哥，我在书上见合璧连环，但不明白是怎么套在一起的，你懂吗？"

丁汉白带他去卧室，一个西式的盒子打开，里面躺着对碧玉连环。并坐在床边，丁汉白轻拿轻放地展示，给他详细地讲物件儿本身，而来历则一带而过。

纪慎语内心旋起隐秘的快意，这连环出自他手，被丁汉白宝贝着，而丁汉白为了照顾他的情绪，故意将宝贝心思遮遮掩掩。他不看东西，仍旧盯人，盯也不够，问："师哥，玫瑰印章和合璧连环，你更喜欢哪一个？"

丁汉白愣住，试图以凶蒙混："你管我喜欢哪一个。"

纪慎语说："更喜欢这个吧，如果更喜欢印章，就会直接回答了。"

丁汉白语塞，"啪嗒"盖上盒子，像被拆穿后恼羞成怒，也像话不投机半句多。"回你屋睡觉。"下逐客令，丁点儿情面都不留。

纪慎语不动："喜欢哪个是你的权利，我没有别的意思，也许以后我送你更好的，你就又变了。"

丁汉白实在觉得费解，弄不明白这人态度怎么一百八十度大转弯，可这好生说话的乖巧模样正戳他神经，舍不得再撵，凶也端不起气势，就这样挨着静坐。

纪慎语明着的一面被嫌弃，暗着的一面被欣赏，左右都很满意。然而这十分短暂，他作为"那个人"将拒绝丁汉白的往来请求，以后也会渐渐失去丁汉白的惦念。

而丁汉白倒腾古玩的事儿没对他透露半分，他不好估计丁汉白以后的重心。

夜里，纪慎语只睡了半宿，随后起床修补玉熏炉。万籁俱寂，一屋灯火与他做伴，他应该觉得疲乏，应该觉得倒霉生气，可小心忙活着，竟觉得开心。

兜转一遭，多有趣儿。

周六一到，纪慎语谎称约了同学，早早去梁鹤乘那儿。里间，他将修好的玉熏炉取出，这几天多雨，所以阴干有些不足。

"师父，我没有滑石粉了，你帮我兑一点。"纪慎语挽袖子，最后检查，"碎碴补不上，碾成粉末融树脂涂了，没涂完发现从扬州带来的材料不够。"

梁鹤乘动作娴熟："你瞒着你师哥，等会儿他过来可别碰上。"

纪慎语说："还早，他周末起得晚。"

丁汉白往常周末起得晚，偏偏今天没赖床，除却为玉熏炉，他还怀着捉人的心思。玉童子加上合璧连环，再加上这回，三番五次，他一定要见见对方。

收拾妥当，开车先去世贸百货，初次见面不能空着手，得备份像样的礼物。而且这礼物只能买些俗的，古董贵重，人家反而不好收下。

丁汉白忽生疑惑，十七岁的男孩子喜欢什么？

他后悔没问问纪珍珠，欸？出门前貌似没见纪珍珠，干吗去了？丁汉白明明要给旁人挑见面礼，却想着纪慎语逛了一路，最后买下一件冬天穿的棉衣。

北方冷，小南蛮子受不了。

丁汉白交了钱回神，他考虑这个干什么？"那个人"又不是扬州来的，没准儿就是土生土长的本地人。再看尺寸，大小肥瘦全依照纪慎语的身材，根本没考虑"那个人"穿是否合适。

他只好重新买点别的，花钱如流水，却敷衍许多。

丁汉白到淼安巷子外熄火停车，看看表，等一刻钟后的准点上门拜访。

十分钟过去，指尖拨动活环，丁零一声脆响，纪慎语舒口气，对着恢复完好的玉熏炉爱不释手。梁鹤乘凑来，称赞道："瞧不出毛病，丁点儿都瞧不出来，用行话说这就叫以次乱正。"

纪慎语将旧衣塞回书包，要重新找点旧报包裹。"吱呀"推开门，他去邻居家借点废纸，遥遥看见巷口的汽车，步子急忙刹住。

是丁汉白的车……

纪慎语掉头返回，冲进屋拽上书包就跑。"师父，我师哥已经到了！"他顾不上解释，生怕与之碰头，"我先溜了，你帮我回绝他，就说以后做东西也不要再找我。"

他说着往外跑，门启一条缝儿，确认无人才从缝儿中钻出，挂住什么，只得使着蛮力向外冲。张望一眼，丁汉白正下车，他立即朝反方向奔跑，到巷子尽头再绕出去。

丁汉白拎着满手见面礼，殊不知想见的人已经溜之大吉。他走近开腔："梁师父，我是丁汉白，进去了啊。"

梁鹤乘引他进屋，进里间，满屋器玩撩人。丁汉白想起张斯年那一屋，真真假假充满蛊惑，这一屋更有意思。可他顾不上看，问："梁师父，你徒弟没在？"

梁鹤乘说："真不巧，他前脚刚走。"

丁汉白急道："您没说我想见见他？那我什么时候再约个时间？"

梁鹤乘转达："他对你提的合作没兴趣，而且他是个怕生的孩子，不愿意有过多接触。"

这说辞谈不上委婉，丁汉白彻底遭拒。他只好按下不表，转去看玉熏炉。"这……"他讶异非常，玉熏炉碎裂痕迹难寻，仿佛不曾摔过。

丁汉白士气重燃："梁师父，你那高徒我迟早要见，见不到我就堵，堵不到我就捉。我这人不是君子，什么损招儿都干得出，大放厥词也是常有的事儿。今天错过，下一回、下下回，我包下追凤楼请你们师徒吃饭。"

梁鹤乘惊骇不已，没想到丁汉白这样不加掩饰。丁汉白倒是利落，宣告完收拾玉熏炉就走，步出小院，草草环顾，房檐破损窗户积灰，就那几盆植物生得鲜亮。

可为什么，那植物越看越眼熟？

丁汉白不好多待，迈过门槛转身道别。门徐徐关上，他敛目垂眸，定住、愣住、恍惚不解地俯身下去，从犄角旮旯捡起一条琥珀坠子。

——为什么选这个送我？

因为颜色和纪慎语的眼睛很像，所以他送对方这个。

每颗琥珀都是独一无二的，丁汉白攥紧，立在门外心跳加剧。为什么纪慎语挂在包上的坠子会掉在这儿？纪慎语来做什么？纪慎语认识梁鹤乘？！

丁汉白破门而入，不顾及长幼礼数，死盯梁鹤乘的双手。他说："梁师父，你指头上厚厚的一层不像茧子。"

梁鹤乘被他慑住："我们这行初学不能有茧子，磨来磨去皮开肉绽结成疤。"前期忍着疼，等熬到落疤那一步，已经娴熟至无须指腹了，手上任意一处都能感知无误。

丁汉白慢慢点头，慢慢走了。

不能有茧子，怪不得纪慎语不能有茧子。当初遇见的老头儿看来就是梁鹤乘，还有逃学，哪里是去玩儿，是藏在这儿学艺。绿植……原来是在花市买的那几盆，还谎称送给杜老师！

那受沁发黄的玉童子，三黄一褐，去他娘的枇杷树！

丁汉白走出巷口，什么都晓得了。他腕上挂着琥珀坠子，一路要把油门踩烂，本以为看不见、摸不着的人，居然日日同桌吃饭。

那小南蛮子还有没有良心？自己跟自己拈酸吃醋，冲他无理取闹。他又思及纪慎语昨晚的表现，更明白一些，什么连环和印章喜欢哪个，分明是逗着他玩儿！

丁汉白气得发笑，可真是生气吗？

他仰慕的人和他欣赏的人是一个，他求而不得和他颇为在意的人是一个。

那股感觉异常奇妙，以至于将一腔情绪转化为冲动。丁汉白许久没狂奔追逐过什么，到家下车，绕开影壁，碰翻富贵竹，奔至门外狠命一撞！

纪慎语叫他吓得起立，眼神如鹿遇虎豹，透出惊慌。

丁汉白问："早起去哪儿了？"

纪慎语强自镇定，丁汉白抬手："琥珀坠子掉在门口都不知道。"

纪慎语扯谎："撞了一下门，可能碰掉了。"

丁汉白说："你撞的哪个门？这儿的拱门还是家里的大门？兜兜转转瞒着我，真以为我捉不住你？你撞的是淼安巷子25号的破门！"

纪慎语跌坐床边，有些事儿隔一层纱会很美，可揭开未必。丁汉白走到他面前，他垂着头不敢与之对视，于是丁汉白蹲下，仰头望他。

"珍珠，"丁汉白说，"给我看看你的手。"

纪慎语如同待宰羔羊，伸出手，幻想要如何解释，要如何婉拒合作的请求。倏地两手一热，丁汉白握住他的手，摸他的指腹。

光滑、柔软，无法想象磨薄后皮开肉绽，形成虬结的疤。

丁汉白问不出口，他一心想见"那个人"，早备好充足的腹稿游说，现在什么场面话都成泡影。一路腹诽气闷，他该责怪昨晚的戏弄，该膘白那天的无理取闹，可什么火都灭得无影无踪。

"师哥。"纪慎语叫他，怯怯的，像初见那天。

丁汉白问："手疼不疼？做玉童子、做合璧连环、做玉熏炉时，手疼不疼？"他心跳很快，太快了，于茫茫荒野寻找续命篝火，倏地一跃，要燎下心口的一块肉。

什么说辞都见鬼去吧！

他握着那手："……我不想让你疼。"

言之切切，纪慎语陡然心空。

05

丁汉白和纪慎语就如此开诚布公了，不想坦诚也迟了。纪慎语预料的责怪没来，反接住那样一句温情的话语，叫他措手不及。

半晌，他只好嘴硬一声"不疼"。

一切按下不表，丁汉白凝视纪慎语许久后走了，看着是走，实则是逃。眼前的人物神情依旧，是他日日相对最为熟悉的，转念想起另一重身份，二者重合，他那股冲动的情绪逐渐冷静，竟变得思绪朦胧。

他心慌反复，好几回了，什么时候才能想明白因由？

丁汉白难得懦弱，索性躲避般不去想了。

第二天，"玉销记"一店终于迎来新的镇店物件儿——青玉双蝶耳活环三足熏炉。

门厅整洁，伙计们一早收拾好展示柜与玻璃罩，等玉熏炉一到，入柜，挂名牌，相片记册。纪慎语立在柜前，目不转睛地盯着名牌，姓名那里刻着他的名字。

抬脸，玻璃罩上映着丁汉白的轮廓，就在身后。"师哥，会有人买吗？"纪慎语问，"我不姓丁，顾客会不会不认我的手艺？"

丁汉白说："你的手艺不够格，你又不姓丁，顾客自然不认。你的手艺要是顶好，你虽然不姓丁，但顾客会询问纪慎语是谁。"

东西越好，问的人越多，在这行里就会一点点出名。

纪慎语兴奋不外露，看够实物又去看名册。名册硬壳真皮面，厚重非常，内容分着类，极大部分出自丁延寿和丁汉白之手。

纪慎语忘记要看什么，孩童学数似的数起来。他想算算那父子俩谁的作品多，还没数完，一只大手伸来盖住。

丁汉白说："别费劲了，我爸的多。"

纪慎语笑眯了眼："我就知道，谁也扛不过师父。"

丁汉白骂："知道什么！这本不是总册，我的少说明我的卖得好。"册中只展示店内有的物件儿，一旦卖出就撤去。

纪慎语不欲反驳，丁延寿只出大件儿，当然卖得慢。转念一想，他说:"师哥,以后师父老了,雕得也会慢,到时候我和你多出活儿,让师父当甩手掌柜。"

这话表面好听,翻过去却暗示着什么,暗示勤勤恳恳为"玉销记"张罗,不理其他。丁汉白了然,明知这是拒绝他别的,竟无气可生。

他们在"玉销记"待足一天,傍晚下班,丁汉白驮着纪慎语,在迎春大道上慢慢骑。路旁树黄,时不时飘下片落叶,丁汉白接住一片,捏着细梗,反手向后面作乱。

彼时夏天,短袖露着手臂,柳条拂上去很痒。

此时秋天,穿着外套,那一片树叶接触不到什么。

纪慎语揪住叶片,脆的,一捻就碎,渐渐捻到细梗,他拽着晃了晃。丁汉白得到回应,指甲掐着前进,上回手背挨了一巴掌,这回他先发制人。

晚上一家四口聚在客厅,丁延寿咳嗽,姜漱柳给他戴了截围脖,灰兔毛,搭扣是朵象牙小花,瞧着比喜剧电影还好笑。四人将沙发占满,纪慎语窝在丁汉白身边,等那二老回屋休息后,他也打起瞌睡。

丁汉白余光一瞥,然后将电视关了。

刹那的安静令纪慎语清醒,他扭脸看丁汉白,知道那副严肃模样是要谈点什么。丁汉白也转脸看他,问:"你跟着梁师父有什么打算?"

纪慎语支吾:"学手艺,别的没想做什么……"

丁汉白不满:"还特意强调没想做什么,我是拿刀逼着你跟我干了吗?"

哪还用拿刀,在纪慎语心里,丁汉白一张嘴比刀子也差不离,况且这人司马昭之心。他声儿不大,却理直气壮:"如果没发现那个人是我,谁知道你又怎么巴结呢。"

丁汉白齿冷一笑:"巴结? 我看你享受得很,享受完还拈把酸醋,别是精神分裂。"

纪慎语叫丁汉白讲得不好意思,忙解释原先不知,说完丁汉白没有吭声,客厅安静。他何尝没有同样的问题,也问:"师哥,那你跟着'瞎眼张'有什么打算?"

其实梁鹤乘转述过了,只是他不太相信,想听丁汉白亲口说。

丁汉白没辜负,将心底的想法与心愿悉数告知。"你觉得我要抛下'玉销记'是不是?"他看纪慎语愣着,"三家店,以后变四家还是两家仍未知,这不是手艺好就发达的事儿,我爸难道手艺不够好?"

纪慎语怔怔地瞧着对方,丁汉白说:"不行就要改,改不了市场就改自身。'玉销记'的本质是做生意,我说了,我要开市里第一家正规的古玩城,第一家之后还要开第二家、第三家,你想过没有,一家古玩城的生意比'玉销记'大多少?"

纪慎语回答:"许多倍。"他几乎移不开眼,全神沉浸在丁汉白的幽深目光里。而丁汉白首肯,眼色、眉峰蕴着层侵略性:"我爸、我爷爷,再往上几辈,他们都是技艺远大于经营,可现在发展得那么快,'玉销记'要不想江河日下,那就必须改。我会做这件事儿,不管我干什么都好,我都会做。"

丁汉白又说:"就算不行,几个古玩城养也要养着'玉销记'。"

纪慎语茅塞顿开,丁汉白的计划不只是成全自身心愿,还是托底的后路。他们挨得极近,沙发明明宽敞一半,可是争辩间反更近一步。

丁汉白盯着纪慎语,目不转睛,好似盯什么紧俏的宝贝。

盯着盯着,他忽然笑了。

造东西的本事惹自己倾慕,又雕出个镇店之宝,期中考试依旧名列前茅。

他一语成谶,珍珠竟然真的是颗珍珠。

盯久了，丁汉白移开，重新打开电视掩耳盗铃。正播香港电影，与僵尸有关，他生硬地问："敢不敢看？"

纪慎语没答，他想，丁汉白就在身旁，那他应该敢吧？

屋内只余电影声，他们屏息凝视，开头发展一过，纪慎语在高潮之际揪住丁汉白的袖子。都怪纪芳许，晚饭不让吃饱就算了，还让早早睡觉，他从来没看过这种午夜档。

"师哥。"纪慎语问，"你真的很想让我和你一起倒腾古玩吗？"

丁汉白说："不知道是你时很想，知道了就那样。"他昨天摸了纪慎语的手，也说了，他不想让纪慎语结那样的疤、受那样的疼。

电影演完，丁汉白扭脸："别把自己想得多要紧，如果没遇见你，难道我就什么都不干了？"

纪慎语忙说："可你不是遇见我了吗？"

丁汉白嘴硬道："遇见你是我倒霉，一来就分我的地盘儿，伤了要我伺候，还敢在我车梁上刻字。乖了就'师哥'长、'师哥'短，不高兴了恨不得叫我稳妥捧着，当初走丢就不该找你，省去我多少麻烦。"

纪慎语知道这人嘴巴厉害，企图左耳进、右耳出。丁汉白让他先去睡觉。

纪慎语讷讷："不一起去睡吗？"

丁汉白突然发狂："谁要跟你一起睡觉？！"

纪慎语发蒙："我是说一起回小院……"

不待他说完，丁汉白猛然起身，急吼吼地自己走了，手里甚至还攥着遥控器。大步流星，丁汉白踏着月光，回到卧室时手一松，遥控器的壳子竟被他捏碎。

翌日，丁汉白谁都不想理，谁都不想看，径自开车去了"玉销记"。老派的话来讲，他是大少爷，再加上脾气坏、嘴巴毒，阴沉时简直是尊盛不下的佛。

伙计们诚惶诚恐，怕出丁点错漏砸烂饭碗，然而忙碌一上午，恍觉老板并没注意他们，反倒像……魂飞天外。

丁汉白端坐于柜台后，正冲店中央的玻璃展柜，那玉熏炉好似电视机，无形中播放着画面。他瞧得一清二楚，纪慎语窝在机器房雕刻，纪慎语疲惫不堪睡着，纪慎语躲着修复，纪慎语在巷中落荒而逃。

场景变换，丁汉白许久没有眨眼，少看一帧都怕不够。

他想，他这是怎么了？他到底在发作什么病症？

忽地一晃，资历最深的老赵凑在柜台前，问："老板，大老板原定月底去赤峰瞧巴林石，连单子都定下一张，需不需要改动？"

丁延寿咳嗽还没好，内蒙古那么冷，去一趟得咳出肺叶子。丁汉白应下："把单子拿给我看看，月底我去。"

老赵说："到那儿还是住在乌老板家，之前他和大老板电话都打了好几通。"

丁汉白十来岁就跟着丁延寿去过，用不着事无巨细地嘱咐，烦道："你往旁边挪挪，挡光了。"对方走开，玉熏炉又落入视野，他魔怔般继续盯着。

一天没开张，常事儿，六点多还未打烊，丁汉白却早退得连影儿都瞧不见。他骑车子闲荡，半点时到达六中门口，想抽查一下纪慎语是否逃学。

拙劣的借口，实打实地自欺欺人，丁汉白烦自己这德行。当学生们鱼贯而出时，他一眼瞧见背包小跑的纪慎语，烦劲儿又"唰啦"退去，涌来莫名其妙的开心。

"纪珍珠！"他喊。

纪慎语一个激灵，装作没有听见。

丁汉白改口，喊大名，那家伙才颠颠儿跑来。"放个学还跑着，那么多人，不怕踩踏？"他自然地摘下纪慎语的书包，挂车把上。

纪慎语没想到丁汉白会出现，解释："那边的商店有巧克力，卖得很快，我怕赶不上。"

丁汉白问："你喜欢吃巧克力？"

纪慎语说："我想给小姨买，上次她给我吃了好些，我过意不去。"

丁汉白翻脸飞快："我还给你吃糖呢，你怎么就过意得去？"

纪慎语声若蚊蚋："拿你的钱给你买东西怪怪的。"

那是合璧连环的钱，他拿个零花钱，其他都留给了梁鹤乘。丁汉白哭笑不得，他这是什么命？本来师哥的身份能吃五喝六，却阴差阳错赔了夫人又折兵。

但纪慎语到底还是买了，一包巧克力，一包太妃糖，路上和丁汉白各含一颗，甜着回了家。及至廊下，他递上那包糖："这下不欠你了。"

丁汉白猛然发怒："一包糖就把我打发了？！"

纪慎语躲回房间，丁汉白跟进去，似有长篇大论要教训。纪慎语捂着耳朵笑，丁汉白在那笑模样中卡壳，才明白被戏弄。他作势追打，绕着床，环着桌椅，险些撞歪矮柜。

纪慎语忙扶住柜上的花瓶，倏地又想起青瓷瓶。他犹豫不决："师哥，你记不记得曾让我扔那堆出水残片？"

"记得，怎么了？"

"我没扔，做了原先那件青瓷瓶……"

低声言语，却好似平地一声雷，丁汉白受了大刺激，冲过去，恨不得将纪慎语提溜起来。"你为什么不早说？真是把本事瞒得密不透风！"兜兜转转一大圈，原来一早就有交集！

纪慎语解释："我没想到你会喜欢我——"

丁汉白厉声打断:"谁喜欢你了?!"

纪慎语噎住:"——喜欢我这手艺,不是我……"

丁汉白的脸色精彩非常,红白错乱、眼神明灭。他扬长而去,没面儿也要端十足的架子,一口气走出小院,不带停,绕过影壁一屁股坐在水池边。

丁汉白含恨抓起一大把鱼食撒进去,他犹如猛兽,面对那人时张牙舞爪,此刻背地里就成了困兽。

直坐到夜色四合,他起身走了。

翌日一早,丁延寿喂鱼,只见一池被撑死的鱼肚白,好不冤屈!

06

家里如果有什么好事儿,可能需要问问是哪位活雷锋干的;要是有什么坏事儿,丁延寿准第一个怀疑亲儿子。

幸好他的亲儿子坦荡无边,敢做就敢认。

丁汉白大方承认祸害了那一池鱼,在饭桌上,没坐自己位置。姜采薇心细如发,眼瞅着外甥和纪慎语之间似隔千山万水,问:"慎语,他又怎么了?"

纪慎语猜测是因为青瓷瓶,他以为有了玉童子、玉连环种种,一件青瓷瓶不足以令丁汉白生气,然而丁汉白气得离他八丈远,早上出屋碰面甚至抬腿就跑。

盘中只剩最后一块枣花酥,两副筷子同时去夹,又同时收回,丁汉白觑一眼纪慎语,那人低头喝粥假装无事发生。"谁做的枣花酥?做这么几块够谁吃?抠抠搜搜的。"他口出怨言,夹起那块搁纪慎语碟子里,撂筷子就走。

纪慎语吃惊地抬头,想不到丁汉白生气还这样照顾他,于是咬一口离席，追出去，在大门口撑上。丁汉白躲不能躲，问："你有何贵干，吃都堵不上嘴？"

纪慎语说："你也吃。"他举着剩下多半块，举到丁汉白唇边。丁汉白鞋跟抵着门槛，无路可退，张口被喂了一嘴。

甜丝丝，软绵绵，酥皮酥掉他半身。

丁汉白没开车，没敢开，怕自己失了准头又撞掉保险杠。他边走边自嘲，从出生起就一直任性妄为地活着，没做过墙头草，主意大得必须让别人臣服遵从，哪儿这样迷茫过。

他搞不清楚自己这般心态，无法确定，难以判断对错。

丁汉白自我开解，许是最近桩桩件件奇事儿都和纪慎语有关，使他一时错乱。避开就好了，别抬头不见低头见，他得躲着些。

匆匆地，纪慎语生活依旧，却觉得缺少点什么。他吃饭时右手边总是没人，放学时也再没遇到过丁汉白突击检查，晚上小院更冷清，丁汉白总有去不完的聚会和应酬。

直到月末，晚饭后总算人齐，大家要商量去赤峰采办石料的事儿。

纪慎语右手边变成姜廷恩，他小声问："咱们上学，是不是不能去？"

姜廷恩说："请假就好嘛，不过也得大哥愿意带，他肯定不带我。"小声凑近，"大哥一来就和我换位置，你惹他了？"

纪慎语无奈笑笑："应该是吧。"他朝对面望，撞上丁汉白投来的目光，冷冰冰的，倏地撇开，不欲与他有任何交流。他不爱上赶着，移开看姜采薇，发现姜采薇在织手套。

姜采薇说："织完了，钩好边就成。"

丁汉白撇开的目光飞过去，将纪慎语那期待笑容瞧得一清二楚，冷哼一声，烦道："怎么还不开始？主事儿的干吗呢？"

厨房热水烧开，沏一壶毛峰，丁延寿热茶下肚才说："我这阵子闹病，过两天就让汉白替我往赤峰跑一趟。"

店里石料主要是巴林石，因此每回采买量都不小，一多就容易出错，向来要有做伴的商量着。丁厚康说："我也不去了，最近天一冷，总是膝盖疼。"

这摆明是把机会留给年轻人，丁汉白无声喝茶，等着年轻人毛遂自荐。两口的工夫，姜廷恩跃跃欲试："大哥，我想去！"

不等丁汉白开口，姜漱柳先说："你爸你妈能同意？安生待着。"

丁可愈见状道："还是大伯和大哥挑吧，我们谁去都行。"

丁汉白一听来了精神，瞄一眼老三的故作懂事，似笑非笑地说："尔和跟我去。"说完环顾一圈，垂下眸，"再加一个。"

他像故意吊人胃口，思索半天。

实际很冤枉，他的确纠结。

忽一抬眼，他见纪慎语抿着唇抠饬茶杯，一股子置身事外的劲头，又凑到姜廷恩身边，嘀咕杯底的落款。

丁汉白心想，他要是出门不在，这小南蛮子岂不是过得太舒坦？今天和姜采薇吃巧克力，明天与姜廷恩打扑克，再哄着他爸妈，忙死了。

良久的沉默有些怪异，丁汉白终于打破："加上纪慎语。"

按年纪和资历，都轮不到纪慎语，并且手艺好未必眼力好，这下老三、老四闷着气不高兴，丁尔和倒是未发一言，似乎没有意见。

纪慎语自己都没想到，应该说根本不曾想过。环顾一圈，他读不出那些表情下的想法，求助般看向丁延寿，丁延寿却只顾品茶，高高挂起。

"师哥，我能行吗？"他问得委婉，言下之意是他不行。

丁汉白说："不行就学，学不会就路上给我拎包。"

散会，行程暂定，就算有不满也无人敢提，因为丁汉白不需要红脸衬场，自己就能将白脸唱得惊天动地。人走茶凉，纪慎语躲前院卧室里，东拉西扯，守着丁延寿废话。

可丁延寿道行高，就不挑破，纪慎语只好问："师父，我真的跟去赤峰？我觉得三哥、四哥都想去，不该轮到我。"

丁延寿说："什么年代了，还按资排辈？"

纪慎语又说："反正将来还有机会，或许我应该往后等等。"

片刻安静，丁延寿却问："之前出事儿了，对不对？"他咳得厉害，却微微笑，"那天涮羊肉我就猜到了，你师哥向来有火就撒，恨不得杵着对方脑门子，之所以指桑骂槐不明说，是想瞒着我。"

纪慎语点点头，那件事儿已经妥善解决，他没想细究。

"慎语，虽然你师哥凶巴巴的，但最坦荡，不会暗地里欺负人。"丁延寿说，"可其他人未必，你本来好好干自己的，结果被使绊子。那索性就莽撞大胆些，也不考虑那么多了。"

纪慎语很晚才离开，听丁延寿说了许多，又陪着丁延寿说了许多。纪芳许没别的孩子，却也没如此和他促膝长谈过，沉稳的声音，按在他肩上的手掌，都让他视若珍宝。

并且隐隐地，他觉出丁延寿很偏向他。

一切就这样定下，年轻的男孩子出门，无论做什么正事儿都难免兴奋，何况是去有大草原的地方。丁汉白给纪慎语请了假，车票买好，擎等着出发。

前一晚，三人聚在丁汉白的房间，正合计到赤峰后的行程。往年无论谁去都是住在乌老板家，他们这回也一样。丁汉白琢磨道："仨人至少两间房，算算乌老板家闺女也大了，要是不方便咱们再找旅馆，不打扰人家。"

商量完住所，丁汉白铺开过往的采买单，并参考近两年石料的消耗数。丁尔和说:"咱们租面包车去巴林右旗,巴林鸡血石每年要的量最大,不会有所波动。"

丁汉白未置可否:"到时候再看吧,也许今年出的鸡血石一般。"

纪慎语像是个局外人,既对当地不熟悉,又毫无采买经验,只安静听那两兄弟商量。渐渐地,他心中蓦然一软,久久存在的傲气一寸寸消融。这行真不是光靠手艺就能屹立不倒,丁汉白和丁尔和仅二十岁而已,就能去那么遥远的地方独立进料,要挑选,要与当地产商周旋,实际情况只会比想象中更难。

他凝神听,听不出丁尔和什么,但能听出丁汉白回答时敷衍。等商量完,丁尔和回东院,他问:"师哥,你今年不想进太多鸡血石?"

丁汉白看他:"我可没说。"

纪慎语有点得意:"那我也能猜中。"

说者无意,听者的心思却百转千回,为什么猜中?丁汉白无端揣测许多,恼羞成怒般推纪慎语出去。

等脚步声离开,隔着一扇门,他又舍不得。

丁汉白叹息一声,有点后悔脑子一热选择纪慎语,这一路估计欺负不到别人,反而折磨自己。他摇着头收拾衣服,一拉衣柜看见未拆包的袋子,是他买给纪慎语的棉衣。

去内蒙古穿正好,只是送的时候说什么?

丁汉白立于柜前,能言善辩的本事没了似的,在心中掂掇数遍开场白。算了,他一把拎起,有什么好说的,搁下就走,爱穿不穿。

他大步流星去隔壁,及至门外,听见姜采薇在里面。

姜采薇是来送手套的,刚织好,被纪慎语戴上不愿意摘。"谢谢小姨。"纪慎语十分喜欢,"塞了好多棉花,果然不那么大了。"

本来是织给丁汉白的,所以才大,姜采薇不好意思地笑。她帮忙装衣服,叮嘱道:"内蒙古冷,多带几件厚衣服,没有的话到那边再买。冷了饿了别忍着，告诉汉白。"

纪慎语应："我戴着这副手套就不冷了。"

丁汉白恨不得一脚踹开门，这小南蛮子怎么从不对他嘴甜？还有姜采薇，织一双破手套能耐得，早不送晚不送，偏偏这时候插亲外甥的队！

他在门外腹诽，却不进去，直到天晚姜采薇离开。

纪慎语还捂着那双手套，见丁汉白进来，想都没想便说："师哥，你看小姨给我织的手套，特别厚！"

丁汉白"咣当"踹上门："一双破手套，至于那么高兴？"

纪慎语不好意思地低下头，以为丁汉白觉得他没见识。他再抬起头时丁汉白步至面前，将袋子硬生生塞给他，一件米色棉衣，大帽子，两只口袋，沉甸甸的。

"给我的？"纪慎语没穿过这么厚的衣服，又惊又喜。

丁汉白被这惊喜样子安抚，温柔下来："试试。"

纪慎语问："是因为去赤峰，特意给我买的吗？"拉开拉链穿上，内里还没暖热，但已经觉出暖和，"好像有一点大，但我很喜欢。"

丁汉白将衣服拽下来："傻子，只套衬衣当然大，套上毛衣再试试。"他忽生一寸私心，故意说，"本来不是买给你的，是买给梁师父徒弟的。"

纪慎语说："可我就是梁师父的徒弟。"

丁汉白刻意强调："买的时候我又不知道，一心买给人家的，如果知道是你才不买。"

纪慎语拿着棉衣有些扎手，左右都是他，可叫丁汉白这么一说，无端觉得失落。"如果真的另有其人，这棉衣你就不是给我了？"他反问，知道答案，可知道才嘴硬，"我也没有很喜欢。"

气氛僵化，两个人心里酸法各异。

丁汉白口舌之争一向要占上风，说："不喜欢就算了，也没非要你收下。"话到这份儿上，等于盘旋至死路，纪慎语肉眼可见地尴尬，将衣服卷卷塞回他手里。

他一手拽衣服，一手在衣服下拽纪慎语的手，问："生气了？"

纪慎语挣不开，若无其事地摇摇头。丁汉白这一寸私心不过是想看纪慎语服软，服软说明在乎，他享受够了，但不能真把衣服拿回去。

"你就不奇怪？我给别人买，尺寸却依照你。"他说。

纪慎语不信："那你早买好，为什么现在才给我？"

丁汉白心想，他糟心这么些天，哪儿顾得上送礼物？不料纪慎语还没完，追问："你老躲着我，当我不知道？如果青瓷瓶那么让你生气，我再也不提，三万块钱我一点点给你补上，你别对我阴阳怪气行吗？"

丁汉白神经线都轻颤："我怎么阴阳怪气了？"

吃饭时坐别处，目光冷冰冰却静悄悄，话也全是抬杠……纪慎语按下不表，被攥着的手很热，热得他烦乱。倏地松开，丁汉白从衣柜挑出一件纯棉上衣，让他套在毛衣里。

纪慎语已失去试穿的心情，接过不动。

丁汉白服软："保证不阴阳怪气了，马上就要出门，难不成一路上跟我闹别扭？"

这人说软话也讨人厌，明明是他自己情绪无常，话头也是他先挑起，反而怪对方闹别扭。纪慎语姑且翻篇儿，抬眼打量丁汉白是真是假，瞧完说："应该合身，我洗完澡就试。"

丁汉白纠缠："现在就试，让我看看。"

纪慎语恍生错觉，怎么丁汉白好像目光灼灼？他只好答应，将衬衫脱下。

纪慎语套上毛衣，头发有些飞毛，最后穿上棉衣，整个人像藏在蛹中，毫无防备。他的确没有防备，丁汉白靠近将他箍住时只发出惊呼。

他问："你干什么？"

丁汉白不答："你喜欢手套还是棉衣？"

纪慎语说："……都喜欢。"

丁汉白箍得纪慎语发痛："只能选一样。"他实在没有信心，生怕听见不想要的答案，"你要是答不好，我就把你扔池子里，和那几条死鱼睡一宿。"

这人怎么这样坏？纪慎语凶巴巴地说："棉衣！喜欢死了！"

丁汉白将人放下，默默看着对方。他知道纪慎语的回答是审时度势，此刻也不奢求真心。

谁料纪慎语背过去换衣服，嘟嘟囔囔："我装了几本书路上看，金书签就在里面夹着，那琥珀坠子也日日挂在包上晃悠。回答喜不喜欢还要威胁我，你送的东西哪件我不喜欢？都巴不得每天用。你这个人——"

丁汉白一把扳过纪慎语，心绪沸腾："我这个人怎么了？叫你讨厌？"

纪慎语警惕道："……你是不是又诓我？不讨厌！"

不讨厌……丁汉白心思百转。

"我当真了。"丁汉白说，"珍珠，以后也不许讨厌我。"

图书在版编目（CIP）数据

碎玉投珠 / 北南著. —广州：广东旅游出版社，2020.12（2025.8重印）
ISBN 978-7-5570-2315-7

Ⅰ.①碎… Ⅱ.①北… Ⅲ.①长篇小说—中国—当代 Ⅳ.①I247.5

中国版本图书馆CIP数据核字（2020）第165969号

碎玉投珠
SUI YU TOU ZHU

出版人：刘志松
责任编辑：梅哲坤
责任技编：冼志良
责任校对：李瑞苑

广东旅游出版社出版发行
地址：广州市荔湾区沙面北街71号首、二层
邮编：510130
电话：020-87347732（总编室） 020-87348887（销售热线）
投稿邮箱：2026542779@qq.com
印刷：嘉业印刷（天津）有限公司
（地址：天津市静海经济开发区北区银海道48号）
开本：880毫米×1230毫米 1/32
字数：206千
印张：8.5
版次：2020年12月第1版
印次：2025年8月第21次印刷
定价：42.00元

【版权所有 侵权必究】

如发现图书质量问题，可联系调换。质量投诉电话：010-82069336